Thommie Bayer

Einsam, Zweisam, Dreisam

Eine beinah «himmlische» Liebesgeschichte

Rowohlt

Umschlaggestaltung Dieter Wiesmüller

Der Titel dieser Geschichte ist einem Lied
von Herman van Veen entnommen

43.–49. Tausend September 1994

Originalausgabe
Veröffentlicht im Rowohlt Taschenbuch Verlag GmbH,
Reinbek bei Hamburg, Oktober 1987
Copyright © 1987 by Rowohlt Taschenbuch Verlag GmbH,
Reinbek bei Hamburg
Alle Rechte vorbehalten
Gesetzt aus der Bembo (Linotron 202)
Gesamtherstellung Clausen & Bosse, Leck
Printed in Germany
1090-ISBN 3 499 15958 9

Zum Beispiel:
Ein amerikanischer Filmregisseur in den vierziger Jahren stellt sich den Himmel als einen Platz vor, an dem Irving Berlin, Cole Porter und George Gershwin Poker spielen. Wenn einer von ihnen vier Asse hat, dann sind das As-dur, As-moll, As-major-seven und as Marilyn got her Skirt blown up by the goddam Luftschacht.

Für einen französischen Regisseur wäre Catherine Deneuve die beste Wahl für die Rolle von Gott. Yves Montand könnte die Mutter Maria spielen. Isabelle Huppert und Nathalie Baye als Heiliger Geist würden abwechselnd den großen Citroën durch die Wolken steuern.

In Italien so etwa dasselbe, nur haben die Frauen riesengroße Brüste und steht mehr Essen auf dem Tisch.

In England kommt man gar nicht auf so eine Idee, denn erstens würde die Schauspielergewerkschaft verlangen, daß zwei Drittel Engländer auf ein Drittel Engel kommen, und zweitens würde Hitchcock auf seiner obligatorischen Nebenrolle bestehen.

Grund genug, die ganze Sache zu vergessen, oder?

Ein deutscher Regisseur (wir verraten nicht, welcher) könnte sich nicht entscheiden, ob er Angela Winkler, Angela Winkler oder Angela Winkler als Maria besetzen soll.

minus elf

Aber die Filmleute sind wohl die einzigen, die sich den Himmel mit Vorspann und Musik vorstellen. Ein Lastwagenfahrer wird eher eine kerzengrade Autobahn vor seinem geistigen Auge sehen. Ohne Geschwindigkeitsbegrenzung, aber dafür mit Captagon-Tankstellen alle zwanzig Kilometer.

Ein Polizist (wir verraten nicht, welcher) träumt von einer Art Amok-Avus, auf der er den Wasserwerfer mal so richtig bis Hundertzwanzig hochjaulen kann, und ein Melancholiker aus der provinziellsten Großstadt Deutschlands stellt sich Gott so ähnlich wie seinen Turnlehrer vor.

Wir sind da ganz anderer Ansicht. Etwa der, daß im Himmel eine straffe Organisation herrscht. Auch in dem Teil, der für die sogenannte Freie Welt zuständig ist, also Amerika-Erde, Europa-Erde und noch ein paar Gegenden mehr.

Zwar wird in katholischen Kreisen etwas mehr gegessen und getrunken, in evangelischen dagegen eher Leibesertüchtigung getrieben und bei den Orthodoxen getanzt und gemalt, aber allen gemein ist die strenge Hierarchie und die heitere Unterordnung der Menschen.

Das heißt, Mensch ist man ja nicht mehr, wenn man erst mal im Himmel gelandet ist. Eher Seele.

Es gibt wohl den einen oder anderen buddhistischen, hinduistischen oder islamischen Manöverbeobachter, aber alles in allem ist die Stimmung im christlichen Himmel vom entsagungs- und gemütvollen Charakter der Christen geprägt.

In der Sektion Europa-Erde ist die Gelassenheit allerdings auf manchem Gesicht nur vorgetäuscht. Erst in den letzten Jahrtausenden haben sich die Machtverhältnisse verschoben, und es gibt noch manchen Unentwegten, der dem alten Himmel, wie er noch in seiner Jugend war, nachtrauert. Und nicht nur das.

Vor allem die Griechen, die stärkste Fraktion der Unzufriedenen, sind Sand im Getriebe. Sie sabotieren den christlichen Himmel, um das «Scheiß-System», wie sie es nennen, «ganz gezielt zu schwächen».

minus zehn

Agenten!

So manche zynische Zote kann man hören, wenn man in der Baby-Herstellung und im Baby-Versand in die Nähe von kleinen Grüppchen dunkelhaariger, fanatisch dreinschauender Männer kommt. Und wenn keiner hersieht, vertauschen sie die Babies.

Die arglosen Himmelsmanager auf der Verwaltungsebene haben keine Ahnung von diesen Machenschaften. Sie sind sogar so naiv, an «Himmlisches Versagen» beziehungsweise «Schusseligkeit» zu glauben, wenn mal eine Reklamation kommt.

So geht das nun schon seit Jahrhunderten.

Die Presbyterianer-Abteilung in der USA-Halle hat nur ein einziges Förderband. Der «Geburtenservice», der für dieses Band zuständig ist, weiß genau den Tagesbedarf an Babylieferungen für presbyterianische Haushalte. Der Agent der OEF, so kürzt sich die Olympische Einheitsfront ab, hatte leichtes Spiel, als er in der Mittagspause wieder einmal ein halbfertiges Baby vom stehenden Band nahm, es durch ein ebenso halbfertiges aus der Deutschland-Halle ersetzte und schnell wieder zurückhastete, um das gestohlene Ami-Baby in die Lücke des Bandes bei der deutschen Babyherstellung zu schmuggeln.

Die deutsche Babyherstellung heißt «Selbstverwirklichungs-GmbH».

Keiner merkte was. Die Aktion lief so glatt wie immer, denn die Unterschiede in den einzelnen Babymodellen sind innerlich. Von außen sieht eines wie das andere aus.

So kam Joe nach Freiburg.

Mit der eingebauten Idealismus-Begrenzung, dem Kommunismus-Katalysator (Commie-Cat im Fachjargon) und dem sogenannten «Good-Groove-Goal», einer Art Problembewußtseinslimiter im seelischen Schaltkreis, sah sein Lebensplan natürlich völlig anders aus als einer, der sich im Schwarzwald verwirklichen ließe.

Nämlich etwa so:

Tragen einer roten Schildmütze werktags / Eines weißen Stetson sonntags / Rauchen von Marlboro nicht unter einer Schachtel

minus neun

pro Tag / Fahren eines Mack-Trucks / Verachten aller Neger mit Ausnahme des einen guten, den man kennt und gelegentliches Vernaschen einer Drive-in Kellnerin, die die Hamburger auf Rollschuhen serviert.

Hier heißt er Josef. Josef Scharmer

Die Nachbarskinder riefen ihn Säbby-Bäbby, seine Schulkameraden nannten ihn Sepp. Später nannte er sich selber Kid, dann Jody, dann Joe. Die Namensänderung kostete ihn so viel Lebensenergie, daß er schlecht in der Schule war, aus zwei Lehren flog und seinen armen Eltern überhaupt recht wenig Freude bereitete.

Seine offenbare Ruhelosigkeit und Fehlanpassung legte sich erst, als sogar seine Mutter eingewilligt hatte, ihn Joe zu nennen.

Und nicht mehr Josef oder Josselchen.

Er wurde Taxifahrer, verdiente eigenes Geld, und seine Eltern konnten endlich beruhigt altern. Sie widmeten sich dem Kegeln (was Joe beharrlich «Bowling» zu nennen pflegte) und pusselten den lieben langen Tag in einem kleinen Garten herum, wo sie allerlei eßbares Grünzeug anpflanzten.

Joe hatte nun zwar eine sinnvolle Beschäftigung und eigenes Geld, aber die große Unlust seiner Jugend war geblieben. Irgendwo tief drinnen spürte er, daß er am falschen Platz herumfuhrwerkte. Er wurde das Gefühl nie ganz los, daß man ihn gar nicht beachte. Nie geht es um mich, dachte er manchmal, und das stimmte. Wann immer er im Leben anderer vorkam, war es als Nebensache oder Störfaktor.

Selbst in dieser Geschichte geht es nicht um Joe. Aber wenn er schon hier rumsteht und die Aussicht auf wesentliches verstellt, dann können wir ihn uns auch genausogut ein bißchen genauer anschauen.

Also: Es sieht zwar aus, als wäre es bloß eine Lederjacke mit Koteletten drüber, aber es ist Joe. Lässig lehnt er am Tresen und hat sein Spielbein so angewinkelt, daß er mit dem Absatz des Cowboystiefels in die Chromstange kurz über dem Boden einhakt.

Er läßt die Bauchmuskeln spielen, damit sein Gürtel knarrt. Er mag es, wenn sein Gürtel knarrt. Knarren von Leder ist seit jeher

minus acht

das Geräusch, von dem er sich am besten repräsentiert fühlt. Das klingt so nach Ranch-Koppel in Arkansas.

Knarz.

Also, Joe steht am Tresen angelehnt; der Tresen ist stilistisch an ein englisches Pub angelehnt; die ganze Kneipe ist an so eine dunkelgebeizte Idee von einsamer Männlichkeit angelehnt, und die männlichen Gäste sind größerenteils an Karl Heinz Köpke angelehnt.

Wenn man bloß mal den Bart nimmt.

Frauen kommen hier nicht so vor. Die wenigen, die man sieht, sind an ihre Männer angelehnt. Oder an das, was mal ihre Männer werden soll. Die Frauen sehen aus, als wären sie gerade aus der Brigitte herausgehüpft, und zwar direkt von der Diät-Frisuren- und-Kosmetik-Seite. Auf dieser Seite gibt es immer zwei Bilder von derselben Frau. «Vorher» und «Nachher». Die Frauen hier sehen alle aus wie «Nachher». Nachher, das ist, wenn der Retuscheur seine fünfzig Mark verdient hat. Nachher können die Frauen sich wieder in die Kneipe trauen.

Die Kneipe heißt «Schnakenloch».

In Joes Sprache hieße das «Mosquito-hole» und ergäbe auch nicht mehr Sinn. Schnaken wohnen nicht in Löchern. Sie haben welche, winzigkleine, durch die der Rhesus-Faktor rein kann in das hungrige Schnakenbäuchlein, aber nach diesen Löchelchen ist die Kneipe nicht benannt. Das behaupten wir jetzt mal.

Im Schnakenloch gibt es «Über zwanzig Biersorten», und für jedes dieser Biere kommt einmal der Moment, wo es heißt Abschied nehmen vom heimeligen Faß und an irgendeinem Bart vorbei in den Bierhimmel fließen.

Im Augenblick sitzen nur drei Männer ohne Bart hier. Einer davon ist Joe.

Wer möchte übrigens mal raten, welche Biersorte er trinkt? Richtig. Budweiser.

Die Bärte sind von dieser seitlich anrasierten Art, wie sie bei Hauptfeldwebeln, Karl Heinz Köpke, dem Mann von der Allianz-Versicherung und der Besatzung der niederen Ränge im Tierversuchslabor vorkommt. Der Fachhochschulbart also.

minus sieben

Man muß sich die Gäste etwa so vorstellen: Gerade noch Friedensbewegung, aber schon nicht mehr Tempolimit.

Lauter als Joe jemals mit dem Gürtel knarren kann, knallt Musik aus den Lautsprechern an der Decke. Das muß so sein. Liefe keine Musik, dann redete keiner der Gäste mehr ein einziges Wort. Man könnte es ja hören und womöglich widersprechen. So nickt man einfach mit dem Kopf, wenn man sieht, daß einer den Mund auf, und zumacht, und der ist dann zufrieden, daß er endlich mal so richtig sagen konnte, was er auf dem Herzen hat.

Die Lautsprecher sagen gerade «China Girl».

Scheißmusik, denkt Joe, denn für ihn ist alles Scheißmusik. In seinem Kopf läuft schon seit Jahren eine Endlos-Schleife von «I'm proud to be an Okee of Muskogee», und alles, was nicht dieses Lied ist, ist eben Scheißmusik.

Auf dem Kugelschreiber, an dem er gedankenverloren herumnagt, steht «Sparkasse Mörfelden». Der Kuli ist das Souvenir von einem «One night stand», oder besser «Half night stand». Sie war «eine politische», und wenn Joe was nicht leiden kann, dann «politische». Je mehr sie von ihren Demos und Aktionen schwärmte, desto mürrischer wurden Joes Antworten, und je mürrischer seine Antworten wurden, desto schmiß sie ihn schließlich raus. Bevor noch «Ficktechnisch», wie Joe das nennt, was hätte laufen können, saß er schon wieder im Taxi und hatte die Chance vertan. Blöde Politkuh, dämliche. Der Kuli schmeckt fusselig.

Joe zerquetscht einen Bierdeckel, auf dem «Schlösser Alt» steht, der aber nach «Guiness extra stout» riecht, und geht sich selber auf die Nerven.

Uns auch.

Am Tisch neben der Eingangstür sitzen Happe und Stefan, Taxifahrer wie Joe, und reden über den hundertneunziger Diesel. Da sie sich den aber nicht leisten können, machen sie ihn runter, daß keine gute Speiche an seinen Felgen bleibt. «Übermotorisiert» schreien sie und hauen die Faust auf den Tisch. Die gehn uns auch auf die Nerven.

Ein bißchen weiter rechts, den Rücken zur Wand, die Tür im

Blick und wie Joe an einem Kuli nagend, sitzt Thommie Bayer, der diese Geschichte schreibt.

Genau wie Joe ist Thommie von der OEF aufs falsche Band gelegt worden. Während der Feierstunde, die alljährlich an Maria Verkündigung stattfindet, nahm ihn ein höhnisch «Hosianna» hauchender Saboteur vom Band der «Frauenentwilderungs-société», das ist die französische Babyversorgung, und schmuggelte ihn rüber zur «Selbstverwirklichungs GmbH».

So geistert er als verirrter Franzose mit dem «Oh-la-la-l'amour-Quirl» im Herzen durchs finstere Grübel-Deutschland und sucht nach La Leichtigkeit, Liebe am Nachmittag und Savoir vivre.

In der Feinkostabteilung von Karstadt kauft er Baguette, Vinaigre und Dijon-Senf zu überhöhten Preisen. Er geht mit Baskenmütze ins Bett, versäumt keinen Film mit Piccoli, und tränke er Bier, dann wäre das Kronenbourg. Er hat aber ein Glas Beaujolais vor sich stehen.

Von Statur und Erscheinung her ist er diese feinnervige Künstlertype, die in den Truffaut-Filmen immer die besten Plätze belegt. Es kann als sicher angenommen werden, daß Jean-Pierre Leaud nur deshalb existiert, weil die Aktion der OEF entdeckt wurde und sich die «Frauenentwilderungs-société» entschloß, dasselbe Modell noch mal zu liefern. Als Entschädigung für Frankreich.

Thommie gegenüber sitzt eine Person und trinkt nichts, hat keine Kleider an, keinen Körper drunter, kein Gesicht und keine Stimme. Noch nicht. Es ist der Held der Geschichte. Thommie denkt nach.

Thommie schreibt einen Satz.

Plötzlich sitzt ein T-Shirt vor ihm. Ein T-Shirt mit nichts drin! Er schreibt ausgebleichte Jeans in sein Notizbuch, und gleich sitzen sie auch schon unter dem T-Shirt und rutschen unruhig auf dem Stuhl herum.

Zum Glück sind alle Benutzer des Schnakenlochs ausschließlich mit sich selber beschäftigt, so daß keiner die seltsame Erscheinung bemerkt. Ein T-Shirt mit Jeans, denen Thommie gerade seine

minus fünf

Schuhe hinstellt. Als er unter dem Tisch vorkommt, schreibt er Arme, ein Gesicht und eine Stimme aufs Blatt, spendiert dem Wesen noch eine Armbanduhr und lehnt sich beruhigt zurück.

Das Wesen holt sich ein Glas Wein an der Theke. Thommie wirft ihm seinen Geldbeutel zu, denn die Jeanstaschen sind noch leer. Kein Hausschlüssel, kein Personalausweis, kein Geld, keine Fotos. Leer.

Erwartungsvoll schaut Thommie dem Wesen entgegen, als es, Geldbeutel und Weinglas in derselben Hand, wieder an den Tisch kommt. Das Wesen setzt sich.

«Was willst du von mir?» fragt es.

Thommies Gesicht zeigt zuerst einen etwas überheblichen Gesichtsausdruck. Dann wird es nachdenklich, dann fast so etwas wie bestürzt. Er zündet sich eine Zigarette an, sieht dem Wesen direkt in die Augen und fragt:

«Wie meinst du das?»

«Na, ganz einfach», sagt das Wesen, «du hast mich gerufen, und ich will wissen, wozu.»

«Gerufen? Ich hab dich erschaffen. Ich meine, ich bin dabei, dich zu erschaffen. Ich schreib dich hier einfach so hin.»

Das Wesen lächelt amüsiert, nimmt Thommies Zigarette aus dem Aschenbecher und zieht daran:

«Erschaffen, so? Frag mal Gott, wie das Erschaffen geht. Frag ihn auch gleich, was seine Schöpfung mit ihm vorhat.»

«Mit *ihm*?» Nun ist Thommies Ausdruck eindeutig bestürzt. «Die Schöpfung mit *ihm*?»

«Ich fürchte, du wirst dich noch ziemlich wundern», sagt das Wesen. Thommie scheint die Fassung wiedergewinnen zu wollen. Er hat ein Detektivgesicht aufgesetzt: «Wenn du all das weißt, was du zu wissen vorgibst, *woher* weißt du es?»

«Weiß nicht», sagt das Wesen und zuckt die Schultern. «Aber laß es uns andersrum versuchen. Wie soll ich sein?»

Thommie stottert ein bißchen: «Also... äh... schlagfertig und so ein bißchen... äh... arrogant... Ich meine so ein bißchen im Besitz der einzigen Wahrheit, oder so... vielleicht so ein bißchen undurchsichtig.»

minus vier

Zusammengesunken wie ein verlassener Rucksack sitzt das Wesen auf seinem Stuhl. Thommie schaut prüfend über den Tisch, als wäre er der Mann vom Fundbüro und müsse entscheiden, ob man das Ding jetzt ins Regal packt oder wegschmeißt.

«Was war das?» fragt das Wesen. «Was war das, was ich da eben gedacht hab?»

Thommie scheint verlegen. Es tut ihm leid, daß er seinen Helden so traurig gemacht hat: «Das gehört eigentlich gar nicht hierher.»

«Dann streichs wieder raus!»

Das klingt wie der Schrei eines geschlagenen Kindes, und Thommie schämt sich. Mit solchem Schmerz hat er nicht gerechnet.

«O. k., ich streichs», sagt er leise.

«Wer bin ich?» fragt das Wesen.

«Du bist ein junger Mann, der heut seinen einunddreißigsten Geburtstag feiert. Du bist sympathisch und beweglich. Du wirst es gut haben in dieser Geschichte, hab keine Angst. Jetzt mußt du aber los. Die Hauptgeschichte fängt gleich an.»

«Gib mir noch was zum Anziehen. Ich will nicht im T-Shirt raus. Außerdem hab ich noch deine Schuhe an. Ich will eigene.»

«O. k.» Thommie schreibt alles nötige hin, und ein seltsam, aber warm gekleideter junger Mann verläßt das Lokal. An der Tür winkt er noch einmal zurück, dann ist er verschwunden.

«Viel Glück», murmelt Thommie.

Und das klingt ein bißchen traurig.

minus eins

Für Walter, Ingrid, Erna, Konstantin, Anna, Moritz, Hermann, Fritz, Elfriede und Emiliobert.

Und Simone und Georg, obwohl die bloß Puppen sind.

Und für den Tiger.

plus minus null

Wenn Kinder innerhalb der Regeln nicht gewinnen können, dann schreien sie einfach laut: «Das giltet nicht!» Sig Baumbusch konnte bis heute nicht gewinnen. Auch er versucht, sich selbst davon zu überzeugen, daß es «bis jetzt nicht gegolten habe».

Er fühlt sich unter Zeitdruck, denn heute ist sein Geburtstag. Geburtstage sind individuelle Sylvester, an denen man von sich verlangt, was man sich bisher geschenkt hat.

Sig hat sich irgendwie das Leben geschenkt. Er hat sich so durchgetrödelt, dachte, wenn er jeden Abend müde sei, wäre das genug, und er müsse nur gelegentlich den Schoß hinhalten, in den ihm das Glück dann schon irgendwann fallen würde.

Es fiel aber nicht.

Die OEF-Agenten im Himmel machen nicht nur räumliche Vertausch-Aktionen, sondern auch zeitliche. Sig ist das Opfer solch einer Zeit-Aktion. Er hätte in den frühen zwanziger Jahren dieses Jahrhunderts einunddreißig werden sollen. Ein Maler in einer Zeit, in der die Malerei noch zu neuen Ufern aufbrach.

Damals hieß die «Selbstverwirklichungs-GmbH» noch «Kanonenfutter-Beschaffungs-Amt», und die OEF-Leute legten Sig jahrelang Tag für Tag auf dem Band nach hinten. So daß er fast sechzig Jahre lang nicht ausgeliefert wurde.

plus eins

So war er, als er schließlich doch zur Welt kam, völlig veraltet. Er wurde geboren mit einer mittlerweile total unzureichenden Ausrüstung an Einsicht, Globalität und Anpassungsfähigkeit.

Kein Wunder, daß ihm das Glück nicht mehr in den Schoß fiel. Es war längst in den Schoß eines anderen gefallen. Und der hatte nichts damit anfangen können. Was sollte ein einfacher Breslauer Lohnbuchhalter in den zwanziger Jahren auch mit dem Angebot eines gewissen Gustav Klimt aus Wien anfangen, er solle am Beethovenfries mitarbeiten? Nichts, natürlich.

Der brave Georg Prittwice, so hieß der Buchhalter, schmiß den Brief einfach weg, denn er hielt ihn für einen der weniger gelungenen Scherze seiner Sangesbrüder von der «Harmonia Breslau», die immer zu Dummheiten aufgelegt waren.

So kommt es, daß Sig als Maler immer noch daran arbeitet, die Gegenständlichkeit zu überwinden, während seine Kommilitonen an der Kunstakademie schon längst die *Malerei* überwunden haben.

Er sitzt im Zug von Stuttgart nach Freiburg. Eben fuhr Horb vorbei, und die Abenddämmerung ist schon in ihr letztes, farbloses Stadium getreten.

Wie oft zu dieser Tageszeit, ist Sig in einer seltsamen Mischung aus Melancholie und Aufgeregtheit glücklich. Andere fühlen sich so, wenn Vollmond ist. Sie rasen innerlich und wissen nicht, wohin. Bei Sig ist es die Dämmerung, die ihn bodenlos und grenzbereit macht.

Im Gepäcknetz über ihm liegt eine Mappe mit Arbeiten, die er Freiburger Galeristen vorlegen will. Eine Verabredung hat er schon. Morgen, zehn Uhr in der Galerie Eberwein. Pünktlich, hat der Galerist am Telefon gesagt, denn um elf müsse er nach Zürich. Deshalb fährt Sig schon heute abend.

Mittlerweile ist es Nacht geworden. Eine hübsche Nacht. An den Hängen des Neckartals liegen Dörfer, deren Häuser man gar nicht mehr sieht. Was man noch sieht, ist immer ein Schwung Lichter, die aussehen wie ein paar Händevoll Sterne, von einem achtlosen Engel verstreut und nicht wieder aufgeputzt.

Wenn jetzt noch eine Raffinerie vorbeikäme, dann wär die Weih-

plus zwei

nachtsstimmung perfekt, denkt Sig. Aber zwischen Horb und Rottweil gibt es nichts dergleichen. Nun ja, die gefallenen Sterne sind schön genug.

Der Walkman hüllt Sig ein in die traurig-voluminöse Musik von Pekka Pohjola. Wenn er die Augen schließt, dann sieht er schwarze Seen, schwarze Wolken und schwarze Wälder. Und wenn er die Augen wieder öffnet, huschen diese hübschen Sternflecke vorbei. Auf einmal sitzt da ein Mädchen.

Sie schaut ihm direkt in die eben aufgeschlagenen Augen. Vor lauter Überraschung lächelt er. Er kann gar nicht anders. Eben kommt er von den schwarzen Seen, und das Mädchen sitzt so mittendrin in seinem Blickfeld, daß er gar nicht anders kann, als sie ins Bild aufzunehmen. Er heißt sie willkommen auf ihrem schwitzklebrigen Zweiter-Klasse-Plastik-Sitz. Statt der Sterne.

Wie lang sie wohl schon da sitzt?

Sie lächelt auch. Sie scheint etwas zu sagen. Ihr Mund bewegt sich.

«Was?»

Er muß geschrien haben, denn jetzt lacht sie und legt einen Finger an die Lippen.

Die Lippen! Er hat einen Stempel im Herzen. Der wird nie wieder rausgehen, das weiß er jetzt schon. Er erinnert sich an das Bild eines Präraffaeliten, dessen Namen er vergessen hat: Hellrote Rosen in einer Vase. Die Rosen sind nicht mehr weit vom Welken entfernt, aber sie tragen noch in sich das Sehnen, die elegante Gier, das Feuchte und Versprochene des Zeitpunktes, an dem sie verschenkt wurden, und des Grundes, aus dem sie angenommen wurden. Eine dieser Rosen liegt, kaum festgehalten von einer müden Mädchenhand, auf einem Tisch. Das Mädchen hat den Kopf auf die Arme gelegt, als warte sie auf das Welken der Rosen. Die eine in ihrer Hand vertrocknende Rose stirbt als Beweis für das Vergehen der Liebe, das Versiegen der Begierde, und die ganze Melancholie zittert vor erinnerter Wollust.

Genau diese Farbe, genau dieses blasse Rot schimmert von den Lippen des Mädchens. Große, weiche Lippen, die genau in der Mitte von einem fordernden Zeigefinger durchgestrichen werden.

plus drei

Die Lippen lachen über ihn. Offenbar schaut der ganze Waggon zu ihnen her. Sig macht eine entschuldigende Geste und nimmt die Kopfhörer ab.

Noch bevor ihn der Mut, den ihm sein eigenes unverhofftes Lächeln gemacht hat, wieder verlassen kann, sagt er: «Ich dachte immer, Poesie und Wirklichkeit seien so was wie Feinde, aber heute liegen Sterne mitten in der Wirklichkeit rum, und eine Frau hat Rosen im Gesicht.»

«Rosen?»

«Vielleicht ist es bloß dein Mund, aber es sieht genau wie Rosen aus.»

Sie versucht nach unten, über ihre Nasenspitze weg zu schielen. Als er lacht, sagt sie: «Quatsch.»

«Das ist kein Quatsch», sagt er, «das ist Poesie.»

Sie sieht ihm ernst in die Augen: «Dann wollen wir aber hoffen, daß du kein Dichter bist.»

Das bezeichnet er als Tiefschlag. Sie erklärt ihm, so tief wie einer sinken müsse, um die Botanik für seine Gefühle herhalten zu lassen, könne man gar nicht schlagen.

Er ist ernstlich beleidigt.

So was nenne der Psychologe eine Projektion. Woher sie wisse, daß er von Gefühlen rede? Außerdem bemühe er die Botanik höchstens in transzendierter Form, nämlich in der Malerei. Er habe ein Bild zitiert. Das wisse sie eben nicht.

«Aber eine Nummer kleiner als Rosen wär's doch gegangen», sagt sie in entschuldigendem Ton.

Sig ist nicht zu versöhnen: «Hab ich Baccara gesagt? Ich könnte ja ganz kleine Röschen meinen. Heckenröschen zum Beispiel.»

«Warum nicht Veilchen?»

«Ein Veilchen ist der Zustand eines Auges.»

«Oje, ein Schläger.»

Er bietet ihr an, das Veilchen wieder in die Blumenfamilie aufzunehmen, sie müsse nur zugeben, daß er zu Recht beleidigt sei. Sie findet, da er eh kein Dichter sei, könne er die Goldwaage auch wieder wegpacken.

«Frieden?» fragt er.

plus vier

«Bis zum Zielbahnhof», sagt sie.

Er könne auch Musik hören, wenn sie wolle.

Das könne sie dann auch, müsse sie sogar, sein Walkman sei näm-lich undicht.

«Das hat er mit mir gemeinsam», murmelt Sig. «Er ist kein Dichter.»

Er schaut zum Fenster raus, denn jetzt kann er nicht riskieren, sie anzusehen. Er hofft, daß sie über seine Antwort lachen muß, aber er traut sich nicht, es nachzuprüfen. Am liebsten bisse er in die Fingernägel, aber das hat er nie getan. Das kann er jetzt nicht anfan-gen. Vielleicht sollte er ein bißchen im Matschsack herumkramen? Ach was. Er wird jetzt einfach den Kopf drehen und so tun, als wolle er die andere Seite des Waggons betrachten. Dabei kann er ja mal flüchtig über ihr Gesicht huschen und sehen, was los ist.

Sie muß darauf gewartet haben. Sie läßt ihm keine Chance, ihr Gesicht bloß zu streifen. Sie hält seine Augen mit ihren fest und sagt: «Ja, ich hab gelacht.»

Mein Gott, die kann Gedanken lesen! Es bleibt ihm nichts ande-res übrig, als schon wieder zum Fenster rauszusehen. Im grup-pentherapeutischsten Ton, den er hinkriegt, sagt er: «Du, ich emp-finde dich ein Stück weit als unheimlich aggressiv mir gegen-über... du... echt.»

Sie lacht.

«Jetzt lachst du schon wieder über mich.»

«Ich finde, da hast du unheimlich recht», sagt sie.

Sie müssen schweigen bis Rottweil, denn ein Herr in grenzschutz-grünem Anzug hat sich zu ihnen gesetzt. Sie sehen aber beide in aufeinander passenden Winkeln aus dem Fenster, so daß sich ihre Augen treffen. Sie collagieren sich gegenseitig mit der vorbeiflit-zenden Dunkelheit. Einmal lächelt sie, und als er auch lächelt, ist es wie ein Schrecken, der ihn lähmt.

Ein freistehendes Lächeln ohne Text und ohne Ausrede ist wie mitten ins Herz gefaßt. Bis der Mann endlich ausgestiegen ist, ver-meidet Sig, ihren Augen zu begegnen.

plus fünf

Sie deutet auf die Mappe im Gepäcknetz und fragt, was da drin sei.

«Bilder», sagt er, und sie dürfe sie ansehen, wenn sie wolle. Das wolle sie, sagt sie und holt die Mappe aus dem Netz. Er blättert ihr vor, und nach dem fünften Bild fragt sie: «Malst *du* die?»

«Ja», sagt er und ist schüchtern geworden. Er wartet auf ein Lob. Ihm gefällt, wie sie die Bilder ansieht. Mittlerweile blättert sie selbst. Es scheint, als habe sie ihn vergessen. Manchmal brummt sie etwas vor sich hin, das er nicht verstehen kann, und einmal blättert sie zurück und sagt: «Das gefällt mir.»

Ein andermal deutet sie auf eine Einzelheit und sagt: «Ui.»

Jetzt ist er so schüchtern geworden, daß er seine eigenen Schluckgeräusche hört, wie das Dröhnen einer Steinbruchsdetonation. Aber zu der Verlegenheit ist auch das spannende Kitzeln der nahen Wärme ihrer Haut gekommen. Er ist nicht nahe genug, die Wärme zu spüren. Ein Zentimeter fehlt. Um das Kitzeln auszukosten, konzentriert er sich darauf, nicht näher an sie heranzurücken. Er will die Wärme *wissen*. Er will sie nicht spüren.

Seinetwegen könnte der Zug jetzt mit Maschinenschaden stehenbleiben. Aber dann wären in einer Viertelstunde genügend Busse da. Es ist leider nicht mehr so wie in den alten Filmen, wo der Drehbuchschreiber sich raussuchen konnte, welche Katastrophe er zum besseren Kennenlernen der Hauptdarsteller heranziehen will.

«Sehr düster», sagt sie zu einem Bild. Drei Blätter weiter nimmt sie eines in die Hand, um Einzelheiten zu enträtseln. Sie dreht das vorhergegangene Bild um, damit sie einen weißen Hintergrund hat, und legt das Blatt in die Mitte. Es ist eine Mischtechnik aus Aquarell, Kaffee, Tusche und Bleistift. Sie probiert verschiedene Abstände aus, sieht es aus verschiedenen Blickwinkeln an, hält es näher ans Licht des Mittelgangs und studiert es richtig, als wäre es eine Aufgabe, die sie zu lösen hat. Dann sagt sie: «Das ist aber sehr schön.»

Sig räuspert sich: «Es heißt *Das definitive Vielleicht.*»

«Und wie heißt du?»

«Sig.»

plus sechs

«Sig?»

«Oder Siggi, wenn dir das besser gefällt.»

Sie lächelt amüsiert: «Nicht vielleicht Siegfried oder so?»

«Doch schon. Aber ich verbiete alles außer Sig und Siggi.»

Sie zuckt die Schultern: «Na gut, ich heiße Regina. Nicht Reg oder Reggie.»

So ein blöder Name wie seiner sei das zwar nicht, aber passen würde das auch nicht zu ihr, findet er. Klänge so streng.

«Ich kann streng sein», sagt sie und blättert weiter durch die Mappe.

Schließlich lehnt sie sich zurück und klappt die Mappe zu. Sie zündet sich eine Zigarette an und sagt: «Danke fürs Zeigen.»

Sig, der das Bild, das sie so mochte, vor dem Verstauen der Mappe herausgenommen hat, sagt: «Schenk ich dir», und legt es in ihren Schoß.

In seiner Hand hat es sich eben angefühlt, als müsse es welken, wenn er es nicht sofort hergibt. Sie sagt nichts, schaut bloß in ihren Schoß, und Sig ist froh, auch dorthin sehen zu dürfen.

«Nein.»

«Doch.»

Ihre Augen suchen etwas zu gründlich nach einer Erklärung in seinem Gesicht. Schnell, um nicht doch noch rot zu werden, sagt er: «Ich schenk's dir zu meinem Geburtstag. Ich bin heute einunddreißig geworden.»

Gott sei Dank sieht sie wieder das Bild in ihrem Schoß an. Es liegt dort, als könne es gleich loskrabbeln. Schließlich holt sie ein Buch, groß wie ein Schulatlas, aus ihrem Korb und legt das Blatt vorsichtig zwischen Deckblatt und erste Seite. Sie packt alles in den Korb zurück und sagt leise: «Das kann ich nicht verstehen.»

«Ich auch nicht», sagt Sig, «aber es fühlt sich gut an.»

Wieso ist er nur so mutig. So kennt er sich gar nicht. Er kann schon reden, aber nicht bei Menschen, die ihn interessieren. Nur Leute, die ihn innerlich kaltlassen, kommen normalerweise in den Genuß seiner Schlagfertigkeit. Wenn ihm jemand gefällt, ist er eher wortkarg. Und wenn ihm jemand so sehr gefällt, wie ihm diese

plus sieben

rosenmundige Regina gefällt, dann müßte er eigentlich stumm wie
ein Fisch nach dem Kochen sein. Er ist aufgeregt.

Sie kramt eine Tüte aus ihrem Korb, und aus der Tüte fingert sie
zwei belegte Brote. Eins davon hält sie ihm vors Gesicht, als wäre
er ein kleiner Hund, den sie vorhat, ohne Genehmigung des Herr-
chens zu verwöhnen.

«Salami», sagt sie und «Mmmmmhhh».

Er schaut sich das Brot wohl etwas zu zweifelnd an. Vor allem
weit davon entfernt, sofort zuzuschnappen. Sie fragt: «Kein Hunger?»

«Nicht auf Salamibrot.»

«Auf was denn?»

«Rosensalat.»

«Du bist frech.»

«Ja.»

«Herzlichen Glückwunsch zum Geburtstag.»

Es ist der zweiundzwanzigste April im Jahre Neunzehnhundertfünfundachtzig, und wenn Sig nur sechzig Jahre alt wird, hat er das
Ärgste schon hinter sich.

Er möchte sehen, wie ihre Lippen sich bewegen, deshalb fragt er sie
aus. Vor lauter Lippen hört er allerdings kaum zu. Nur am Rande
bekommt er mit, daß sie im zwölften Semester Deutsch studiert,
eigentlich fürs Lehrfach eingeschrieben ist, aber nicht an die Schule
will. Sie will in Wahrheit nicht mal fertig werden. Will sich an der
Uni verkriechen. Sagt, in der richtigen Welt sei mit ihr nichts anzufangen. Die guten Eigenschaften, die sie habe, hätten in der richtigen Welt keine Bedeutung, und ihre neutralen Eigenschaften gälten
dort als schlechte.

Kaum rätselt Sig darüber nach, was sie wohl mit «Der richtigen
Welt» meinen könnte. Kaum fragt er sich oder sie, was denn diese
guten, schlechten und neutralen Eigenschaften seien. Kaum denkt
er nach über die Frage, wo sie denn zu leben glaube, wenn das hier
nicht die richtige Welt sei. Er stellt Fragen, an die er sich gleich nicht
mehr erinnern kann. Er will nur, daß sie nicht aufhört zu reden.

Wann immer sie aus dem Fenster schaut, versucht er seinen Blick

plus acht

auf ihren Pullover zu schmuggeln. Leider trägt sie die Art von Pullover, die unbefugte Blicke sofort zurückwirft. Er kann die Form ihrer Brüste nicht erraten. Ihre schulterlangen, walnußbraunen Locken sind mit zwei Kämmen über die Ohren nach hinten gefaßt. Die graublauen Augen haben opalisierende Lichtflecke. Er vermutet, daß diese Augen auch kahl wie Schiefer oder weich wie das Fell einer Maus sein können. Ihr zarter Körper verschwindet fast zu zwei Dritteln in dem viel zu großen Pullover. Daß er so wenig von ihr sehen kann, steigert Sigs Sehnsucht und Begierde.

Sie macht seltsame Gebärden mit den Händen. Die schlanken Finger mit breiten Knöcheln vollführen kleine Tänze, die oft mitten in der Bewegung abbrechen, so daß die Hände in der Luft stehenbleiben, wie unschlüssige kleine Hubschrauberchen. Er ist verliebt in diese halbfertigen Gesten.

Wann immer sie ihre tiefliegenden Michelangelo-Augen nicht auf ihn gerichtet hat, findet er Einzelheiten, die er innerlich mitschreibt: Eine anrührende Erfahrenheit dieser Hände, die erst so zielsicher in eine Richtung toben und dann plötzlich innehalten, als genüge auch der Entwurf einer Gebärde. Wie der Ein-Uhr-Schatten einer Resignation sieht das aus, wenn sie sich aus Bewegungen zurückzieht und die Oberseiten ihrer Finger an die Wangen legt, als erhoffe sie dort Kühlung. Aber die leicht konkav gewölbten Seiten ihres Gesichts machen eher den Eindruck, als habe es erst kürzlich in ihrem Kopf gebrannt. Auch die Ränder der Augen sehen aus, als hätte die Tränenfeuerwehr was zu löschen gehabt.

Sig ist nicht nur in die Gebärden verliebt. Nahezu fassungslos spürt er in den Fingerspitzen, wie es wäre, ihr Kinn, weich wie das eines Kätzchens, zu berühren. Nahezu fassungslos sieht er verschiedene Gesichter über sie flackern und verschwinden, bevor er sie noch recht erkennen kann, und nahezu fassungslos spürt er, wie sein Magen nach unten fällt, weil der Zug bremst und eine blecherne Stimme sagt: «Freiburg Hauptbahnhof, Freiburg Hauptbahnhof. Der eingefahrene Eilzug fährt weiter nach Basel Schweizer Bahnhof.»

plus neun

Hastig greift er nach der Zeichenmappe, dem Matchsack und seiner Jacke. An allerlei Ecken und Kanten anstoßend, rennt er hinter ihr her zur Tür, wo er sich schon durch einsteigende Reisende durchquetschen muß.

Bei dem Dextro-Energen-Automaten auf dem Bahnsteig zieht sie an der Schublade und fährt mit dem Finger hinter das Geldrückgabe-Kläppchen. Wie ein kleiner Streuner. Fünfzig Meter weiter dasselbe beim Zigarettenautomaten in der Halle. In dem Augenblick, da sie sich ihm zuwendet, um sich zu verabschieden, sagt er:

«Ich würde gern noch mit dir zusammensein.»

«Das geht mir zu schnell», sagt sie.

«Würdest du mitmachen, wenn's langsamer wäre?»

«Vielleicht.»

Dieses «Vielleicht» sagt sie mit einem Fragezeichen in der Stimme, das ihm genauso am Herzen schmirgelt wie der Griff ins Geldrückgabefach. Er fragt nach ihrer Telefonnummer. Sie sagt, die müsse er selber herausfinden, das gehöre dazu. Wozu, fragt er und erntet einen lehrerinnenhaften Blick. Ihr Nachname sei Hodler.

«Du bist nett», sagt er.

«Vielleicht», sagt sie, wieder mit diesem Fragezeichen in der Stimme, geht um die Ecke und ist verschwunden.

Er kommt sich selber wie verschwunden vor. Es würde ihn nicht erstaunen, wenn er sein eigenes Spiegelbild im Kioskfenster nicht finden könnte. Er steckt die Hand in die Hosentasche, und nichts darin scheint ihm bekannt. Den Schlüssel, den er zweifelnd zwischen den Fingern reibt, könnte er wohl wegschmeißen. Der paßt garantiert in keine ihm bekannte Tür.

Regina Hodler.

War im Bahnhof noch die wetterlose Niemandslandstimmung aller Bahnhöfe, so herrscht draußen schon der rauschende Frühling. Die, die immer um den Bahnhof herumstreichen, weil sie annehmen, das, worauf sie warten, passiere hier, haben die Jacken, die Hemdkrägen, die Gesichter und, in einigen weniger appetitlichen Fällen, sogar die Hosen aufgeknöpft.

plus zehn

Die zweite Sorte Bahnhofsbenutzer, die nicht darauf warten, daß irgendwas passiert, sondern, daß ein Zug einfährt, werden von den andern heute weniger angepöbelt als sonst. Normalerweise herrscht Krieg zwischen den beiden Lagern. Aber an einem Tag wie diesem kann man sie auf den ersten Blick kaum auseinanderhalten. Die, die etwas vorhaben, gehen langsamer, und die, die nichts vorhaben, schlendern schneller als sonst. Und alle lassen das Take-it-easy-Gesicht aus dem Hemdkragen sprießen.

Sig dreht noch mal um, denn er will die Mappe im Schließfach deponieren. Auf dem Weg dorthin fällt ihm auf, daß niemand ihn prüfend ansieht, ob er nicht vielleicht Türke, Student oder sonstwas zum Verachten ist. Außerdem geht nichts schief. Das ist auch selten. Er hat das Kleingeld fürs Schließfach passend, das Schließfach ist nicht defekt und obendrein auch noch groß genug für die Mappe.

Das muß am Datum liegen.

Der Frühling schmiert die arthritisch knarzende Welt mit frischem Öl, und die Sehnsüchte flutschen wieder in alle Richtungen. Wie auch ihre pflanzlichen Verwandten, die Samen.

Ob sie mit dem Schweizer Jugendstilmaler Ferdinand Hodler verwandt ist? Seine Enkelin? Im Telefonbuch stehen drei Hodlers. Irma, Krankenschwester, Christian, ohne Berufsangabe, und Regina, ebenfalls ohne Berufsangabe. 373391. Ob sie allein wohnt? Er wird sie jedenfalls nicht nach einem Freund fragen. Das ist nicht sein Stil. Zu ungeniert. Vielleicht kommt sie ja mal selber auf das Thema zu sprechen.

Heute kann er noch nicht anrufen, das steht fest. Das geht mir zu schnell, hat sie eben gesagt. Aber morgen. Ja, morgen auf jeden Fall.

Er kann eine Woche bleiben. Das heißt, er kann eigentlich bleiben, so lang er will. Er ist sozusagen frei.

Die Wohnung im Stuttgarter Westen hat er vor drei Tagen verlassen. Das Zimmer leerzuräumen war keine große Sache gewesen. Seine Bücher hat er verschenkt, seine Farben und die Staffelei bei seiner Mutter untergestellt, und alles, was er sonst besitzt, paßt in diesen Matchsack.

plus elf

Vor einer Woche hat ihn Karin, seine langjährige «Beziehung», verlassen. Per Post. Auf Kreta über Ostern eine unheimlich intensive Beziehung aufgebaut und jetzt total das Bedürfnis, sich zu engagieren. Sollte sie. War ihm gerade recht. An seinem eigenen Aufatmen merkte er, daß ihm die ganze, auf die Bedürfnisebene hochgewuchtete Erlebnisgeschaftlhuberei nicht gutgetan hatte. Ohne große Enttäuschung zog er einfach aus, bevor sie aus dem Urlaub zurück war und dem «Bedürfnis, mit ihm die Situation zu klären», hätte nachkommen können.

Nicht einmal gewundert hat er sich. Das Ganze kam ihm schon viel zu bekannt vor. Genau derselbe Film lief ja dauernd neben ihnen ab. Warum sollte die Kamera nicht irgendwann auch mal auf sie gerichtet sein? Die Pärchen fangen an zu diskutieren, organisieren ihre Gemeinsamkeiten nach Stundenplan, entdecken plötzlich das Bedürfnis nach Freiräumen, in denen sie feste was für sich selbst entwickeln, und alle Freunde und Bekannten nehmen Anteil.

Dann wechseln die Bezeichnungen. Alles, was sich fühlen läßt, bekommt einen medizinischen, soziologischen oder psychologischen Namen. Wunsch heißt Bedürfnis, Lust heißt Orgasmus, Kummer heißt Probleme oder, besser noch, Problematiken. Plötzlich sind die Menschen Versuchskaninchen im eigenen Labor geworden. Sie geben sich selber die Spritze, schauen sich selber beim Zappeln zu und werfen sich schließlich selber in den Mülleimer. Der Kadaver ist nicht tot, nur unzufrieden. Er hat unheimlich das Bedürfnis, mit sich alleine klarzukommen. Deshalb geht er in Urlaub, wo er sich sofort verliebt. Damit ihm ein anderer wieder Leben einhaucht.

So ist das.

Sig ist nur über eines wirklich traurig. Daß er Karin, mit der er sechs Jahre gelebt hat, so einfach hinter sich lassen kann, wie man dreißig Bände Karl May hinter sich läßt: Ohne Bedauern, aber auch ohne das Gefühl, etwas mitzunehmen.

Noch bevor er auszog, grundierte er alle Porträts von Karin, bis auf eines, das er ihr zurückließ, neu, um sie zu übermalen. Er wird keine Menschen mehr malen. Überhaupt keine erkennbaren Dinge

plus zwölf

mehr. Das Erkennbare ist eh nur Stellvertreter für die reine Form. Oft hatte er das Gefühl, die Betrachter sehen nicht das Bild, sondern die Person darauf.

Er schiebt die Gedanken an Karin weg von sich. Sie soll ihn jetzt nicht stören. Schlittschuh-Unglück auf der Beziehungs-Ebene, denkt er, kann vorkommen.

Das ist *sein* Frühling. Nicht Karins. Die hat ihren eigenen. Mit Winfried oder Sebastian, oder wie die Männer, bei denen man sich echt engagieren will, eben heißen. Karins Frühling, denkt er hämisch, riecht nach frischgewaschener Latzhose, Turnschuh-Schweiß und einer auf den halben Preis runtergehandelten Ledertasche.

Sein Frühling riecht nach Urin, Staub und Koffer, nach Bratwurst und Taxiauspuff. Aber es ist seiner. Sein ganz eigener, uneinnehmbarer Originalfrühling.

«Mein erster zweiter Frühling», flüstert er ins Schließfach. Und weil Schließfächer ein Geheimnis behalten können, sagt er noch: «Ich bin froh, daß ich ihr meinen Geburtstag gestohlen hab.»

Das dunkle Schweigen der Schließfächer hat etwas angenehm Verbotenes, denkt er, muß ich mir merken.

Ab morgen kann er bei Andrea schlafen. «Mindestens eine Woche», hat sie gesagt. Es klang, als würde sie sich freuen. Für heute nacht muß er noch ein Hotel finden. Andrea ist nicht der Mensch, den man einen Tag vor der Verabredung überrascht.

Auf der geraden Straße vom Bahnhof zur Innenstadt läßt er einige Hotels, die zu teuer aussehen, links liegen. Ob er Andrea noch gern haben wird? Seit einigen Jahren haben sie nur noch brieflichen Kontakt miteinander. Er hat keine Ahnung, ob sie noch die Ecke in seinem Herzen ausfüllt, die er ihr seit jeher freigehalten hat.

Ein seltsamer Papagei geht da die Straße entlang. Sig sieht aus wie seine eigene Geburtstagstorte. Die Jeans und die violette College-Jacke könnten der Standard-Uniform eines südstaatenrockseligen Hippies entstammen. Der Kaschmir-Schal und die italienischen Schuhe gehören eher zum Popper-Dress. Die kurzen braunen Haare streichen einen weiteren konzertanten Mißton in den

plus dreizehn

psychedelischen Sitar-Sound seiner Kleidersinfonie, die vollends zur Kakophonie wird, wenn man den Matchsack mit den bunten Sternchen, die türkisfarbenen Schnürsenkel mit goldenem Blitzmuster und das Fünfziger-Jahre-Hemd mit Flugzeugen, Ozeanriesen und Straßenkreuzern gewahr wird.

Eine wandernde Zitatensammlung. Sig hat den Humor da, wo andere Leute den Geschmack haben. Und andersrum. Aber er hat auch einen Plan. So wie die Pfauenaugen hungrigen Vögeln vormachen, sie seien gar kein Schmetterling, sondern ein noch viel hungriger und größerer Vogel, will Sig den Menschen vormachen, er sei ein heimatloser Desperado, der die verschiedensten Uniformteile übereinander trägt, weil er in all diesen Kriegen mitgekämpft hat. Als Souvenirs.

Dabei war er weder im Hippie-Krieg, noch beim Vespa-Turnier der Teddyboys noch sonst irgendwo. Alle diese Glaubensaufwände gingen an ihm vorbei wie ein Vorfilm zum echten Leben.

Auf den Hauptfilm wartet er noch immer, und ob er darin vorkommen wird, weiß er bis heute noch nicht.

Vielleicht stimmt sogar deshalb die Botschaft seiner irren Kleidung. Er *ist* ein Desperado. Er gehört nirgends dazu. Er ist knapp sechzig Jahre zu spät auf der Welt.

Geradeaus bis zur Fußgängerzone, dann zweimal rechts und dann beim Theater noch mal fragen, hat Gerd gesagt. Da sei ein billiges Hotel. Sig probiert den Tip, obwohl er Gerd nicht leiden kann. Schon auf der Akademie konnte er ihn nicht leiden, aber er war ihm zu Dank verpflichtet. Gerd hatte ihn mal vor einer Schlägerei bewahrt. Bei einer Ausstellung im Malersaal hatte er drei Kommilitonen gereizt. Er hatte geglaubt, ihnen erklären zu müssen, daß es keine Kunst sei, ein Teebeutel und zwei Rosenzweige auf dem Boden, zwölf Fernseher an der Wand und eine nackte Frau mit Irokesenschnitt, die in einer Badewanne liegt und dauernd die Worte wiederholt «Vergessen-essen, erinnern, eräußern»... Oder jedenfalls keine gute Kunst.

Sig hatte gesagt, es sei einfach nur schwer dämlich, so etwas zu

plus vierzehn

machen. Die Kommilitonen gingen auf ihn los. Hätte Gerd, der Tutor dieser Klasse, nicht eingegriffen und ihnen erklärt, so eine Reaktion sei doch genau das, was sie erreichen wollten, dann hätte sich Sig bestimmt als Teil des Environments in der zersplitterten Bildröhre eines der Fernseher wiedergefunden.

Seitdem hielt Gerd den Kontakt warm. Sig fragte sich oft, warum, denn er konnte sich nicht vorstellen, was Gerd mit ihm anzufangen wissen sollte. Vielleicht gefiel es ihm, sich mit der Bekanntschaft eines armen Malers vor der Banalität seiner eigenen Existenz als reicher Maler zu schützen. Dabei ist doch die Erfolglosigkeit genauso banal. Vielleicht hielt sich Gerd einfach für moralisch ganz toll intakt oder glaubte, so eine Freundschaft mache sich später einmal gut in seiner Biografie.

Gerd ist ein Streber. So einer, der sich gleich in die Klasse des berühmtesten Professors einschreibt, damit seine Arbeiten schon im vierten Semester in irgendwelchen Schulen, Krankenhäusern oder Hallenbädern gezeigt werden. Und natürlich werden diese Arbeiten auch fleißig gekauft von Stadtverwaltungen, Kirchengremien und Kultusministerien. Der Name des berühmten Professors bürgt ja für Qualität. Was all diese Käufer nicht wissen, ist: je berühmter der Professor, desto weniger Zeit hat er für seine Schüler. Er fliegt vielleicht nur zweimal im Semester zu einem Schulterklopf-Termin ein und widmet sich ansonsten seiner Arbeit in Wien, New York oder London. Sonst wäre er nicht berühmt.

Sigs Professor war ein guter Lehrer, aber an Ruhm nicht interessiert. «Ich arbeite für meine Gedächtnis-Ausstellung», sagte er gern auf entsprechende Fragen.

Gerd ist nicht der einzige Mensch, den Sig nicht leiden kann. Eigentlich sind es nur sehr wenige, die er noch mag. Bis er fünfzehn war, hatte er gedacht, er müsse jeden Menschen lieben. Überhaupt müsse jeder Mensch jeden Menschen lieben. Das gab sich aber bald, denn, nachdem er erst mal Herrn Dilger, seinen Turnlehrer, eindeutig von dieser Regel ausnehmen mußte, kam eine Lawine ins Rollen, die nicht mehr aufzuhalten war.

Herrn Dilger folgten in immer kürzeren Abständen der Weihnachtsmann (Sig war ein Spätentwickler), der Frauenarzt, der Sa-

plus fünfzehn

bine die Pille nicht verschrieb, Sigs alleskönnender Bruder, drei Einzelhändler, die ihn beim Zigarettenklauen erwischten, und so weiter.

Irgendwann war fast die gesamte, ihm bekannte Menschheit auf der Ausnahmen-Seite angelangt. Da endlich änderte er die Regel und fühlte sich besser.

Er fiel sogar regelrecht ins andere Extrem. Die so ziemlich letzte von ihm geliebte Person, seine Mutter, schoß er einen Tag vor seinem siebzehnten Geburtstag von der Liste. Sie platzte nämlich lärmend in das Orgelsolo von «A whiter shade of pale», riß seine tief in Meggis Schoß vergrabene Hand ans Licht und zeterte nicht nur seine Erektion, sondern auch die Hoffnung, je noch mal bei Meggi zu landen, hinweg.

Und Meggi war der feuchte Traum der ganzen Schule!

Ihr verächtlicher Abgang jagte ihm den Salzfluß der Enttäuschung aus den Augen und den Nagel des Hasses in die Seele. Fortan war in seinem Herzen nicht mehr viel Platz.

Lieb dich selbst, dann liebt dich Gott, sagte er sich immer wieder. Das sollte seine Maxime sein. Doch es wollte ihm nicht recht gelingen, sich selbst zu lieben. Geschweige denn, Gott irgendwelcher Ähnlichkeiten mit Sig Baumbusch zu zeihen.

Hotel Marina steht in blauem Neon über einer unscheinbaren Glastür. Die Rezeption hat den Charme einer Hausbar-Hobbyraum-Kombination für Partnertausch-Aktivisten. Ständiger Nachschub an Schuppen rieselt aus den wenigen, aber fettigen Haaren des Nachtportiers auf seinen kaum weniger fettigen Kragen.

Beim Nachschauen im Belegungsbuch beugt sich der Portier so weit vor, daß Sig den Impuls, die eine oder andere Schuppe vom Kragen zu pusten, unterdrücken muß. Es sind auch zu viele. Der Kragen sieht aus wie Bochum im Februar: schwarzweiß und eklig.

Er unterdrückt auch den Impuls, vor der Schnapsfahne des Mannes zu salutieren. Das ist nicht der Stil eines Kriegsdienstverweigerers, der immer aufspringt und abschaltet, wenn die Nationalhymne im Radio kommt.

plus sechzehn

Sig ist, als könne er die Erinnerung an Regina riechen und als wäre dieser Geruch unangreifbar sicher vor der Muffigkeit dieser Rezeption.

In bedächtigen Einzelschritten geht der Stabilo-Bleistift des Portiers die leeren Zeilen des Belegungsbuches entlang. Als stünden dort mit unsichtbarer Tinte die Namen geheimer Gäste. Endlich sagt der Mann: «Zimmer acht. Fünfundsechzig Mark mit Frühstück.»

Und Gespensterzuschlag, denkt Sig, denn hinter dem heublonden Haar des Portiers grinst ihm das aufgedunsene Tortengesicht eines rotbackigen, humpenstemmenden Mönches entgegen. Ein echter Frans Hals aus der Hertie-Kunstabteilung.

Sig füllt den Meldezettel aus. Name: Leonardo Baumbusch; Geburtsdatum: 22. 4. 1910; Geburtsort: Dessau; Beruf: Fluchthelfer; Nationalität: Ami.

Der Portier protestiert nicht. Ungelesen legt er den Zettel zur Seite und sagt: «Angenehme Ruhe.»

Auf dem Weg zum Fahrstuhl hört Sig einen fettigen Rülpser hinter sich. Das war der Mönch. Sig ist sich völlig sicher. Aber vielleicht nimmt er die Malerei etwas zu ernst.

Soviel er sehen kann, ist Zimmer acht hübscher als erwartet. Um trotzdem dem Anblick weiterer Scheußlichkeiten vorzubeugen, läßt er das Licht aus. Er wirft den Matchsack in einen farblosen Sessel. Es macht Klack. Er hat zu weit geworfen. Zum Glück ist das Rasierwasser nicht ausgelaufen. In allen ihm schiefgehenden Sportversuchen (das *sind* alle) spürt er noch heute Dilgers Rache. Als hätte der die Fähigkeit, ihn mit einem Voodoo-Zauber zu verfolgen. Zum Glück ist Malerei kein Sport.

Vor dem Fenster beugt sich der milde Schwung eines kleinen Hügels. Darauf schläft ein Schlößchen, hinter dessen Schattenriß eine riesige Grapefruit am Himmel schwimmt. Vollmond. Zwei Straßenlaternen radieren mehlige Ovale aus dem Pflaster und schicken gemeinsam mit dem Mond ein träumerisch-welkes Licht ins Zimmer. Alle Konturen sind weich und alle Zwischenräume greifbar.

plus siebzehn

Bei solchem Licht ist Sig, als schwebe er. Als schwebe alles. Wenn die Welt schon fast ihre Farbe verloren hat, werden die Dinge brüderlich. Alles ist befreundet. Und alle sprechen mit dem Mond. Der Sessel macht sich rund, der Tisch hat einen Glanz, das Auto schnurrt vorbei, die Luft füllt alle Löcher, und der Ahorn winkt lässig mit seinen tausend Händen.

Und der Spiegel erlöst alle, die ihm die Ehre geben, aus ihrer Unsichtbarkeit.

Sig denkt sich eine Geschichte in das Zimmer. Er verteilt Requisiten: Einen Aktenkoffer, der außer Rasierapparat, Zahnbürste, «Penthouse» und Fahrkarte nichts enthält, auf den Sessel; einen dazu passenden ergrauenden Mittvierziger, der zu müde ist, sich nach dem Strich durchzufragen, auf das Bett; ein Jackett über den Bügel im offenstehenden Schrank... Kein schönes Bild, keine gute Geschichte. Er sammelt alles wieder ein.

Statt dessen ein Paar schwarze Damenstrümpfe. Mit Naht. Schon viel besser. Die Dame dazu läßt er ein gestreiftes Kostüm ausziehen, Bluse, Büstenhalter und Schlüpfer achtlos in verschiedene Richtungen werfen, sich nackt vor den Spiegel stellen und ruhig, elektrisch und schnurrend mit den Händen durch die langen dunklen Haare streichen.

Sie hat eine auffallende Ähnlichkeit mit Regina. Er hält den Atem an, um seine Anwesenheit nicht zu verraten. Es klopft leise an der Tür. Völlig unbefangen will die Frau nackt zur Tür gehen, da kratzt ein Schmerz in seinen Schläfen, und er löst auch diese Geschichte wieder auf. Der Schmerz geht weg.

Der Spiegel hat eine eigene Geschichte angefangen. Da steht ein Mann, dessen Hand sich an seiner Hüfte bewegt. Ein kleiner Mond tanzt in der Hand. Vollmond und Neumond wechseln im Zehntel-Sekunden-Takt. Der Mann sieht Sig direkt ins Gesicht. Ohne Mißtrauen. Die Frau ist wieder da. Es *ist* Regina. Jetzt hat sie ein sehr damenhaftes Kleid an. Das Kleid ist sehr blau. Seide. Mit halb geöffneten Lippen steht sie hinter dem Mann und schaut Sig direkt in die Augen. Sie scheint das Kleid auf der bloßen Haut zu tragen, denn ihre Brustspitzen stupsen kleine Knöpfe in den Stoff.

plus achtzehn

Die Hand des Mannes bewegt sich gleichmäßig. Das Blau des Kleides pulsiert wie auf Bildern von Yves Klein. Alles pulsiert. Alles ist blau. Ein hellblauer Streifen Mondlicht springt aus der Hüfte des Mannes und bleibt auf halbem Wege zu Sig, mitten in der Luft stehen. Das Mondlicht verwandelt sich in Tropfen, die langsam, senkrecht nach unten rinnen. Der Mann setzt sich aufs Bett. Die Frau, Regina, lächelt und verschwimmt. Sig zieht sich aus und schläft ein.

Die Frau steht vor seinem Bett. Das auf ihren Körper lasierte Blau wird blasser, heller, und sie wird immer nackter. Sig weiß plötzlich, daß er dieses Blau nicht sieht, sondern *denkt*. Die Frau sagt: «Du hast mich genommen. Du hast nicht gefragt. Du hast nicht daran gezweifelt, daß ich will.»

Sig sagt: «Du warst mit dem andern im Spiegel. Ich habe dich nicht berührt. Er übrigens auch nicht.»

«Man braucht zum Berühren keine Hände», sagt die Frau, «und du weißt, daß du selber der Mann warst.»

«Ich?» sagt Sig.

«Kein Sperma hängt einfach in der Luft herum.»

«Sperma?»

«Hör zu, Sig, du mußt nicht nur deine Wünsche beachten, sondern auch deine Informationen. Und du mußt dich deinen Freunden gegenüber nicht dummstellen.»

«Bist du mein Freund?»

«Ich könnte es werden.»

«Ich liebe dich.»

«Du hast es kaputtgemacht.»

Als hielte der große gelbe Mond zu ihr, verschwindet er aus dem Fensterausschnitt. Auch sie verschwindet. Ich träume nur, denkt Sig, aber er denkt es sehr unglücklich, denn er glaubt nicht an den Unterschied von Traum und Leben.

plus neunzehn

Dean O'Rourke könnte sich eigentlich zur Ruhe setzen. Als einer der Top-Agenten der CHIA, so kürzt sich der Geheimdienst Christian-Heaven-Intelligence-Agency ab, hätte er längst Anrecht auf einen lässigen Schreibtisch-Job als Koordinator im Weltanschauungsrat. Er könnte auch in die Ankunftshalle A gehen, wo alle Seelen, die im Gebiet der christlichen Zuständigkeit gestorben sind, auf Herz und Nieren geprüft werden. Damit sie nicht etwa in die falsche Sektion des Ruhestandskomplexes eingewiesen werden. Da müßte er Fragebogen einsammeln und sonst gar nichts.

Aber Dean ist nicht der Mann in Rente zu gehen. Seine Kenntnisse in infiltrativer Aufklärung sollen nicht einfach ungenutzt verlottern. Dino, wie er von seinen wenigen Freunden genannt wird, will arbeiten, denn ihm macht sein Beruf Spaß. Und die C-Heaven-I-A ist froh, einen Spitzenmann wie O'Rourke zu haben.

Dino ist auf einer heißen Spur. Sein Kontaktmann im Chemisch-Physikalischen Rat des Agnostikerhimmels hat ihn auf eine unglaubliche Sache gestoßen. Doppelkopf, so heißt der Kontaktmann, hatte gesagt: «Bei euch ticken die Uhren nicht, wie ihr glaubt.»

plus zwanzig

«Erzähl», hatte Dino geantwortet, denn er weiß, daß man Doppelkopf nicht widersprechen soll. Auch wenn er, wie meist, in Rätseln spricht.

Und Doppelkopf hatte vom Stapel gelassen: Daß die Agnostiker seit Jahren einen Geheimfonds verwalten, aus dem sie alle möglichen militanten Randgruppen in den christlichen, buddhistischen, shintoistischen, hinduistischen und islamischen Sektionen unterstützen. Hauptsache, die Gruppen sorgen für Unruhe; daß aus diesem «Revolutionsfonds» seit einiger Zeit immer höhere Summen an einen Mittelsmann der OEF übergeben würden; daß die OEF eine hellenistisch-pantheistische Radikalengruppe sei, die ganz besondere Untergrundarbeit leiste; sie sabotiere nämlich den Himmelsbetrieb derart unauffällig und raffiniert, daß bei Entdeckung einer Aktion von den verantwortlichen Stellen nicht mal auf Sabotage geschlossen werden könne, weil das Ganze nämlich wie ein Versehen wirke. Nach einer Stunde wußte Dino Bescheid.

Am nächsten Tag, als er im CHIA-Computer den Datenblock «Auslieferung» unter dem Stichwort «Reklamation» durchsah, bekam er eine Ahnung von der möglichen Dimension dieses subversiven Treibens.

Ihn schauderte.

Auf einmal verstand er Nachrichten von der Erde, die ihm bisher rätselhaft gewesen waren. Jetzt wußte er, wieso da unten so vieles schiefging und wieso immer mehr Gestorbene nicht in den christlichen Ruhestandskomplex eingewiesen werden wollten, sondern gleich den Durchgangsschein zur Chemisch-Physikalischen verlangten. Plötzlich war ihm auch die Unruhe klar, die auf der Erde von Transvestiten, Transsexuellen, Homosexuellen und Lesbierinnen ausging. Frankophilie, Pizza und Tourismus, alles Krankheiten, die bisher unerklärlich geblieben waren, lagen auf einmal vor ihm wie ein offenes Buch.

Geniale Strategie, dachte Dean und ließ sich einen Ausdruck der relevanten Daten kommen. Damit und mit einem Kurzbericht, der das ganze angenommene Szenario umriß, ging er zu seinem Abtei-

plus einundzwanzig

lungsleiter. Der, als er die ganze Sache gehört und gelesen hatte, sagte nur einen Satz: «O'Rourke, Sie haben freie Hand.»

Das war vor einer Woche. Jetzt wissen wir, wieso Dino überhaupt keine Lust auf einen bequemeren Job hat. Ihn hat das Jagdfieber gepackt.

plus zweiundzwanzig

Noch mit geschlossenen Augen knipst Sig das Radio an. Eine schweigende Welt mag er nicht gegen die Wärme des Bettes tauschen. Wie immer widerspricht er dem Radio. Er korrigiert die Werbesprüche mit verbraucherfreundlichen Gegeninformationen und verspottet das Hochsicherheitstraktsdeutsch des Nachrichtensprechers. Das ist seine einzige Art, Widerstand zu leisten. Er bekämpft das große Ganze mit kleinen Sticheleien.

Während er das Gesicht im Spiegel rasiert, summt er ein irisches Lied zum Bordun des Rasierapparates. So you will go / far across the water / go take me with you / I'll be your partner / and you'll be served well / you'll be well looked after / and you shall sleep / with that great King's doughter.

Verlegen unterbricht er das Lied, als er am Schrankspiegel eine senkrecht nach unten glitzernde Schneckenspur gewahr wird. Er wischt sie weg.

Im Radio singt ein stimmloser Spatz, sie wäre eine Lovemachine und man solle sie rocken und rollen alle night long. Dazu donnern einige, sicher gut frisierte Jungs auf allerlei Blecheimern, Glasbausteinen und T-Trägern herum. «Scheiß», murmelt Sig und schaltet aus.

Zehn vor elf! Die Armbanduhr funkelt hämisch von seinem

plus dreiundzwanzig

Handgelenk. Das Hotelfrühstück kann er vergessen. Nach zehn Uhr hat man nur noch das Anrecht auf eine schnippische Zeitansage vom Personal. Außerdem legt Eberwein, der Galerist, vermutlich gerade letzte Hand an seinen Krawattenknoten und ist praktisch schon in Zürich. Verdammt.

So was passiert ihm immer. Wäre er nicht rechtzeitig von der Schule geflogen (unter anderem wegen zu häufigen Zuspätkommens), er hätte sicher sein Abitur verschlafen. An der Akademie gab es nicht einen einzigen Einschreibe- oder Rückmeldetermin, zu dem er nicht frühestens fünf nach zwölf erst aufgetaucht wäre. Nur Fräulein Menges Gnade, immer noch mal eine «letzte Ausnahme» zu machen, ließ ihn die zehn Semester Regelstudienzeit ohne Exmatrikulation durchstehen.

Nach dem letzten Semester brachte er ihr dafür einen beerdigungsgroßen Blumenstrauß ins Büro und erklärte, sie könne von nun an pünktlich zur Mittagspause gehen. Er müsse raus ins Leben.

«Armes Leben», sagte die Menge, und er küßte ihr die Hand.

Bei dem Galeristen wird jetzt nichts mehr zu machen sein. Der sitzt sicher schon im Volvo und schiebt John Cage in den Recorder. Oder Brahms.

Erst als er den Schlüssel schon umgedreht hat, fällt ihm ein, daß er die Mappe gar nicht braucht. Damit sich das neu eingeworfene Geld wenigstens lohnt, schiebt er auch noch den Matchsack ins Schließfach.

Ob er Regina anrufen soll? Er traut sich nicht. Noch nicht. In einer Art, die er nicht genau beschreiben könnte, war sie gestern so was wie Sieger nach Punkten. Jedenfalls kommt es ihm so vor. Mit ihren gut plazierten «Vielleichts» hat sie ihn in eine Verlegenheit manövriert, die er jetzt noch spürt, und die er am Telefon wohl nicht würde verbergen können. Immer an den Stellen, wo er kleine Ankerchen auswerfen wollte, hat sie den Grund mit einem lässigen «Vielleicht» vermint. Aber was ist mit der vertrauensvollen Geste, seine Mappe durchzublättern, als wären sie seit Jahren Freunde? Bei genauerem Hinsehen, sagt er sich, ist das keine Vertrautheit. Ich bilde mir das ein, weil es mir gefiele.

plus vierundzwanzig

Er bewundert Katzen, die sich nähern, so weit sie wollen, Zärtlichkeit verschenken, soviel sie wollen, und Aufmerksamkeit annehmen, soviel sie wollen. Wenn das Bilderansehen so etwas wie zärtlich war, dann auch nur auf die freie und rückzugssichere Art einer Katze. Katzen haben kein Telefon.

Jedenfalls ruft man sie nicht einfach an.

Möglicherweise bedeuteten die «Vielleichts» sogar, er dürfe sich wünschen, in ihrer Nähe zu sein, dürfe sich vorstellen, sie habe ein blaues Kleid an, dürfe träumen, sie sage «Du hast es kaputtgemacht». Möglicherweise könnte durch diese Vorstellung sogar ein gewisses Kribbeln auf ihrer Haut entstehen?

Soll er anrufen oder nicht?

Sie hat gesagt, das gehöre dazu und er finde ihren Namen im Telefonbuch. Das heißt doch, daß er darf.

Eine Männerstimme erklärt ihm, Regina sei nicht da, und sie, die Stimme, wisse nicht, wann sie wiederkommt. Er solle doch abends zwischen fünf und sieben noch mal anrufen. Da sei die Chance am größten.

Sig ist erleichtert. Das war fast so ein Gefühl wie früher, wenn der Klavierlehrer krank war. Oder der Zahnarzt.

«Hass 'ne Maak fü'n aam Berber? Ich ezzähl da 'ne Geschichte für.» Sig handelt den Mann auf zwei Mark hoch. Unter der Bedingung, daß er *keine* Geschichte erzählt. Der Mann ähnelt dem Mönchsgesicht im Hotel, an dem er sich eben noch vorbeigeschlichen hat.

Jetzt müßte Andrea mit ihm rechnen. Leider, denkt er. Schade, daß ich den Termin nicht verwechselt habe. Er fürchtet, sie räumt auf, weil er kommt. Lieber wäre er einfach reingeplatzt und hätte verhindert, daß sie ihn zum Fremden macht, vor dem Spielzeug im Wohnzimmer und Geschirr vom Eßtisch versteckt werden muß. Selber schuld, sagt er sich, sonst verwechsle ich alles, und wenn's mal gut wäre, treffe ich das richtige Datum. Das stimmt. Er verwechselt wirklich fast alles. Schaffner mit Generalen, Servietten mit Schnitzeln und Aschenbecher mit Kaffeetassen. Der Tag wird kommen, an dem er ein Fenster im zwölften Stock für die Durch-

plus fünfundzwanzig

reiche zur Küche halten wird. Oder für die Tür zu einer besseren Welt.

Er freut sich auf Andrea. Vor achtzehn Jahren waren sie ein Schülerliebespaar. Nach der Schule waren sie Freunde, die einander Ängste, Niederlagen und Sehnsüchte anvertrauten. Seit Andrea nach Freiburg zog, wechseln sie Briefe. Darin geht es noch heute meist um Ängste, Niederlagen und Sehnsüchte. Die Ängste bleiben konstant, die Sehnsüchte nehmen ab und die Niederlagen zu.

Mit rigorosem Ernst verlangt Andrea von sich, glücklich zu sein. Sie hält Glück für ein Zeichen von Lebenstüchtigkeit. Je angestrengter sie aber jeden Augenblick auf das erwartete Glücksgefühl abhorcht, desto undeutlicher läßt es sich spüren.

Wie Öl will sie es aus der Wüste ihres Alltags pumpen und mißtraut so jedem Augenblick, weil sie nicht weiß, ob das, was sie fühlt, schon das Glück war.

Ihre Sehnsucht nach Erfüllung verteilt sie gleichmäßig auf drei Gebiete: Den Kurs über Musikgeschichte, den sie in einer Halbtagsstelle an der Volkshochschule hält, den jährlichen Urlaub, den sie regelmäßig allein ohne ihren Mann und die Kinder verbringt, und das Klavierspiel. Sie spielt meisterhaft Chopin.

In den Briefen, die sie viel ausführlicher schreibt als Sig, konserviert sie ein geistvolleres und ausgefüllteres Selbst als das in ihrem Alltag. Vielleicht entwirft sie dieses bessere Selbst auch nur, schreibt es auf, wie einen Roman, den sie ihm zu treuen Händen in den Tresor seines Desinteresses übergibt.

Seine Antwortbriefe sind meist salomonisch bis flüchtig gehalten. Ihm ist ihr Vertrauen peinlich, denn er liest die Bitte um Rat zwischen den Zeilen.

Wie soll *er* jemandem raten? Er weiß doch selbst nicht, wie man lebt. Er weiß nicht, wie sich das definitive Glück anfühlen sollte, und er weiß nicht, was die wichtigen oder unwichtigen Dinge sind. Wie hält man die eigene Haut zusammen? Er weiß es nicht. Er hat selber das Gefühl, täglich einen kleinen Teil von sich zu verlieren, und weiß nicht, ob dafür etwas nachwächst, oder ob er konstant weniger wird. Bis das letzte Fetzchen flattert.

Aber Andrea schert sich vielleicht gar nicht um Rat. Vielleicht

plus sechsundzwanzig

reicht es ihr wirklich, ihn als Archiv ihres besseren Ichs zu benutzen.

«Schön, daß du da bist. » Sie *hat* aufgeräumt. Gleich blubbert Kaffee durch den Filter, und sie fragt: «Du möchtest doch Kaffee?»

«Ja», sagt Sig. «Ich war gestern schon hier. »

«Warum bist du nicht gekommen?»

Seit zwei Tagen ist ihr Mann mit den Kindern in Österreich. Ihr besseres Ich kann schalten und walten. Eine Menge Bücher liegen aufgeschlagen herum. Es sieht nach Arbeit aus. Andrea sieht seinen Blick durchs Zimmer streifen und sagt: «Das ist meine Art zu lesen. Ich wechsle das Thema mitten im Buch. Wenn ich eines lese, fällt mir ein anderes ein. »

«Mir gefällt der Anblick», sagt Sig, «sieht nach Abenteuer aus. »

«Schön, daß du da bist», sagt sie noch einmal.

Sie ist so blond wie eh und je, fülliger als früher, aber mit einer weichen tigerhaften Beweglichkeit, an die er sich nicht erinnern kann. Auch hat sie etwas selbstsicher Ruhiges, das ihn überrascht. Dem Tonfall der Briefe nach urteilend, hat er mit Ängstlichkeit gerechnet. Aber davon keine Spur.

War die Andrea seiner Erinnerung ein «doch irgendwie sehr evangelisches Mädchen», so sitzt jetzt eine Frau vor ihm, die mühelos die überschaubaren Räume dieser Wohnung mit ihrer Person ausfüllt.

«Eine schöne Frau bist du geworden», sagt Sig in einem Ton, als suche er im eigenen Kopf nach einem Jugendfoto von ihr.

Sie antwortet nicht, schaut ihm nur direkt in die Augen zum Herausfinden, ob er für dieses Kompliment was will. Warum sieht sie mich so an? denkt er. Seit gestern muß etwas mit seiner Unsichtbarkeit geschehen sein. Schon im Zug hatte er das Gefühl, Regina sehe nicht so durch ihn durch, wie man das gemeinhin tat. Auch die Geschichte mit dem Spiegel im Hotel geht ihm nach.

Bisher hatte er sich noch immer auf diese Unsichtbarkeit verlassen können. Wie eine versteckte Kamera war er durch die Welt gegangen: Sicher, alles einzufangen, und genauso sicher, nicht eingefangen zu werden.

plus siebenundzwanzig

Andrea erzählt von Klassenkameraden. Seien alle unbeschadet in der Welt angekommen. Jeder ernähre sich oder andere oder werde von jemandem ernährt. Auch sie sei unbeschadet in der Welt angekommen, wenn auch nicht ganz und gar sicher, ob dies wirklich die Welt sei.

Oha, denkt Sig, nur zwei Sätze Umweg braucht sie, um wieder bei einem grübelnswerten Ansatz zu landen... Beachtlich.

Sie sagt, es sei schön, den Kindern beim Wachsen zuzusehen, schön, sie zu beschützen, zu lernen, das Allerbekannteste wieder neu zu sehen... Schön sei es, in so einem kleinen Staat wie dieser Familie mit weisen Gesetzen zu regieren, per Verabredung Harmonie zu erzeugen und einander zu schonen und schützen... Ob er wisse, was sie meine?

Er ist sich nicht sicher, aber zuckt ermutigend mit den Schultern. Sie nagt an der längsten Strähne ihres Haars und kuschelt sich noch tiefer in die Sofaecke. Sie zieht die Beine noch ein bißchen enger an sich, und es sieht aus, als verkrieche sie sich in den zu großen, marineblauen Pullover, den sie sicher aus dem Kleiderschrank ihres Mannes genommen hat.

Schon wieder so ein großer Pullover, denkt Sig, was will mir das Schicksal damit sagen? Er grinst unsichtbar. Scherzchen dieser Art teilt er sich manchmal selber zu. Auf Durststrecken.

Andrea spricht weiter: Das könne die Liebe sein, oder das Glück. Man sei schlau genug, sich gegenseitig mit Vergnügen zu versorgen. Sie habe ein schönes Leben. Glaube sie. Keine Langeweile, keine verpuffte Energie, sie habe Ziele und erreiche sie oft. Sie dürfe abends müde sein. Er sehe aus, als verstünde er nichts. «Stimmts?»

Sig ist aufgeschreckt: «Ich schreibe innerlich mit. Ich weiß noch nicht, ob ich verstehe. Frag mich später noch mal.»

Sie zieht die Augenbraue hoch, hält seine Antwort für eine flinke Ausrede. Darin war er immer schon gut. Aber sie spricht weiter: Worauf sie hinauswolle, sei, daß sie nicht so kitschig sei, ihr eigenes Leben mit Romanen zu vergleichen, um dann einen Mangel an Sensationen zu entdecken. Ein Leben dauere länger als ein Buch,

plus achtundzwanzig

man erlebe auch all das, was der Autor sich wegzulassen erlaube.
So strecke sich alles, und der Anteil der Sensationen sei eben relativ... Sie zäumt sogar noch ein trojanisches Pferd vom Schwanz
her auf, denkt Sig und rutscht in dem italienischen Sessel herum.

...Es gehe ihr aber wie gesagt nicht um die Sensationen, sondern vielmehr um Beweise. In einem Buch von Bloch habe sie
einen Satz gelesen, der sie nicht mehr loslasse. «Die Melancholie
des Erreichten.» So zwingend logisch sei ihr dieses Gefühl vorge-
kommen, daß sie seither bei sich selber danach suche. Aber sie
fände nichts.

Sie erreiche alles mögliche, gebäre ein Kind nach dem andern,
bringe ihren Volkshochschülern was bei, spiele die Nocturnes, als
komponiere sie sie eben, und so weiter. Tausend Dinge erreiche sie,
aber sie spüre nichts, außer einem gewissen Triumph vielleicht. Ein
leises Gefühl, über etwas oder jemand gesiegt zu haben, sei alles. Er
möge sie nicht auslachen, aber seit sie diesen Satz gefunden habe,
sei ihr das zu wenig. Sie glaube diesen Satz. Sie wolle ihn bei *sich*
wiederfinden, weil er wahr sei. Sie wolle diese Melancholie spüren.
Vorher glaube sie nicht, irgendwo angekommen zu sein. Vorher
glaube sie nicht, etwas Wirkliches getan zu haben.

«Uff», sagt Sig, «jetzt erschütterst du mich aber.»

«Wieso?»

«Das ist falsch rum, Andrea, stört dich das nicht? Du kannst
dich in so einer Aussage vielleicht wiederfinden, aber du kannst
ihr doch nicht hinterherleben wollen. Eben hast du gesagt, man
schreibe Bücher vom Leben ab und nicht andersrum, jedenfalls
hab ich dich so verstanden, und jetzt versuchst du's doch andersrum.»

Sie ist enttäuscht: «Vielleicht hast du recht.»

Er ist wirklich verwirrt. Mit dieser Art Nachdenklichkeit kann
er nicht nur nichts anfangen, sondern er hält sie ganz schlicht für
aufgesetzt. Verlogene Pseudointellektualität. Aber er hat Andrea
gern, und aus ihren Briefen kennt er solche Eskapaden schon. Er
hätte nicht so abweisend antworten müssen. Es hätte gereicht,
sich einfach nachdenklich das Kinn zu kratzen, «interessant» zu sagen und zuzuhören.

plus neunundzwanzig

Er meint immer, er müsse antworten. Dabei will fast niemand eine Antwort. Niemand braucht einen Rat. Man braucht einen Zuhörer und sonst gar nichts. Sig ist ein Trottel, sich immer wieder in diese Falle zu werfen.

«Entschuldige bitte», sagt er, «vielleicht bin ich einfacher gestrickt als du.»

«Vielleicht bist du sogar gehäkelt?» Andrea fegt die Mißstimmung mit einem Achselzucken weg und sagt, sie müsse jetzt sowieso gehen.

Sie gibt ihm einen Schlüssel und sagt, heute abend sei eine Art Party hier. Er solle doch dabeisein. Lauter nette Leute, Freunde und Kollegen. Manche hätten schon sein Bild bewundert.

«Gern», sagt Sig.

In seinem Kopf riecht es nach alten Rosen.

Das Bild hat er Andrea zur Hochzeit geschenkt. Es ist gut. Wäre es allerdings länger in seinem Besitz geblieben, dann hätte er es sicher noch mehrfach übermalt, zerschnitten, vielleicht sogar schließlich weggeworfen, aber es ist gut. Gut, daß er es hergegeben hat. Manche Kinder werden vielleicht erst dann schön, wenn sie endlich dem Zugriff der Eltern entzogen sind.

Er sieht sich in der Wohnung um. Andrea ist fort und er geht ungeniert von Zimmer zu Zimmer. Soo ungeniert allerdings auch wieder nicht, denn, als er die Tür zum Schlafzimmer öffnet, genügt ihm schon ein Blick aufs Bett und herumliegende Wäsche, um ihn sofort wieder umdrehen zu lassen.

In die beiden Kinderzimmer schaut er nur flüchtig. Bad und Küche kennt er schon. Nur in der Tür des Arbeitszimmers von Andreas Mann bleibt er einige Zeit stehen. Der Mann ist Mathematiklehrer, und so sieht das Zimmer auch aus. Pfeil und Bogen an der Wand, eine mexikanische Decke gegenüber, Friedenstaube an der Tür und eine kleine Büste von Descartes im ziemlich vollen Bücherregal.

Der Anblick dieser bubenhaften Zimmereinrichtung macht Sig nun vollends ein schlechtes Gewissen. Er sollte nicht hier rumschnüffeln, sollte überhaupt nicht allein in dieser Wohnung sein. Andrea könnte fürchten, daß er in ihren Geheimnissen wühlt.

plus dreißig

Obwohl, sie vertraut ihm ja immerzu Geheimnisse an. Aber das ist was anderes. Zwischen anvertraut bekommen und herausfinden ist derselbe Abstand wie zwischen Arzt und Polizist.

Ach, was soll der Quatsch. Andrea ist nicht der Typ, der Reizwäsche in einer Schublade versteckt. Eher ein Tagebuch. Und er ist nicht der Typ, diese Schublade zu suchen oder gar zu öffnen.

Früher glaubte Sig, er könne mit der Wirklichkeit spielen. Könne ihr Umwege, Zwischenwelten und Doppelbedeutungen andichten und so den Boden, auf dem er viel zu selbstverständlich stand, ein bißchen dünner oder glatter machen. Aber heute hat er viel eher das Gefühl, die Wirklichkeit spiele mit *ihm*. Als würde er bestraft für jedes falsche Buch und jeden falschen Film, mit denen er seinen Innere-Werte-Speicher durcheinandergebracht hat. Diese Reizwäsche-Idee ist doch reinster Schulmädchen-Report.

Er geht zurück ins Wohnzimmer, wo er beim Anblick des Matthis-Konzertflügels an die Orchesterprobe von Fellini denken muß. Das war immerhin kein falscher Film.

Draußen vom Balkon schaut er, den Becher mit kalt gewordenem Kaffee in der Hand, in die Runde völlig gleicher Wohneinheiten. Die ganze Anlage ist wie eine Wagenburg angelegt. In der Mitte ein schöner Park mit Kinderspielplatz und Bänken und draußen die böse Welt mit all diesen Widersprüchen und Anpassungszwängen.

Von den Balkonen aus können die Lehrer, Wissenschaftler, Anlageberater und Klinikärzte einander in die Wohnzimmer sehen. Menschen dieser Art haben keine Vorhänge oder ziehen sie nicht zu. So kann man in Ruhe nachzählen, ob wirklich ein Drittel Ikea, ein Drittel Andy Warhol und ein Drittel italienisches Design die Burg möblieren.

Die Wohnzimmer sind hoch, wie die Apsis einer kleineren Kirche. Immerhin haben die Räume etwas angenehm Unviereckiges. Man fühlt sich nicht wie ein Streichholz, das nur darauf wartet, daß jemand die Schachtel aufzieht und einem den Kopf wegbrennt.

«Aber alles paßt», denkt Sig. «Es paßt viel zu gut.» Und geht raus.

plus einunddreißig

Nachdem er die Luxus-Wohnschleuder verlassen hat, achtmal in verschiedene Richtungen geschickt wurde und zweimal an einem Punkt, den er schon kannte, wieder ankam, ist noch immer kein Bahnhof in Sicht.

Er steht in einer Art Betonschlucht. Das Haus links von ihm sieht aus wie ein amerikanischer Toaster und das Haus rechts wie ein französischer. Hinter ihm ist der Eingang einer Tiefgarage, und direkt vor ihm werden gerade Aschenbecher, Zuckerstreuer und kleine Blumenvasen auf die Tische eines Straßencafés verteilt. Offenbar soll die Aprilsonne demnächst in diesen Canyon einfallen und Menschen an die Tische kleben.

In der Glastür des Cafés hängt ein Ausstellungsplakat. Richard Hamilton. Sig geht hin, um den Namen der Galerie zu lesen. Richard Hamilton interessiert ihn nicht sehr, denn Sig ist ein altmodischer Maler, der Collagen als einen Schülerspaß ansieht. Überhaupt kommt er nicht klar mit allem, was nicht gemalt ist. Sogar Skulpturen bedeuten ihm herzlich wenig, wenn man die Pieta, David und ein, zwei anrührende Cellinis ausnimmt.

Er interessiert sich für die Ausstellungsräume. Er ist mit dem festen Vorsatz hergekommen, jedem Galeristen seine Mappe vorzulegen. Mit dieser Methode hatte er schon einige Male Erfolg. Einfach hingehen und ausstellen wollen ist immer noch das Beste. Viel besser, als auf irgendwelche Beziehungen, Empfehlungen oder Einladungen zu warten.

«Galerie schwarzes Kloster» steht auf dem Plakat.

Und direkt dahinter, auf der anderen Seite der Glastür, sitzt Regina. Allein. Sie hat ein Buch in der Hand, «Das Schwanenhaus» von Martin Walser. Noch bevor Sig Hemmungen bekommen könnte, sitzt er neben ihr.

«Ist das zufällig genug?»

«Wieso, was muß denn zufällig sein?»

Sie lehnt sich zurück, legt das Buch aus der Hand und lächelt. Also darf er bleiben.

«Ich war mir sicher, das erste, was du sagen würdest, wäre ‹vielleicht›», sagt er, um dem gefährlichen Schweigen der Verlegenheit

plus zweiunddreißig

vorzubeugen, aus dem es außer Stühlerücken, Räuspern und Zigarettenzerkrümeln kein Entrinnen gibt.

«Wenn du es gesagt hättest, hätt ich einen Punkt gewonnen.»

«Was für ein Punkt denn?» fragt sie beiläufig und hat so ein halbes Lächeln, als überlege sie, ob sie tatsächlich «vielleicht» gesagt haben könnte.

«Das Punktesystem erklär ich dir erst, wenn du mich besser kennst.»

«Glaubst du, ich lern dich besser kennen?»

«Vielleicht», sagt er, und sie lacht.

Ihr Lachen klingt so wundersilbrig, daß Sig fast hyperventiliert. Offenbar verwechseln sich Lunge und Ohr gegenseitig. Er nimmt sich vor, jeden Witz, der ihm einfällt, ins Gespräch zu schmuggeln, damit sie wieder lacht.

Jetzt bloß nicht schweigen. Er deutet auf das Buch neben ihrer Tasse: «Ich kenn die Leute, die das Haus gekauft haben.»

«Das Schwanenhaus?»

«Ja.»

«Kennst du auch Anselm Kristlein?»

«Den gibt's doch gar nicht. So einen Namen überhaupt zu erfinden, noch dazu für eine Hauptfigur, ist eine Beleidigung für jeden Menschen, der mal die Seite mit den Todesanzeigen oder ein Hochhausklingelschild gelesen hat.»

Sie lacht schon wieder: «*Den* Satz hast du aber vorher zum Korrigieren gegeben. Hast heimlich geübt und wartest schon seit Jahren auf die Gelegenheit, ihn endlich sagen zu können.» Sie lacht noch immer.

Er fühlt sich ertappt. Sie hat recht. Geübt hat er zwar nicht gerade, aber einen ähnlichen Satz hat er schon mal gesagt. Damals ging es um Salomon Sinsheimer, und er hatte Telefonbuch statt Hochhausklingelschild gesagt. Aber sonst hat sie recht. Was soll er tun?

Zugeben oder ableugnen? Lieber zugeben, dann hat er wenigstens noch den Charme des unbegabten Schwindlers, der für ihn spricht. Schwindel-Versagern kann man trauen, denn sie sind ein offenes Buch.

plus dreiunddreißig

«Geübt hab ich nicht, aber es ist sozusagen eine Zweitverwertung. Hab's schon mal gesagt.»

Sie lächelt.

«Na ja, ich wollte dich eben beeindrucken. Du studierst doch Deutsch.»

Schon wieder lachend fragt sie: «Soll ich dir was auf die Tischdecke malen?»

«Willst du *mich* denn beeindrucken?»

«Vielleicht.»

plus vierunddreißig

Du irise Arsloch», sagt Stavros Garipides, als Dean O'Rourke sich ihm vorstellt. Stavros' Ärger ist nicht verwunderlich, wenn man bedenkt, daß Dino ihn eben niedergeschlagen, gefesselt und verschleppt hat.

Vor drei Minuten, als er wieder zu Bewußtsein kam, befand sich Stavros nicht mehr auf dem Weg zur Frauenentwilderungs-Société, sondern in einem kahlen Raum, an einen Stuhl gebunden.

Obwohl O'Rourke in dieser Beziehung sehr empfindlich ist, denn er schämt sich seiner irischen Herkunft und fürchtet inzwischen selbst, ein OEF-Opfer zu sein, sagt er ganz cool: «Ich bin Amerikaner.»

«Merikanise Arsloch oder irise Arsloch, mir egal, Arsloch», sagt der schwarzäugige Fanatiker und spuckt auf den Boden.

«Lern erst mal die Sprache, du Westentaschen-Zeus.»

«Weissdo was i mein, wenn sage Arsloch. Reicht für CHIA-Arsloch. Arsloch.»

Dino ist gelassen. Das ist nicht sein erstes Verhör, und er weiß, daß er mindestens Stunden brauchen wird, wenn er überhaupt Glück hat.

«Hab Zeit», sagt er und zündet sich eine Marlboro an.

«I au Zeit», sagt der Grieche, «aber andere Zeit wie du. I Helden-

plus fünfunddreißig

zeit, du Arsloch-Zeit. Gleiche Tick, gleiche Tack, aber andere Zeit. Da staunst? Arsloch!»

O'Rourke blättert in Stavros' Ausweis: «Ich würde mal den Mund nicht so voll nehmen. Macht Durst, und du weißt nicht, wann du das nächste Mal 'n Schluck zu trinken kriegst.»

«Wasser von Arsloch is Dünnfiff», sagt Garipides.

«Heldensprudel», sagt Engel O'Rourke.

plus sechsunddreißig

Ich *bin* beeindruckt», sagt Sig, «wenn ich mutiger wäre, würd ich sogar zugeben, daß ich mehr als beeindruckt bin.»

«Quatsch nich», sagt Regina, «das klingt wie ein Werbespruch. – Mehr als beeindruckt –. Mehr als eine Bank, Gold ist Liebe, Ich bin zwei Öltanks...» Sie legt ihre Hand auf seine, hält sein Handgelenk mit Daumen und Zeigefinger fest, sieht ihm direkt in die Augen und wiederholt leise: «Quatsch nich.»

Auf einmal ist der Tonfall anders geworden. Als hätte der große Operator gleichzeitig bei ihnen beiden das Schäker- und Plänkel-Timbre stummgeschaltet, reden sie plötzlich in der Stimmlage von Freunden. Ein einfaches «Quatsch nich», und die Berührung zweier Hände reichen aus, um zwei Menschen miteinander reden zu lassen, als hätten sie sich eben vor den anderen Kindern versteckt und keine Entdeckung zu fürchten.

Regina hat einen Rahmen für das Bild gekauft. Einen guten Platz sucht sie noch. Sie sagt, ihr seien abends ein paar Bilder wieder eingefallen. Seien noch mal vorbeigekommen, um ihr gute Nacht zu sagen.

Sigs Hand liegt noch immer an der Stelle, wo sie von ihrer berührt wurde. Sie fühlt sich an wie festgeklebt, und er wagt nicht, sie zu bewegen. Die Hand hat Fieber, und läge sie nicht auf der dicken

plus siebenunddreißig

weißen Decke, sie hinterließe bestimmt einen schweißfeuchten Fleck.

Regina lebt in einer Fünf-Zimmer-Wohnung. Zusammen mit zwei Frauen und einem Mann. Sie hat die Wohngemeinschaft satt, würde lieber heute als morgen ausziehen.

«Ich spiele nur noch Theater. Und die anderen glauben mir den Schwindel. Ich tu so, als hätte ich noch Wünsche, breche sogar mal künstlich einen Streit vom Zaun, bloß damit sie nicht bemerken, daß sie mich langweilen und daß ich kaum noch ihre Namen behalten kann. Geschweige denn, ihre Probleme. Halte mich nicht für verächtlich. Ich hab keinen Grund, ihnen böse zu sein. Aber ich *bin* nicht mehr dort. Ich existiere nur noch als potemkinscher Diskussionsteilnehmer. Eine quasselnde, sich einbringende Fassade.»

«Wo bist du denn?» Sig fühlt sich unangenehm an Andreas Zweifel erinnert. «Wo, wenn nicht dort?»

«Ach, das ist es ja. Den Platz, an dem ich innen bin, den gibt es außen gar nicht. Mindestens hab ich ihn nicht gefunden bis jetzt. Aber vielleicht kann ich ihn ja noch zusammenbasteln.»

«Und woher weißt du, daß du innerlich dort bist?»

«Es ist warm, daher weiß ich's.»

Schade, nun ist die Vertrautheit wieder weg. Sig wird wieder schüchtern. Seine Hand hat kein Fieber mehr. Er zieht sie zu sich her, denn sie klebt auch nicht an der Tischdecke fest.

Reginas Augen sind blicklos, wie die eines Jazzmusikers beim Solo, nach nirgendwohin gerichtet. An der Hitze in seinem Ohr spürt Sig, daß sie ihn aber plötzlich wieder ansieht.

So mittendrin in sein Gesicht schickt sie ein so trauriges Lächeln, daß er trotz Verlegenheit die Außenfläche seiner Finger an ihre Wange legt. Ganz kurz. Sie zuckt nicht zurück und sieht ihn immer noch direkt an.

«Würdest du den Platz erkennen, wenn du ihn siehst?»

«Ja», sagt sie, «auf jeden Fall.»

«Ich glaube, ich beneide dich. Hast'n Paradies und wartest nur noch auf den Schlüssel.»

«Metaphernbremse anziehen. Rutschgefahr!»

«Ich bin Maler, kein Deutschlehrer.» Sig ist wütend. Wieso zer-

plus achtunddreißig

stört sie so einen Moment? Er will ihr doch gut sein. Ein Freund, ein Vertrauter. Sie hat keinen Grund, ihn zu ohrfeigen. Offenbar ist sie tückisch. Hat vielleicht irgendwelche geheimen Regeln, die man nicht verletzen darf.

So kurz seine Antwort war, so lang ziehen sich jetzt die Sekunden hin. Wie Donnerstag abends beim kleinen Fernsehspiel wachsen die Geräusche zu ochsengroßen Monstern. Akustische Kleinigkeiten, die man normalerweise schon im Gehirn aussortiert, so daß man gar nicht weiß, daß man sie hört, detonieren plötzlich im Raum.

Ein Löffelmonster donnert in ein Untertassenmonster. Ein Gesprächsfetzenmonster malmt ein Kassenpiepsen- und ein Schlürfmonster zu undefenierbarem Brei. Eine Kakophonie. Das kleine Fernsehspiel schaltet man einfach ab, wenn der Kuß so peinlich klingt wie das Entfalten einer Zeitung oder Gurgeln im Abfluß der Badewanne. Außerdem weiß man, daß in den nächsten Minuten jemand in der Nachbarvilla «Für Elise» spielen wird.

Aber hier gibt es keinen Knopf, und Sig schaut den Film nicht an, sondern spielt darin mit.

«Komm, sei nicht eingeschnappt. Das Leben ist kompliziert.»

Ein Seufzermonster gräbt sich in die Luft. Sig möchte am liebsten fragen, wo sie ihr Folterdiplom gemacht hat, aber er sagt nur:

«Hochmut kommt vor dem Fall.»

«Hochhuth?»

Er muß lachen. Die Monster sind wieder geschrumpft.

«Nein, Hoch*mut*! Direkt vor dem Fall! Ka-Wumm!»

«O.k., o.k., hab's kapiert. Rolf Hochhuth kommt vor dem Fall. Alles klar. Vor welchem Fall übrigens. Nominativ, Akkusativ, Genetiv, Dativ...?»

Sig unterbricht: «Ablativ, Indikativ, Sedativ, Porentief, Tatmotiv...Verschone mich.»

Ihr Lachen klingt so, wie er sich das Lachen einer Fee vorstellt, die zwar bei MacDonalds jobbt, aber genau weiß, daß sie jederzeit den Zauberstab rausholen kann, um den nächstbesten Hamburger zum Bundeskanzler zu machen. Oder umgekehrt.

plus neununddreißig

«Wir benehmen uns, als hätten wir Publikum», sagt sie.

«Haben wir doch», sagt Sig. «Uns.»

Er stellt sich vor, sie nähme jetzt die Zuckerdose und schmisse sie mit einem stimmüberkippenden «Ihr spießigen Arschlöcher» oder so durch die geschlossene Glasfront nach draußen. Entsetzlich. Oder sie würde sagen: «Wir besorgen uns ein Publikum», auf den Tisch klettern, den Schlüpfer auszuziehen und den Rock hochhalten.

Er hat schon solche Situationen erlebt. Es gab in seinem Leben ein paar Figuren, die sich so was unter Selbstbefreiung vorstellten. Und Sig hatte kein Mauseloch, in das er hätte kriechen können. Mußte aufrechten Hauptes, von Blicken durchstochen, den Ort des Schreckens verlassen.

Aber wieso fällt ihm diese Alptraumvision jetzt ein? Wieso sollte Regina, ausgerechnet Regina, die selbstsichere und unverkrampfte Liebhaberin gesicherter Deckung, hysterische Ausfälle wagen? Völliger Blödsinn! Er sollte mal etwas gegen diese unverhofften Phantasieblitze unternehmen. Eines Tages stellt er sich so was vor, springt mitten in der Vorlesung auf und schreit: «Nein, nicht!»

«Was ist?» Regina sieht ihn forschend an.

«Wieso, was ist?»

«Du hast eben *nein, nicht* gemurmelt.»

«*Was* hab ich?»

«*Nein, nicht* gemurmelt.»

«Das darf nicht wahr sein!»

«Was war denn los?»

«Nichts eigentlich. Es lief ein Film in meinem Kopf, und ich hab offenbar zu laut mitgespielt.»

«Weißt du was? Du bist süß! Daß Leute im Schlaf reden, wußte ich schon, aber daß man auch bei Tagträumen reden kann, ist mir neu.»

«Du würdest das vielleicht nicht so süß finden, wenn du den Traumfilm gesehen hättest.»

Ihm ist unwohl. Er fürchtet, sie könnte sagen: «Woher weißt du, daß ich ihn nicht gesehen habe?»

Und genau das sagt sie auch.

plus vierzig

Sie scheint es zu genießen, wenn er verlegen wird. Wieder sitzen sie eine Zeitlang schweigend. Als er sich eine Zigarette anzündet und den ersten Zug inhaliert, reicht sie ihm eine zweite, noch brennende, die sie aus dem Aschenbecher genommen hat. Dieselbe Marke! Jetzt ist er offenbar völlig von der Rolle. Mit beiden Zigaretten in den Händen und einem belämmerten Blick im Gesicht sitzt er da und glaubt zu spüren, wie er rot wird. Es klingt fast mütterlich, als sie fragt:

«Mach ich dich verlegen?»

«Sehr.»

«Das gefällt mir.»

«Mir nicht.»

«Du bist dran mit beichten. Erzähl von dir.»

Sig nennt sich einen Versager, der nur deshalb existieren könne, weil seine Mutter einen etwas übersteigerten Gerechtigkeitssinn habe. Das Medizinstudium seines Bruders hat mehr gekostet als seine zehn Semester Kunstakademie, deshalb überweist die Mutter so lange noch sechshundert Mark im Monat, bis er gleichauf liegt.

Über einen Geschenkladen bekommt er gelegentlich Porträtaufträge. Dann überträgt er Fotografien in Rötel- oder Kohlezeichnungen und bekommt fünfzig Mark pro Gesicht. Und ein bißchen Geld verdient er mit Malstunden für Kinder.

Die gehen ihm zwar auf die Nerven, aber er liebt sie, wenn sie jedes zwölf Prinzessinnen, drei Astronauten, einen Taucher und vier bis acht Könige bei ihm abliefern. Und alle Bilder wollen sie ihm schenken. Oft hat er Mühe, sie zu überreden, ihrer Mama wenigstens *einen* Froschkönig mitzubringen.

Am besten gefällt ihm der Unterricht, wenn er sagt: «Nur Farben. Keine Sachen. Keine Könige, keine Rennfahrer, keine Polizisten. Nur Farben malen.» Dann legen die Kinder auf eine Weise los, daß er nur staunen kann über die Freiheit und Lust, mit der sie malen. Er beneidet sie um den regelfreien Raum, in dem sie ganz selbstverständlich die Stifte und Pinsel tanzen lassen. Er nimmt sich immer wieder vor, von ihnen zu lernen. Aber wenn er versucht, wie sie zu malen, geht es nicht. Er kommt nicht mehr dahin zurück.

plus einundvierzig

«Jedenfalls, die Arbeit macht wirklich Spaß. Obwohl mich die Gören mit dem Krach, den sie dauernd machen, fast um den Verstand bringen.»

Regina meint, der Lärm könne der Preis dafür sein, daß er Spionage betreibe. Kunstspionage, sagt sie, wie Industriespionage.

Sie muß gehen. Das Walser-Seminar hat schon angefangen. Sie kommt wie immer zu spät. Aufgeregt winkt sie der Kellnerin mit ihrem roten Geldbeutel.

Sig wird panisch: «Können wir uns später noch sehen?»

«Heute nicht», sagt sie. «Ich bin bis abends an der Uni und dann bei einer Einladung. Morgen, wenn du willst. Zum Frühstück.»

Sie dreht sich nicht um. Ein bißchen tapsig, wie ein kleiner Bär, geht sie in ihrem dunkelblauen Dufflecoat, den roten Cordhosen und den rosa Turnschuhen am Eingang zur Tiefgarage vorbei, biegt links um die Ecke und ist verschwunden.

Sig hat eine große, weiche Wolke im Kopf. Obwohl er Schwabe ist, läßt er die endlich von der Kellnerin gebrachte Pastete einfach stehen, bezahlt und steht auf. Er geht in die entgegengesetzte Richtung davon. Die Wolke mit ihm.

Er geht rechts, links, geradeaus, einfach wie die Anblicke ihn locken. Er hat kein Ziel. Er platzt aus allen Nähten vor lauter Regina, Regina, Regina.

Sig ist nicht der einzige, der so um die Ecken stromert. Es ist ein lasziver Swing in den Leuten. Wer ein Auge dafür hätte, könnte eine Menge aufgeblähter Nüstern beobachten. Graumelierte Schläfen schimmern wie Perlmutt, wenn die Frühjahrssonne sie einfängt, und ein Flackern geht durch manche Rodenstock-Brille, wenn sich ein aberwitzig früh rausgekramter Minirock darin spiegelt.

Die Mädchen klappern mit Stöckeln und Wimpern, sie schwenken die Taschen und lassen den Pony flattern. Sie grasen erregt auf der Augenweide und nehmen sich ihr Stück vom Gesehen-werden-Kuchen mit einem Schlag Begehrt-werden-Sahne obendrauf.

Und Sig hat eine Wolke im Kopf.

Verliebtsein und Verzweiflung sind einander so ähnlich. Dieselbe

plus zweiundvierzig

innere Panik. Derselbe organische Anarchismus. Und dabei ist das eine der Himmel, das andere aber die Hölle. Das sollten sich die Pfarrer mal hinter die Ohren schreiben. Oder hinter den Hosenlatz.

Noch gestern, als Sig aus Stuttgart wegfuhr, sahen die eiligen Männer auf der Königstraße aus, als wären sie alle leibliche Söhne von Lothar Späth. Eine klavierlehrerhafte Pedanterie mit einem frivolen Schuß Gynäkologieprofessor beherrschte den kollektiven Gesichtsausdruck.

Die Frauen in ihren straffsitzenden Kostümen spielten den Part der mütterlichen Karrierefrau, die die Doppelbelastung spielend schafft. Es war wie in einem farbigen Stummfilm. Alles ohne Geräusche.

Sig hatte das Gefühl, er sei der einzige unter all den Menschen, der eine Stimme hat. Er schwieg aus Höflichkeit.

Er stellte sich vor, diese Männer seien auf der Suche nach einem Geheimnis, denn sie hätten bisher noch keins. Zumindest kein schönes.

Wenn die Frauen ein Geheimnis hätten, dann wohl in der Art, daß sie nach Bildern von Hieronymus Bosch onanierten. Vielleicht wünschten sie sich, ein bärtiger römischer Gott möge sie so richtig verhauen, während sie sich geräuschlos, geruchlos und planvoll zum Gipfel kitzeln.

Also auch kein schönes.

Und abends dann die Fahrt durch eine heruntergefallene Milchstraße, um heute in diesem dröhnenden Gesumme mitzuwirbeln. Auf einmal kein einziger Klavierlehrer und keine einzige Thatcherfrisurige Karrierefrau mehr. Nur noch lauter frischgebadete Hunde, die nicht mehr so recht wissen, wie die Welt riecht, wie sie selber riechen und was ihr Herrchen von ihnen erwartet.

So schwänzeln sie zwischen den Frauen durch, die von der schrillsten Punkdüse bis zum bravsten Büroschmetterling allesamt gerade ihre Flugkarte für den nächsten Gomera-Urlaub mit Liebesgarantie abgeholt zu haben scheinen.

Und Sig hat eine Wolke im Kopf.

plus dreiundvierzig

Verliebte sind gefährlich. Vor allem für sich selbst. Sie lassen alles sausen, was im Ordner «Leben-Lernen» so sauber abgeheftet war, und latschen mit nackten Füßen ins Minengebiet. Und pfeifen irgendeine Beatles-Melodie.

Und wollen in die Luft gesprengt werden.

Ja, ja, jag mich in die Luft. Regina Hodler, schieß mich auf den Mond. Im Rhythmus seiner eigenen Schritte flüstert er sich diesen Refrain von innen ins Ohr, und daß er kein Unheil anrichtet, keine Leute umrennt, Kinder tritt, Bäume knickt oder Autodächer beim Drübergehen eintritt, liegt nur daran, daß er im Träumen schon geübt ist.

Wie es Andrea wohl macht? Wenn sie es überhaupt macht. Sicher nicht mit einem Bild von Hieronymus Bosch vor Augen. Sie ist auf so nette Art brav in ihrem Chanel-No.-5-Panzer versteckt, daß es ihm schwerfällt, sie sich in einer erotischen Situation vorzustellen. Aber gerade weil es ihm schwerfällt, tut er's. Wer sich so adrett dahergeniert, hat sicher was zu verbergen.

Sie tut es bestimmt im Dunkeln. Mit der Vorstellung von Ach-teltriolen aus dem fünften Klavierkonzert von Beethoven. Zum Ausklang schwebt sie durch den zweiten Satz, eine rauchblasse Wolke, die ständig die Gestalt wechselt. Fliegt luftig über die Rhön. Das Klavier spielt Kondenswasserperlen, die sie freundlich über die Wiesen verstreut. Und bevor die wilde Hatz des dritten Satzes los-geht, steht sie schon unter der Dusche, erneuert den Chanel-Belag und hat anderes im Kopf.

Der Bahnhof riecht wie gestern abend, nur stärker. Sig beeilt sich herauszukommen, denn der Geruch kommt ihm wie ein Rückfall vor. «Gehen sie zurück auf ‹Los›». Das muß er doch nicht. Er ist doch schon viel weiter als gestern, hat schon fast die halbe Schloßal-lee gekauft.

Mit der großen Mappe unterm Arm mag er nicht den weiten Weg zur Kartäuserstraße gehen. Er steigt in ein Taxi.

Der Mercedes hat keinen Stern mehr auf der Kühlerhaube. Nur ein spitzer Rest des abgebrochenen Sockels kratzt am CW-Wert.

plus vierundvierzig

«Sammler unterwegs?» fragt Sig und deutet auf die leere Stelle.

Der Taxifahrer knirscht grimmig mit seiner schwarzen Lederjacke: «Wenn ich die erwische, gibt's Hippiesuppe.»

«Hippiesuppe?»

«Meinetwegen auch Spontisuppe. Ich kenn die Schweine. Sechs-Achtzig.»

Sie sind angekommen.

«Sieben», sagt Sig.

Vier Schüsseln mit Nudelsalat stehen auf dem ausgezogenen und mit einem Bettuch bedeckten Eßtisch. Oje, Nudelsalat, denkt Sig, der sich immer ärgert, wenn Ereignisse eintreffen, die er als zu offensichtlich empfindet. Nudelsalat bei einer Party ist so sicher wie das Amen in der Kirche.

Er fühlt sich auf eine schwer erklärbare Weise persönlich beleidigt von Dingen, die so sicher wie das Amen in der Kirche sind. Er will nicht einsehen, daß das Leben auch in den kleineren Dingen so geheimnislos vonstatten geht. Wie Handschellen fühlt sich das an. Als müsse er um sich schlagen. Der Bademeister ist muskulös, der Bluessänger hat eine kratzige Stimme, der zahlungsunfähige Gast kann nicht auf die Diskretion des Kellners rechnen, der Professor ist zerstreut, und der Zuhälter fährt ein weißes Auto. Amen.

Und auf Parties gibt es Nudelsalat.

Er küßt Andrea auf die Schläfe und versucht, sich seine Irritation nicht anmerken zu lassen. Vielleicht ist es ja auch nur schlechte Laune, weil er Regina vermißt.

So was idiotisches. Er kommt sich selber vor wie ein Rocker, der zu Fuß gehen muß und deshalb nach der ersten Gelegenheit lechzt, eine möglichst erkleckliche Anzahl von Spießern aus der Stiefelette zu hauen.

Fair bleiben, flüstert er sich selber zu und schaut vorsichtig in die Runde der schon erschienenen Gäste. Er sucht nach einem Opfer. Er hat die innere Nietenjacke an. Fair bleiben.

plus fünfundvierzig

In großen Schlucken trinkt er von dem Chablis, den ihm Andrea hinhält. Wenn er nach Äußerlichkeiten geht, dann sind genügend Opfer da. Es gibt ein kragenloses gestreiftes Hemd, zwei Emanzipationspullover, einen Cordanzug mit Ponyfrisur nach dem Otto-Schily-Modell, eine Nickelbrille mit Rauschebart und ein hübsches Sommerkleid mit Obst und Gemüse.

Fair bleiben, denkt Sig und schaut an sich selbst hinunter. Ich bin ja nicht besser. Ich trage bloß alles auf einmal.

Diese sechs sind leider alles, was da ist, deshalb kann er nicht einfach in der Menge verschwinden. Andrea stellt ihn vor als «den Maler des Bildes hier» und deutet dabei auf sein Hochzeitsgeschenk. Alle starren das Bild an. «Mmmmmmhh», sagt einer der beiden Emanzipationspullover. Der mit den hennaroten Haaren. Er heißt Irene und wird von den anderen Renny genannt.

«Doch», sagt das Sommerkleid und «Schönes Bild» der zweite Pullover. Das Sommerkleid heißt Gaby und der Pullover Heike.

Andrea hat ihm die Namen eben gesagt, aber er kommt nicht mehr dazu, sie sich einzuprägen, denn Johann, das gestreifte Hemd, den man Hannes nennen muß, weil er sich auf zwei Irlandreisen intime Kenntnisse der dortigen Trink-, Eß- und Sangessitten erworben hat, spricht ihn an: «Jemand hat mal gesagt, gegenstandslose Kunst sei reaktionär.»

«Was?» Sig ist nicht ganz klar, was er damit anfangen soll. «Reaktionär, wieso?»

«Na ja, sie entzieht sich doch der Deutung und damit der Vermittlung von Inhalten.»

Den Satz sagt Hannes so stolz und so betont, daß man in seiner Stimme die ganze Aufklebersammlung, die er vermutlich an der Heckklappe seines VW-Campingbusses pappen hat, mitlesen kann: Baum-ab-nein-danke, Energie-nucleaire-non-merci, Beendet-das-Wettrüsten und Rettet-die-Tierwelt. Mindestens.

Als Sig auch noch in den Gesichtern der anderen eine interessierte Begeisterung entdeckt, die darauf schließen läßt, daß sie das für einen echt starken Anfang halten, befällt ihn so was wie Panik. In seinem Kopf schrillt ein Alarm, und eine Fistelstimme sagt: Mach Andreas Fest nicht kaputt.

plus sechsundvierzig

«Du könntest mir ja mal, wenn du echt nichts Besseres vorhast, den vorstellen, der das gesagt hat. Vielleicht ist er noch zu retten», sagt Sig.

«Und wenn ich das selber gewesen wäre?» Das Streifenhörnchen versucht einen auf schnippisch zu machen.

«Dann lohnt sich die aufwendige Rettungsaktion vielleicht nicht mehr», schnippt Sig zurück.

Er erschrickt vor seiner eigenen Bösartigkeit und versucht, die selbstgeschlagenen Wogen wieder zu glätten: «Entschuldige, ich kann nichts außer malen und bin persönlich verletzt, wenn sich jemand so wenig Gedanken darüber macht. Ich mag einfach nicht darüber *plaudern*. Verstehst du? Es ist mir zu wichtig.»

Hannes versteht. Er sieht aus, als würde er immer verstehen. Ein professioneller Versteher.

Eine grausige Stille hat sich breitgemacht im Raum. Sig muß raus. Er hat die Stimmung innerhalb von drei Minuten gründlich verdorben. Man kann die Entrüstung förmlich riechen.

«Ich muß noch mal weg. Halbe Stunde oder so.»

Ogottogott, was bin ich bloß für ein Arschloch. Andrea muß mich hassen. Was hab ich für ein Recht, ihre Freunde anzumachen? Aber er hat *mich* angemacht. Ach, Kinderkram. Ich muß mich nicht wie der Gralshüter des Vernissagengeplauders aufführen. Basta.

Er schämt sich.

Eigentlich wollte er nur einmal um den Block zur Dreisam. So heißt das kleine Flüßchen, das an der Wagenburg vorbeifließt. Und dann geläutert und zerknirscht wieder in die Party zurückschleichen. Aber er muß, in seine Grübelei versunken, immer weiter geradeaus gegangen sein, denn auf einmal steht er neben den Hörsaalgebäuden der Universität.

Ein scharfer, aber warmer Wind streunt mit Wimmern und Heulen um die Ecken, und es riecht nach irgendwas.

Als er zweimal rechts abgebogen ist, kommt Sig durch einen kleinen Park, der die beiden Hörsaalgebäude voneinander trennt. Etwa fünfzig Meter geradeaus ist der Eingang einer Kneipe.

plus siebenundvierzig

In diesem Eingang versuchen gerade zwei Männer, einander rauszuschieben. Der eine trägt eine schwarze Lederjacke, Jeans und auf dem Kopf ein Jack-Nicholson- oder Robert-de-Niro-Mützchen, der andere schwarze Cordhosen, eine schwarze Jacke undefinierbaren Materials und einen schwarzen Schal. Der mit der Lederjacke ist der Taxifahrer von vorhin.

Er schreit gerade: «Fuck off, du Arschloch!», denn er hat den anderen aus der Tür gedrängt und in die Flucht geschlagen.

Der hat sich auf ein Fahrrad geschwungen und rast direkt auf Sig zu. Vier Treppenstufen abwärts. Dann hält er an und ruft über die Schulter: «Wenn du den Auspuff ein bißchen verkleinerst, dann kannst du deinen Daimler ficken. Versuch's mal. Vielleicht ist es das, was du brauchst!»

Er tritt in die Pedale und rempelt Sig fast an. Er reißt den Lenker gerade noch herum, schafft den kleinen Bogen und murmelt: «Paß doch auf, du Heini.»

Aber es klingt nicht böse, sondern fast ein bißchen neckisch.

Auf dem vorderen Schutzblech des Rades prangt ein draufgeschweißter Mercedesstern.

Weil ihn ein bißchen fröstelt, geht Sig in die Kneipe. Am Tresen ist noch Platz. Neben dem Taxifahrer bestellt er sich einen Kaffee.

«Das ist *gut*», sagt der übernächste in der Reihe und lehnt sich über den Tresen, um ihm zuzulächeln. Sig, der so ein bißchen provisorisch zurücklächelt, fragt: «Wieso?»

«Wieso?» strahlt der Mann, und seine halbe Glatze strahlt mit: «Es geht ein Graben durch die Welt. Auf der einen Seite die Kaffeetrinker, auf der anderen die Teetrinker. Ich bin Kaffeetrinker.»

«Ach», Sig nimmt sich vor, gleich zu bezahlen, damit er den Rücken frei hat, falls nötig, «und du freust dich über Komplizen?»

«Komplizen? Kaffeetrinken ist doch kein Verbrechen. Aber wer weiß, wann das Endspiel kommt. Je mehr wir sind, desto siegen wir vielleicht.»

«Hab ich richtig verstanden, du meinst das Endspiel Kaffee gegen Tee?»

plus achtundvierzig

«Genau.»

Oweia, denkt Sig.

«Kaffee», ruft der Wirt.

«Gut so», sagt der Typ.

Ein kicheriges Mädchen mischt sich ein, und der Kaffeetrinker erklärt ihr ausführlich, wie die Lebensadern seines absurden Weltbildes verlaufen. Sig hört mit halbem Ohr zu.

Von Hundefreunden und Katzenfreunden ist da die Rede, von Weintrinkern und Biertrinkern, Mercedes- und BMW-Fahrern, Haschischrauchern, Alkoholikern – es ist der nackte Irrsinn. Gerade als der Mann sagt «... Nimm zum Beispiel mal einen Tee trinkenden Hundeführer beim Rauschgiftdezernat, was glaubst du, was der für ein Auto fährt...», bemerkt Sig, daß ihn der Taxifahrer grimmig mustert. Er schüttelt einen aufgeweichten Bierdeckel zwischen Daumen und Zeigefinger, als wäre es Kojaks Polizeimarke, und raunzt: «Kenn ich dich nicht?»

«Du hast mich gefahren.»

«Ach so.» Das Gesicht hellt sich auf.

Die vage Atmosphäre schleichenden Wahnsinns hier fängt an, Sig zu erheitern, und er traut sich eine kleine Frechheit: «War das eben Hippiesuppe?»

«Fast», grinst der Taxifahrer, «paar Zutaten fehlen noch.»

Sig verzieht sich an einen frei werdenden Tisch.

Als er versucht, den verschütteten Kaffee mit einem Tempotaschentuch aus der Untertasse zu tupfen, beschleicht ihn der Verdacht, diese Platzwahl sei ein Schritt vom Regen unter die Traufe gewesen.

Vom Nebentisch starren ihn vier Augenpaare an, als habe er Antennen auf dem Kopf. Erst als, nach einigen ungemütlichen Sekunden, einer der vier, offenbar volltrunken, mit dem Gesicht in einen Aschenbecher knallt, wenden sich die Blicke von ihm ab, und die drei, noch relativ gerade sitzenden führen ihr Gespräch fort.

Einer, dem Gesichtsausdruck nach Taxifahrer wie sein vornübergefallener Kollege, faselt etwas von dem Servicenetz, das Ja-

plus neunundvierzig

guar in Deutschland aufbaue. Die anderen beiden, Jüngelchen mit breitschultrigen Blousons, Schnurrbärtchen und Ruhrgebietslokken, sehen aus, als bestünde das Generationsproblem für sie in etwa darin, daß «Der alte Herr» zum Abi bloß einen Golf GTI hingestellt hat. Und keinen Porsche.

Sie versuchen sich bereitwillig als Jaguarkenner auszuweisen. Der eine meint, es werde aber sicher noch Sommer Achtundachtzig, bis man sich etwa eine Panne in «sagen wir mal Marktredwitz» leisten könne.

«Wunsiedel», lallt der Vornübergefallene aus seiner Bierpfütze herauf.

«Oder Walsrode fünf», kontert der zweite Blouson und lacht, als hielte er das für einen mordsguten Witz. Der noch aufrecht sitzende Taxifahrer schüttet das halbvolle Bier seines Freundes in sein eigenes, obwohl es, der Farbe nach zu urteilen, zwei völlig verschiedene Sorten sind. Das eine ist dunkel wie Alt- oder Bockbier und das andere hell.

Diese trübe Mischung schüttet er in zwei Zügen in sein Gesicht. Die Brühe verschwindet wie Kloake in dem Loch unter seinem Schnurrbart.

«Rrrüallpsss», sagt er und gleitet sanft vom Stuhl.

Als rufe ihnen dieser neuerliche Sturz den ersten in Erinnerung, schauen sich die beiden Jüngelchen nun den Kopf im Aschenbecher an.

«Wunsiedel», blubbert es wehmütig aus der Pfütze.

Die Augenbraue, die beim Aufschlag auf den übervollen Aschenbecher geplatzt ist, läßt ein stetiges Blutbächlein in den Biersee rinnen. Es sieht aus, als müsse ein zur Rückgabe gestohlenen Hämoglobins verurteilter Blutegel seine Schulden bezahlen.

Der hellere Blouson setzt sich etwas weiter weg. Reinigungskosten sind nicht im Monatsscheck enthalten. «Daddy» will sicher, daß Junior haushalten lernt, bevor er die Firma übernimmt.

Im Hinausgehen sagt Sig zu seinem Taxifahrer, der immer noch an der Theke lehnt: «Ich glaub, da hinten gibt's Kollegensuppe.»

plus fünfzig

Aus Angst, sich zu verirren, geht Sig denselben Weg zurück, obwohl er weiß, daß es ein Umweg sein muß. Orientierung war noch nie seine Stärke.

Eigentlich ist so ziemlich gar nichts seine Stärke, außer dem bißchen Malen. Vielleicht die eine oder andere Party ruinieren, denkt er, aber sonst...? Hoffentlich kann er sich jetzt unbemerkt in die Menge mischen, ohne sich vor Andrea für seinen Ausbruch verantworten zu müssen. Er hat ein schlechtes Gewissen.

Heute ist ein seltsamer Tag. Die Wirklichkeit rutscht aus und schlägt einen Salto nach dem andern. Vielleicht ist Föhn. Das würde den warmen Wind erklären. Vielleicht spinnen heut alle ein bißchen, er selber inbegriffen.

Er schafft es tatsächlich, sich unbemerkt in eine Ecke zu schmuggeln. Der Raum ist voll, und alle sind mit sich oder ihren Gesprächspartnern beschäftigt.

Er setzt sich vor das Bücherregal und zieht wahllos einen Band heraus, um nicht angesprochen zu werden. Ein Buch über die erotische Kunst des Tantra. Schnell wieder zurück damit. Das nächste ist weniger kompromittierend. Eine bebilderte Biografie von Mussorgsky.

Ganz in der Nähe sitzt das Kleeblatt um Streifen-Hannes und unterhält sich. Sie reden sich dauernd mit ihren Namen an. Kaum ein Satz beginnt ohne ein «Du» oder den Namen des Angesprochenen.

Sie reden über Kinder. Renny, eine Frau mit strengem Gesicht, das nach Waschzwang, Kehrwoche und Mit-dem-Bestenstiel-an-die-Decke-Klopfen aussieht, erzählt, sie habe ihrer Tochter Stefanie beigebracht, sofort zurückzuhauen, wenn jemand sie angreife.

Am besten präventiv, denkt Sig, das ist noch sicherer.

Heike, die etwas weniger kernseifige Figur von beiden, scheint ihren Sohn Oliver hauptsächlich als Anziehpuppe zu nutzen, wenn er nicht gerade als Knuddelbärchen in ihren «Bedürfnissen» vorkommt. Hannes redet nicht mit. Kinder kommen in Irland nicht vor.

Renny sagt, Stefanie frage manchmal vor dem Schlafengehen,

plus einundfünfzig

ob auch ganz bestimmt keine Raketen kämen, und sie, Renny, sage dann immer, das wisse man nicht. So weit sei es schon gekommen mit der Bedrohung der Welt, daß die Kinder nicht mehr in Frieden einschlafen könnten.

Sig findet eher, daß die Bedrohung durch entsetzliche Eltern das Problem sei. Arme Stefanie. Am Tage soll sie im Kindergarten ihren Gegnern die Fresse polieren, und nachts hat sie statt eines Teddybärs den Overkill im Arm.

Als sich Hannes nun doch in das Gespräch einschaltet und irgendwas vom letzten Sommer in Glenn O'Dougheldidaigh erzählt, steht Sig auf und geht auf den Balkon hinaus. Dort ist kein Licht, und seine Augen müssen sich erst an das relative Dunkel gewöhnen.

Außerhalb des Lichtkegels, der vom Fenster in die Nacht gezeichnet wird, sitzen zwei Gestalten auf den Brettern. Sie sehen ihn an.

«Stör ich euch?» fragt Sig.

«Nein, nein», sagt eine Stimme. Die Stimme klingt traurig und enttäuscht, als wolle der, dem sie gehört, es passiere etwas, wobei Sig hätte stören können. «Setz dich ruhig zu uns.»

Der Mann ist sympathisch, und Sig ist froh über Gesellschaft. Alleinsein könnte Andrea verletzen, und das ist das letzte, was er möchte.

Es sind zwei Männer. Der eine ist vielleicht fünfzig, trägt einen grauen Cordanzug, Turnschuhe und ein seidenes Tuch unter dem Hemdkragen, und sein silbergrauer Haarkranz fusselt wild um das lächelnde Gesicht.

Den andern kennt Sig schon. Es ist der Fahrrad-Rowdy, der ihn an der Uni fast umgefahren hätte.

«Nichts für ungut», lächelt der ihn an.

«Ihr kennt euch?» fragt der Ältere. «Ich bin Curd.»

«Nicht direkt», sagt der schwarzgekleidete, «ich hab ihn bloß gerade vorher fast totgefahren. Ich bin Yogi.»

«Ich heiße Sig», sagt Sig.

«Sieg?»

«Nein Sig. S-I-G. Der Originalname, von dem das die Abkürzung ist, fällt ersatzlos weg.»

plus zweiundfünfzig

«Ah, noch so ein Namensgeschädigter wie du», sagt Curd zu Yogi.

Sig hat die beiden sofort gern. Den Älteren wegen seiner feinen Art und den Jungen wegen des netten Tonfalls, in dem er vorhin «Paß doch auf, du Heini» gesagt hat.

«Seid ihr vor irgendwas geflohen?» fragt er.

Yogi antwortet: «Wenn man sich gern einfacher Worte bedient, könnte man es so ausdrücken.»

«Wieso, geht's denn auch kompliziert?»

«Wenn du Curd fragst, immer. Er sagt nichts mit einfachen Worten.»

«Laß doch», sagt Curd. Er scheint unangenehm berührt.

Aber Yogi fährt fort: «In einfachen Worten könnte Curd sagen: ‹Ich will mit dir ins Bett.› Aber er macht es umständlich. Erst mal will er mir nachweisen, daß ich schwul bin.»

«Ach doch nicht, damit du mit mir ins *Bett* gehst. Wir könnten uns an jedem Ort, den's gibt, aneinander erfreuen. Ein Bett brauch ich nicht dazu.»

«Mann», stöhnt Yogi, «jetzt nimmst du schon wieder einen Umweg.»

Sig ist ein bißchen verwirrt. So fröhlich hat er darüber noch nicht reden hören.

«Diskutiert ihr dieses Thema schon lang?»

«Fast zwei Jahre», sagt Curd. «Sei doch unser Schiedsrichter.»

«Ich? Völlig unmöglich! Ich kann nicht mal für mich selber entscheiden. Und vom Schwulsein hab ich erst recht keine Ahnung.»

«Das hat schon mancher von sich geglaubt.» Natürlich Curd.

Yogi lacht: «Gib ihm eine Viertelstunde, und er hat dir bewiesen, daß du schwul bist und es bloß nicht zugeben kannst.»

«Das ist völlig unmöglich.»

Sig denkt an Regina, und ihm wird schwindlig vor Freude, daß er sie morgen sehen wird. Er taucht ab in das Bild ihres Gesichts und läßt die beiden einander weiter necken. Erst als ihn Curd am Ärmel zupft, hört er wieder zu.

«Wohnst du in Freiburg?»

«Nein.»

plus dreiundfünfzig

Aber eigentlich könnte er sofort alles stehen- und liegenlassen und hierher ziehen. Die Kinder wären das einzige, was er an Stuttgart vermissen würde. Vielleicht gäbe es an der Volkshochschule Arbeit für ihn?

«Was machst du?»

«Ich bin Maler.»

«Kannst du davon leben?» Curd stellt diese Frage mit einem ironischen Unterton, als wäre sie ihm selbst schon des öfteren lästig gefallen.

«Davon kann ich nicht leben. Ich lebe dafür.»

Curd ist Andreas Klavierlehrer. Er war früher Konzertpianist, hatte aber vor einigen Jahren genug vom Rattenrennen um die Publicity. Er meint, das Dasein eines Virtuosen sei in etwa so langweilig wie das eines Leistungssportlers. Trainieren und spielen. Mit Musik habe das nichts zu tun, nicht für den, der spielt. Jetzt, als Lehrer, sei er glücklicher, jedenfalls mit Schülern wie Andrea. Die sei sowieso weniger eine Schülerin, als vielmehr eine Art Komplize. Eigentlich sei er sogar richtig glücklich. Der einzige Wermutstropfen in diesem Glück sei, daß Yogi, die Liebe seines Lebens, nicht sein Gefährte sein wolle. Das sagt er in einem so fröhlichen Ton, daß die Vermutung nahe liegt, ihm gefalle die Werbung besser als das, was er vorgibt erreichen zu wollen.

Auch Yogi erzählt von sich. Er hat sein Theologiestudium abgebrochen, wegen zu großer Langeweile und mangels brauchbarer Einsichten, wie er sagt, und arbeitet seit einziger Zeit als Briefträger bei der Post.

«Und beim Postaustragen klaust du die Mercedessterne?»

Das weist Yogi entrüstet zurück. Nein, nein, im Dienst täte er so etwas nicht. Das sei eher so ehrenamtlich. Zur Einschüchterung gefährlicher Dummköpfe.

Nach und nach erfährt Sig, daß Yogi einer Bande angehört, die sich selber *Zorro incorporated* nennt. Eine Art Fahrradguerilla, die es sich zur Aufgabe gemacht hat, kleine Nadelstiche im System der autoversessenen Umweltzerstörer anzubringen.

plus vierundfünfzig

Zorro inc. ist so schnell und flexibel, daß sie sich manchmal sogar leisten können, ihre Aktionen anzukündigen und trotzdem der Polizei zu entwischen. Es gibt zwei Arten von Aktionen, legale und illegale. Für die illegalen haben sie schwarze Räder mit Mercedesstern-Trophäen, für die legalen ganz normale mit Kettenschutz und Holland-Lenker.

Eine illegale Aktion ist zum Beispiel, wenn der Bürgermeister Besuch herumführt, den wieseligen Wichtigtuern im Vorbeifahren mal eben die Samsonite Aktenköfferchen aus den Händen zu treten oder beim Weinfest mit Kanistern voller Insektizide die trinkfreudige Menge auf dem Münsterplatz in Verwirrung zu stürzen, indem man die Theken mit dem weißen Zeug besprüht, so daß den Gästen der Durst vergeht.

Legal ist hingegen, einzeln oder in Zweiergruppen an problematischen Kreuzungen auf der Vorfahrt zu bestehen, was allerdings schon in zwei Fällen zu Krankenhausaufenthalten von Mitgliedern der Zorro inc. geführt hat.

«Ganz schön gefährlich», meint Sig, «nützt das denn was?»

«Wichtiger, als daß es nützt, ist, daß man es tut», findet Yogi.

«Was war das denn vorhin für ein illegaler Einsatz?»

«Geheim», sagt Yogi.

«Yogi heißt eigentlich gar nicht Yogi, sondern Kurt», sagt Curd ganz unvermittelt.

Sig hat das Gefühl, Curd liege an einem Themawechsel, deshalb geht er darauf ein: «Wie kommt man denn von Kurt auf Yogi?»

«Ein Kinderwitz», sagt Yogi. «Der hat mir so gut gefallen, daß ich meinen Namen danach geändert habe. Hör zu: Der neue Lehrer fragt die Schüler nach ihren Namen. Der erste, den er aufruft, sagt ‹Sepp›. ‹Das heißt doch sicher Josef und nicht Sepp›, sagt der Lehrer und ruft den nächsten auf. Der sagt, er heiße Hannes. ‹Das muß Johannes heißen›, sagt der Lehrer. Der dritte, den er aufruft, sagt ‹Achim›. Nun wird der Lehrer etwas ungehalten und schreit: ‹Mein Gott, du heißt *Jo*achim und nicht einfach Achim!›

Der nächste sagt kleinlaut ‹Ich heiße Jokurt›.»

Sig muß lachen.

plus fünfundfünfzig

Curd seufzt in resigniertem Ton: «Kleine Ursachen, große Folgen.»

Sig dreht sein leeres Weinglas in den Fingern: «Ich glaub, ich geh mal wieder rein.»

Drinnen hat Andreas Vollenweiders Musik die von Georges Moustaki abgelöst. Andrea stellt in der Küche Gläser auf ein Tablett. Sie lächelt Sig zu, als er sein Glas mit Chablis füllt. Offenbar hat sie ihm verziehen oder, was noch schöner wäre, kann Yupdidudeldidayhey-Hannes auch nicht besonders leiden.

Wie magisch von dem unangenehmen Quartett angezogen, setzt er sich wieder an seinen alten Platz vor dem Regal. Jetzt reden sie offenbar vom Urlaub.

«Die sind so *arm*», sagt Heike. «Man traut sich *kaum* zu fotografieren. Aber sie merken doch auch, wenn man kein Neckermann ist. Zu uns waren sie immer ganz freundlich und wollten Geschenke haben.»

«Das kann man sich auch nicht auf Dauer leisten», sagt Renny.

«Aber es war *gigantisch!*»

Sig stutzt, das ist das erste, was er Markus sagen hört. Auch bei den anderen scheint Markus nicht fürs Reden vorgesehen zu sein, denn sie starren ihn an, als sei was schiefgegangen. Sofort versinkt er wieder in seine Sofaecke, und sein begeistertes Lächeln verliert sich unter den Ponyfransen.

Das Dingdong der Türklingel paßt so nahtlos in die Musik vom Plattenteller, daß Sig es nicht bemerkt hätte, wenn nicht alle plötzlich zur Tür schauen würden. Andrea läßt die beiden Neuankömmlinge herein und stellt sie vor: «Das ist meine Freundin Agnes und ihre Freundin...»

«Regina», sagt Regina und: «Mund zu», als sie Sig fassungslos einen Chio Chip in der Hand zerbröseln sieht.

Nach einem flüchtigen Lächeln in die Runde kommt sie zu ihm und setzt sich neben ihn auf den Boden. Sie schlingt die Arme um die Knie, legt ihr Kinn darauf und sieht ihm erwartungsvoll ins Gesicht.

plus sechsundfünfzig

«Das ist aber kein Trick», krächzt er.
«Aber trifft sich gut.» Sie lächelt.
«Ja», krächzt er.

Alle schauen her. Er würde sich am liebsten in den Teppichboden eingraben. Angestarrt zu werden, ist einer der Zustände, die er am wenigsten ertragen kann. Wenn ihn *eine* Person ansieht, wird er verlegen, aber wenn viele Augen auf ihn gerichtet sind, befällt ihn Atemnot. Er hat dann das Gefühl, in lauter Einzelteile zu zerfallen.

Völlig unabhängige Hände führen mit roboterhaften Bewegungen und steifen Fingern das Weinglas an einen Mund, der gar nicht in diese Gegend gehört. Der Mund gehört etwa eine Milchstraße weiter nach links. Er ist nur provisorisch festgemacht in einem Gesicht, das eigentlich zwei Galaxien weiter rechts sein müßte. Kein Wunder, daß der Wein ihm die Sinne verspiralnebelt.

Zum Glück zieht Curd Regina in ein Gespräch, und Andrea, die seine Not bemerkt hat, bittet Sig, ihr beim Weinholen zu helfen.

«Du bist heute mein Ersatzmann», sagt sie.

Im Keller fragt er, ob sie ihm den Streit mit Hannes verzeihen könne.

«Ach, der», sagt sie wegwerfend und fühlt sich sichtlich wohl in ihrer Haut.

«Kennst du diese Regina schon lang?»

«Gestern im Zug getroffen.»

«Na sowas. Sie scheint nett zu sein.»

Regina sitzt noch in derselben Stellung beim Regal, aber ohne Curd. Sig setzt sich und sie sieht ihn ebenso unverwandt und forschend an. Als hätte es keine Unterbrechung gegeben.

Schon wieder drohen ihm die Einzelteile aus dem Gesicht zu fallen, aber er zwingt sich, den Blick nicht zu senken.

Nach einer Weile sagt er: «Seit fünf Uhr fünfundvierzig wird zurückgeguckt.»

Ihr Lachen hat einen verzeihenden Ton: «Ich bin nicht Polen.»

«Verzeihung», sagt er, «ein Fehlgriff in die schlecht beleuchtete Metaphernschublade.»

plus siebenundfünfzig

«Du bist schüchtern, stimmt's?»

«Stimmt.»

«Aber frech bist du auch.»

«Stimmt auch.»

«Und das letzte Wort hast du auch gern.»

Sig schielt statt einer Antwort.

«Wie darf ich denn das jetzt verstehen?»

Er grinst: «Wenn ich's dir erkläre, dann ist es das letzte Wort.»

«Vielleicht», sagt sie und grinst noch etwas breiter als er.

Sig zuckt die Schultern: «Ich glaube, gegen dich hab ich keine Chance auf ein letztes Wort.»

Jetzt schielt *sie*.

Sie gehen auf den Balkon. Sein Weinglas läßt er absichtlich stehen. Er will nicht betrunken werden. Zwar könnte er noch etwas Mut gebrauchen, aber klare Sicht ist ihm lieber. Er möchte von dem, was kommt, nichts versäumen.

Sie setzen sich an dieselbe Stelle, an der vorher Curd und Yogi saßen. Zwischen den breiten Bohlen des Balkonbodens ist gerade so viel Abstand, daß Sig seine Zigarettenkippe durchfallen lassen kann. Wenn sie Glück hat, schafft sie es durch die nächsten drei Balkone bis zur Erde.

Außer ihnen ist niemand hier. Sie schweigen eine Weile. Schließlich räuspert sich Sig. Er hat einen Kloß im Hals, der einfach nicht verschwinden will.

«Jetzt muß du irgendwie die Sache vorantreiben», sagt sie lächelnd, aber nicht in seine Richtung. Sie schaut einfach nur so in die Runde.

«Welche Sache denn?»

«Meine Eroberung.»

«Wie weit bin ich denn schon?»

«Etwa so weit, daß du den Boden küssen dürftest, auf dem ich sitze.»

«Dazu müßtest du ein Stückchen zur Seite rücken.»

«Den Teufel werd ich tun.»

plus achtundfünfzig

Er ist so froh, sie dauernd zum Lachen bringen zu können, daß er sich nicht mal mehr besondere Mühe gibt. Er versucht nur einfach, das Gespräch nicht abbrechen zu lassen. Er hat feuchte Handflächen. Die versucht er unauffällig an den Jeans abzuwischen und sieht aus den Augenwinkeln an ihrem Lächeln, daß es nicht unauffällig genug war. Er bietet ihr an, den Boden, auf dem sie sitzt, durch sie hindurch zu küssen. Seine Stimme schafft es kaum an dem Kloß vorbei.

«Schlaumeier», sagt sie.

Aber vorher schien sie den Gedanken zu prüfen, denn sie sah in ihren Schoß, dann auf Sig und dann wieder in ihren Schoß, wobei sie die Beine ein wenig spreizte.

Schweigen.

Sie lassen die Augen gerade so weit schweifen, daß ihre Blicke sich nicht kreuzen. Jeder klappert seinen Teil der Wagenburg ab. Die Stille ist nicht lastend, aber die wenigen Geräusche, das Dudeln der Musik von drinnen, Gesprächsfetzen und Lacher, das ferne Vorbeifahren eines Autos und gelegentliche Klappern eines Fensters machen einen strengen, unwiderleglichen Eindruck, als sollten sie etwas beweisen.

Sie sitzt da und streichelt ihre Oberarme. Wie gern hätte er ihr das abgenommen. Nicht nur, daß er dieses Gefühl selbst so gut kennt: sich festhalten, sich guttun, wenn es die andern schon nicht schaffen; sich streicheln, weil es keiner so versteht, keiner die Haut so gut kennt und die Fingerspitzen. Nicht nur, daß er sich selbst in dieser autistischen Bewegung erkennt, er würde gern den Gegenbeweis antreten. Den Gegenbeweis, den man auch ihm bisher noch schuldig geblieben ist. Er würde sie gern streicheln und wenn es nur an den Oberarmen wäre. Ob sie denkt, warum nimmt er mich nicht in den Arm?

Er kann nicht.

Ihre Zunge kastriert ihn, wenn er auch nur den kleinsten Fehler macht. Lieber nichts tun, als das Falsche.

Manchmal, wenn er schlaflos im Bett liegt und sich mit autogenem Training zu beruhigen versucht, blitzt der Gedanke durch sei-

plus neunundfünfzig

nen Kopf: Was ist, wenn ich mein schweres Bein nicht mehr bewegen kann? Dann wird er hellwach und traut sich nicht, es zu versuchen. Er schiebt den schrecklichen Augenblick der Wahrheit hinaus, bis er sicher ist, daß es tatsächlich nicht geht. Dann ruckt er verzweifelt, und es geht doch. Und ist noch schlafloser als vorher.

Genauso ist es jetzt. Sie haben so lang geschwiegen, daß er schon fast sicher ist, sie wird nichts mehr sagen, keine Verbindung mehr aufnehmen, wird irgendwann aufstehen und sagen: Machs gut. Und je länger er zögert, desto weiter rutscht sie weg. Reden, irgendwas, sonst ist alles kaputt.

«Was meinst du, ist die nächste Platte, die aufgelegt wird: Branduardi, Bots oder Chris de Burgh?»

«Der Ton, in dem du das sagst, klingt, als hättest du was gegen die Leute da drin.»

Hab ich auch.»

«Und was?»

«Sie sind zu vielen andern zum Verwechseln ähnlich.»

«Ah, ein Misanthrop.»

«Ich geb mir Mühe, einer zu werden.»

«Und wozu?»

«Der klassische Zweck: Um nicht immer wieder reinzufallen.» Regina seufzt und macht eine wegwerfende Handbewegung: «Ich seh zwar nie Western-Filme, aber ich nehm an, Perlen dieser Art kullern aus der Bildröhre.»

«Foul», stöhnt Sig.

«Grad rechtzeitig.» Sie lächelt wieder. «Ich will nicht, daß du Amok läufst.»

Obwohl sie ihn schon wieder abgebügelt hat, daß er eigentlich vor lauter Kleinheit durch die Ritzen des Balkonbodens rieseln müßte, ist Sig nicht böse. Ihre Zurechtweisungen fangen an, etwas Beschützendes für ihn zu haben.

«Regina, die Königin, die Herrscherin, hat immer recht.»

«Was willst du damit sagen?»

«Daß bei dir Nomen wohl ziemlich Omen sein muß. Bist du deiner immer so sicher?»

plus sechzig

Sie sieht ihm erstaunt in die Augen: «Ich bin mir nicht sicher. Ich bin schwach.»

Sie nimmt das Streicheln ihrer Oberarme wieder auf. Er hätte Lust, sie zu fragen, ob sie sich selber gern hat, aber er läßt es sein, denn jetzt will er die Stille nicht stören. Sie ist wie akustisches Vertrauen.

Er wünscht sich, sie zeichnen zu können. Erst gestern hat er geschworen, keine Menschen mehr zu zeichnen, und jetzt hat er eine unbändige Sehnsucht danach, dieses Gesicht, diese verloren tanzenden Hände, die immer mal wieder erfolglos eine Haarsträhne nach hinten streichen, festzuhalten. Was wäre das für eine Eroberung.

Ein Rausch wäre das.

Aber nicht nur den Rausch wünscht er sich. Er denkt schon an die Erinnerung. Er hätte sie bei sich, wohin immer sie in der Folge davonflöge. Er hätte sie. Sie wäre durch seine Hände gegangen. Durch *seine* Hände.

Einen Menschen zu zeichnen ist wie eine Berührung. Eine besondere Berührung. Er kann verstehen, daß Karin oft vorwurfsvoll schweigend durch die Wohnung ging, wenn er Frauen porträtierte. Sie mußte gefühlt haben, daß da eine Verbindung entstand, die mit den normalen Verabredungen nicht zu erfassen war.

Allein schon, sich in die Augen zu sehen, ohne daß das Modell die Jalousie herunterläßt, die vor der Penetration durch Männerblicke schützt... Es wäre eine Sensation. Er nimmt sich vor, sie zu malen. Als letzten Tribut an seine gegenständliche Arbeit. Frontal, direkt.

Er haßt die Belauscherperspektive, die sich in Halbprofil, Profil und niedergeschlagenen Augen ergeht. Er wird Regina malen, wie er alle Menschen bis jetzt gemalt hat. Stolz, von vorn, daß *sie* dem Betrachter in die Augen schaut.

Da fällt ihm ein, daß genau das, genau diese rigorose Frontalität seiner Personen ein Grund für die häufige Ablehnung seiner Porträts sein könnte. Manchmal hatten Leute Zeichnungen bei ihm bestellt und dann, obwohl sie gut und ähnlich waren, nicht abge-

plus einundsechzig

nommen. Ist ja klar. Wer will denn von einem Bild angesehen werden? Der Porträtierte soll hilflos und ausgeliefert vor dem Betrachter kuschen. Und nicht andersrum.

Der Gedanke, Regina stundenlang ansehen zu können, sie gründlich, behutsam und geduldig mit dem Bleistift zu streicheln, fühlt sich an wie Hunderte von kleinen Nadeln auf seiner Haut.

Drinnen singt Edith Piaf, bis ihr plötzlich einer die Nadel aus der Seele reißt und das Geräusch des Redens, Gläserklirrens und Lachens zur Hauptsache wird.

Als wäre sie dadurch erschreckt und in die Wirklichkeit zurückgeholt worden, sagt Regina: «Ich geh mal rein, aber ich komm gleich wieder. Spring inzwischen nicht runter.»

Nach wenigen Minuten kommt sie wieder. Sig beugt sich auf die Seite und küßt die Stelle des Bodens, auf der sie gesessen hat. Er verharrt in dieser Stellung, bis er sie lachen hört:

«Mit deiner Art, die Dinge wörtlich zu nehmen, wirst du noch mal in Schwierigkeiten kommen.»

«Gern», sagt Sig.

Hinter den Dächern kriecht ein Dalifarbener Morgen hoch. Ein Morgen aus katholischem Violett, benzingelb, hellrosa und der Farbe müder Lachse. Sig und Regina müssen lange hier draußen gewesen sein. Drinnen läuft die Klavierfassung von Bilder einer Ausstellung. Es ist fast fünf Uhr.

Schon morgen, denkt Sig.

«Schon heute», sagt Regina. «Laß uns reingehen, dann bleibt es länger nacht.»

Das Fest ist merklich ausgedünnt. Einige sind schon weg, andere schlafen in irgendeiner Ecke oder sind zu betrunken, um noch ins Gewicht zu fallen. Aber Renny, Heike, Hannes und Markus sind noch da.

Markus schläft, den Kopf in Heikes Schoß vergraben. Renny sitzt an der selben Stelle auf dem Sofa, wie schon vor Stunden. Trotz seiner Irophilie scheint Hannes nicht betrunken zu sein. Viel-

plus zweiundsechzig

leicht hat Andrea vergessen, Glennfiddich oder Guinness zu besorgen. Ganz in der Nähe schläft der Fahrradguerilla in Curds Schoß. Curd rührt sich nicht und blättert leise in einem Buch über Antoni Gaudi.

Regina will Kaffee auftreiben. Sonst schaffe sie den Weg nach Hause nicht mehr. Sig lehnt sich an die Küchentür und betrachtet die Szene. Es sieht aus wie in einem dieser Klaustrophobie-Filme von Bunuel. Als müßten sie alle hier zusammensein. Als wären die Türen verschlossen und jede Sekunde, in der sich die Leute noch nicht gegenseitig auffressen, eine Gnade.

Hannes redet auf Heike ein. Er scheint etwas zu erzählen, von dem er überzeugt oder begeistert ist. Seine Gesten holen aus. Der vom Bart freigelassene Rest seines Gesichts ist in Bewegung.

Renny sitzt daneben und signalisiert mit allem, was sie hat, daß sie ihren Hannes *trotzdem* liebt. So unsympathisch Hannes ihm ist, angesichts dieses Schauspiels tut er Sig leid. Diese Sorte Frau ist ihm ein Extra-Greuel.

Ob die Männer über den Gottesbegriff reden und womöglich zugeben, daß sie sich heimlich einen Gott übrigbehalten haben, einen ganz kleinen nur, für alle Fälle, oder ob sie betrunken Charme- oder Witzleichen einsargen; ob sie von Autos, Traktoren oder ihren Schülern reden, deren mechanische Grundkonzeption sie allemal zu verstehen vorgeben; ob sie gestehen, schwärmen oder schimpfen... Es ist egal, was sie tun. Diese Sorte Frau sitzt halb abgewandt daneben, zupft sich ein verzeihend indigniertes Lächeln vom Ärmel und liebt ihren Karl Heinz *trotzdem*. Er ist halt noch ein großer Junge. Wenn er mich nicht hätte. Ich paß auf ihn auf. Man braucht ihm nicht zuzuhören, hab ich auch noch nie gemacht. Es reicht, wenn man ihn reden läßt. Irgendwann hört er schon von selber auf. Dann kann man sich wieder über die wichtigen Dinge unterhalten. Zum Beispiel, wo es diese *tollen* Bodystockings gibt.

Vielleicht das schlimmste an diesen Frauen ist: Sie sind so routiniert, daß sie, falls ihr Mann überraschend zu ihnen hinsieht, sofort den Ich-bin-auch-ganz-Ohr-für-deine-Geschichte-Blick einschalten können. Nahtlos.

plus dreiundsechzig

Renny schenkt sogar Sig, als sie zufällig seine Augen erwischt, diesen kumpelsuchenden Einverständnisblick. Er geht sofort in die Küche zu Regina.

Ihre Freundin Agnes scheint schon weg zu sein, er kann sie nirgends entdecken.

«Nein, du mußt mich nicht nach Hause bringen», sagt Regina, «ich nehme mir ein Taxi.»

«Aber *darf* ich dich nicht bringen?»

«Nein. Dürfen auch nicht.»

Sie reicht ihm eine Tasse Kaffee. Sein Blick geht über die von Nudelsalatresten aneinandergeklebten Tellerstapel. Er muß abwaschen helfen. Er schüttelt sich. Regina hat ihren Kaffee ausgetrunken und sagt: «Laß uns das Frühstück vergessen. Ja?»

«Ich werde keinen Zentimeter des Films, in dem du vorkommst, vergessen.»

«Aber verschieben können wir's?»

«Auf wann?»

«Morgen. Nein, besser übermorgen. Selbe Zeit.»

Sie verabschiedet sich von Andrea, die ein bißchen betrunken scheint. Das Angebot, hier zu schlafen, lehnt sie ab und wühlt ihren Dufflecoat aus dem Kleiderhaufen an der Tür. Sie dreht sich zu Sig, nimmt seine Hand und legt sie kurz an ihre Wange.

«Schön», sagt sie.

«Ja», sagt Sig. «Bis übermorgen. Ich freu mich.»

Reginas Aufbruch war das Signal für alle. Auf einmal ist heller Aufruhr. Alles wacht auf, sucht Mäntel und Jacken, küßt Andrea, küßt sonstwen und geht. Nach wenigen Minuten ist der Spuk vorbei, und Sig ist mit Andrea und einem Berg von Aschenbechern, Gläsern, Tellern und Resten allein.

Bevor sie noch verzweifeln kann, fängt er schon an, sich mit dem Zeug vollzuladen und gründlich, von links nach rechts, den Raum in Ordnung zu bringen. Andrea scheint froh, Hilfe zu haben, denn sie fügt sich nahtlos in sein Aufräumprogramm ein. Sie schafft Platz in der Küche für die immer neuen Stapel, die er anschleppt.

plus vierundsechzig

«Wenn du willst, kannst du schon unter die Dusche», sagt Andrea, «ich mach hier noch bißchen rum.»

Sig wickelt sich in das warme Kitzeln der Wasserstrahlen, bis er genug hat und sich in den dunkleren der beiden Bademäntel packt.

«Gut Nacht, Andrea», ruft er in Richtung Küche, als er zum Zimmer ihres Mannes geht, aber sie antwortet nicht.

Vielleicht schläft sie schon.

Die Jalousie ist fast geschlossen, und das Licht des beginnenden Tages schneidet das Zimmer in Scheiben. Er muß schon geschlafen haben, als Andrea plötzlich an seinem Bett sitzt. Er hat sie nicht kommen hören. Sitzt sie schon lange da?

Auf ihren hellblauen Bademantel zeichnet das Licht noch hellblauere Querstreifen. Durch die Rundung ihres Körpers und die Falten des Mantels sieht das aus wie bei einem Zebra.

«Alle Spuren beseitigt», sagt sie.

«Hast du etwa abgewaschen?»

«Ja.»

«Oje, wie spät ist es?»

«Halb acht durch.»

Sie schweigt und läßt die Augen blicklos durchs Zimmer wandern. Ihr Haar ist naß. Sie muß eben aus der Dusche gekommen sein. Er streichelt ihre Hand, die sie schon bevor er aufgewacht ist auf seine Brust gelegt haben muß. In seinem Kopf spielt Musik, «Hole in my shoe», muß von einem Traum übriggeblieben sein. Außerhalb seines Kopfes ist alles still. Viel zu still. Es gibt zwei Möglichkeiten, denkt er, entweder sie wird gleich weinen, oder sie...

«Du sollst mit mir schlafen», sagt sie leise.

Er drückt ihre Hand ein bißchen fester und läßt den Satz in der Stille rotieren. «...from a bubblegum tree...» singt Stevie Winwood. Mit einem schluchzenden Seufzer läßt sie sich fallen. Ihr Kopf liegt auf seinem Bauch.

Er hat ohne Decke geschlafen und fühlt ihr nasses Haar an seinem Nabel. In seiner Erektion spürt er, daß ihr Mund nicht weit entfernt sein kann. Die Wärme ihres Atems läßt ihn weiter anwachsen.

plus fünfundsechzig

Gleich wird die Entfernung ganz verschwunden sein. Er wird direkt in ihren Mund wachsen.

Seine Hand greift in ihr Haar, und noch weiß er nicht, ob er ihren Kopf wegziehen oder hinstoßen will.

«Wenn wir's tun, sind wir morgen keine Freunde mehr.»

Sie sagt, sie habe nur heute die Chance. Nur heute sei sie betrunken und mutig genug. Sie läßt ihn ihren Kopf ein Stück weit weg ziehen.

«Außerdem bin ich verliebt», sagt Sig.

Nach einigem Schweigen, in dem beide regungslos verharren, sagt sie: «Bleiben wir eben Freunde.»

Sie sagt das in einem Ton, als hätte sie gern getauscht, verachte aber auch die Freundschaft nicht. Enttäuscht, aber nicht verletzt. Wie um sich selbst zu überzeugen, sagt sie noch: «Wenigstens bin ich mal betrunken, das ist auch schon was.»

Sie küßt ihn auf den Mund, einen kurzen schwesterlich-schnippischen Moment zu lang und geht aus dem Zimmer. «Schlaf gut.» Ihr Tonfall hat was Keckes und eine feine Spur von Trotz.

Er hört, wie sie nebenan aufs Bett fällt. Er hört, daß sie sich darauf hin und her wirft, hört sie keuchen und kleine kinderhelle Schreie ausstoßen. Er hört, wie sie Stoff zerknüllt und von sich stößt. Es klingt wie ein Kampf, den sie gegen sich selber ficht. Und das ist es wohl auch.

Die Geräusche werden regelmäßig. Schnell, dicht und monoton. Da sieht er seine Hand, die sich zwischen zwei Lichtstreifen leicht und leise auf und ab bewegt.

plus sechsundsechzig

Zuerst wollte Mata den Mann nicht durchlassen. Er sah so verschwitzt und ungehobelt aus, daß sie glaubte, die Vorstandssitzung vor ihm beschützen zu müssen. Sie sagte: «Sorry, da können Sie jetzt nicht rein» und stellte sich schützend vor die Tür zum Konferenzzimmer. Aber der Kerl schob gelassen seinen Kaugummi von der rechten Backe in die linke, warf einen Blick auf das Namensschildchen auf ihrem Schreibtisch und sagte; «Fräulein Hari, oder wie sie heißen, auf *die* Art sind sie ihren Job schneller los, als sie ihn bekommen haben.» Er warf seine ID-Karte auf ihre Schreibunterlage und setzte sich, lässig mit den Beinen baumelnd, auf den Tisch.

Jetzt, da sie den ID-Text auf dem Bildschirm hat, wird ihr ganz schwarz vor Augen:

totaler permit / totaler kredit / anordnungen unbedingt folge leisten / totale geheimhaltung / name: o'rourke, dean / chia platform one

Platform One! Solche IDs haben nur zwei Leute da drin. Der eine ist der Chef der CHIA, der andere der Präsident der Exekutiven Ökumene. So heißt die Regierung des christlichen Himmels.

«Entschuldigen sie, Sir», sagt Mata und drückt auf den Knopf, der die schwere Doppeltür öffnet. Gleichzeitig spricht sie in ihr Audioterminal: «Commander O'Rourke, Mr. President.»

«Na endlich», klingt es gereizt aus dem kleinen Kästchen auf ih-

plus siebenundsechzig

rem Tisch. Aber da ist Dino schon drin und sieht sich sechs gerunzelten Stirnen gegenüber.

«Hallo, Dino», sagt der Präsident.

«Hi, Ex», sagt O'Rourke, denn die beiden sind alte Golfkumpel. Zu den andern macht er eine stumme Verbeugung, nur zum Chef der CHIA sagt er: «General.»

O'Rourkes Abteilungsleiter ist, wie immer in solchen Momenten, unwohl. Ihm kommt seine Stellung wie eine Farce vor. Sein Untergebener duzt den Präsidenten, hat den selben ID wie die elf höchsten Persönlichkeiten, nämlich Platform One (der Abteilungsleiter hat nur Platform Four) und soll sich von ihm befehlen lassen? Das ist lächerlich.

Allerdings muß er O'Rourke zugute halten, daß er ihn das nie spüren läßt. Er könnte ihn ja auch wie eine Art von Innendienst-Service-Mann behandeln, eine Art Sekretär. Aber das tut er nicht. Er bittet um Anweisungen, und nur, wenn der Abteilungsleiter eine gewisse Unschlüssigkeit an den Tag legt, schlägt er selber vor, was zu tun ist. Der Abteilungsleiter ist schlau genug, so oft als möglich eine gewisse Unschlüssigkeit an den Tag zu legen.

O'Rourke hat seiner Aktentasche sechs Dossiers entnommen, die er nun den Herren hinschiebt. Eine Zeitlang hört man nur das Umblättern der Seiten und gelegentliche Ausrufe des Entsetzens seitens der Mitglieder des Krisenstabes. Als alle die Akten wieder geschlossen haben, lastet ein schweres Schweigen im Raum.

«Mein Gott», sagt der Präsident.

«Was kann ich für Sie tun, Armin?» kommt eine warme, sonore Stimme aus der Wand. Die Männer räuspern sich und rascheln auf ihren Sitzen herum, als wären sie über die Störung ungehalten.

Auch der Präsident sieht angespannt aus, als er sagt: «Entschuldigen Sie, Gott, das war kein Anruf. Ist mir bloß so rausgerutscht. Sorry.»

«Dieses verdammte Rausgerutsche geht mir auf den Geist. Ich möchte, daß ihr Jungs endlich mal lernt, eure Ausdrücke zu beherrschen!» Die sonore Stimme klingt sehr schlecht gelaunt.

plus achtundsechzig

Der Präsident braust auf: «Hören Sie mal, Gott. Ich bin der Präsident von ihrem Scheißladen hier und hab auch noch was anderes zu tun, als dauernd aufzupassen, ob nicht vielleicht mal ihre kostbare Ruhe gestört wird. Das können Sie aber annehmen, und zwar bahnamtlich!»

«Mach doch kein Theater, Ex», mischt sich Dino beschwichtigend ein. «Gott kann doch nichts dafür, daß er mit diesem Code sofort auf On-Line geschaltet wird.»

«Dann sollten wir endlich was dafür tun, daß der Code geändert wird», sagt der Präsident ärgerlich, «das ist doch kein Zustand.»

«Du weißt, daß das nicht geht, solang uns Gott nicht seinen Standort verrät. Wir kommen ja nicht an die Software ran.»

«Den Teufel werd ich tun, euch Dilettanten an meine Eingeweide zu lassen», kreischt es aus der Wand.» Da müßt ich ja dumm sein wie Schifferscheiße.»

Das Lachen, das diesem Ausruf folgt, klingt ganz eindeutig irre, und die Herren im Zimmer sehen sich mit Blicken an, als wollten sie sagen: Was können wir schon gegen *den* Knallkopf ausrichten.

Aber der Krisenstab hat wichtigeres zu tun, als sich den Kopf über Gott zu zerbrechen.

«Kommen wir zur Sache», sagt der CHIA-Abteilungsleiter, «Commander, was schlagen Sie vor?»

Dean steht von seinem Platz auf, setzt sich aber gleich wieder hin, als ihm auffällt, daß ein Tisch mit sechs Personen ein etwas zu kleines Auditorium für einen stehenden Redner abgibt: «Lassen Sie mich vorausschicken, was die Fakten sind, die wir bis jetzt haben. Erstens, wir haben außer dem überführten Garipides keine Namen. Zweitens, er hat zwar ausgepackt, aber nur, was die Art und Weise der Sabotage angeht. Von der Organisation wissen wir nichts. Das heißt, wir haben keine Ahnung von der Befehlsstruktur, der Personalstärke und dem Tatumfang der Bande. Ja, wir wissen noch nicht mal, ob die das seit hundert, zweihundert oder fünfhundert Jahren machen.»

Murmeln, Räuspern und das Geräusch von rutschenden Hintern um den Tisch.

plus neunundsechzig

«Meiner Ansicht nach folgt aus diesen Fakten, daß wir zweigleisig vorzugehen haben. Was das Aufbrechen der OEF angeht, rechne ich damit, daß wir einen langen Atem brauchen und ganz übliche Infiltrationsarbeit leisten müssen. Das kann uns Jahre kosten, muß aber sein. Einen Maulwurf einzuschleusen sollte uns gelingen, denn immerhin wissen wir ja, *was* sie tun. Diese Aufgabe müßte vom Büro für Binnen-Investigations mühelos gelöst werden können.

Aber neben dem Ausspähen der OEF gibt es eine zweite wichtige Schiene, auf der wir fahren sollten, und das ist die Schadensbegrenzung. Meine Herren, lassen Sie uns nicht übersehen, daß die Terroristen schon einiges Unheil angerichtet haben müssen, dessen Ausmaß wir bislang nicht wirklich einschätzen können. Deshalb schlage ich vor, daß wir das geografische Random-Programm einen mittelmässig besiedelten Ort heraussuchen lassen, an dem wir modellhaft das Schadensausmaß und die Schadensstruktur untersuchen können.»

«Schon geschehen», sagt der Abteilungsleiter und ist sichtlich stolz auf seine vorausschauende Intelligenz. Er legt einen Zettel auf den Tisch und liest vor: «Freeburg in the Pricegow.»

«Freebourgh in the Prycegough?» O'Rourkes Stimme klingt hoffnungsvoll.

«Das ist im nördlichen Teil des von uns kontrollierten Gebiets. Europa. Ich glaube, das Land ist Deutschland-West.»

«Ah», Dinos Stimme hat wieder ihren normal coolen Tonfall angenommen, «schlage vor, daß ich mich dort umsehe und die Untersuchung in die Wege leite.»

«Wie wollen Sie das anfangen?» Zum erstenmal meldet sich der Chef der CHIA zu Wort. Sein Name ist Flynn, und er ist noch nicht lang bei der «Firma».

«Ich denke, Sir, ich seh mich nach Leuten um, die sich in ihrer Haut nicht so recht wohl fühlen. Dann muß man sich Gedanken machen über ein Raster, nach dem man eventuell Fragenkataloge erarbeiten kann.»

«Statistik», sagt der CHIA-Boss abfällig.

«Komm, Errol, sei nicht so pilgervaterig. Wir sind im christlichen Himmel, es ist das Jahr Neunzehnhundertfünfundachtzig, Gott ist ein Softwareprogramm, wieso sollten wir was gegen Statistik haben?» Der Präsident steht auf, und alle folgen seinem Beispiel. «Wir zählen auf dich, Dino», sagt er zum Abschied, und die Sitzung ist geschlossen.

Beim Hinausgehen klopft O'Rourke freundlich auf den Schreibtisch der Sekretärin und sagt: «Vergessen Sie mich nicht, Mattilein. Ich komm jetzt öfter.»

plus einundsiebzig

Das Zimmer ist noch immer quergestreift, also muß noch Tag sein, als Sig aufwacht. Er hebt das Handgelenk mit der Armbanduhr in einen der Lichtstreifen. Fast zwei Uhr. Sogar noch früh am Tag.

Draußen klappert Geschirr, und es riecht nach Kaffee. Der Geruch muß ihn geweckt haben. Als er die Tür öffnet, erschlägt ihn das Tageslicht fast. Kopfweh macht es allerdings nicht, also hat er keinen Kater.

Andrea sitzt am Tisch, eine Zeitung in der Hand und ein opulentes Frühstück vor sich ausgebreitet. Da stehen Grapefruit, Trauben, ein Teller mit Käse, Oliven, Marmeladen, Tomaten, Äpfel, heiße Milch, Eier und französisches Weißbrot.

«Wenn du keine Zeit mit Anziehen verplempern willst, komm im Bademantel.»

Er setzt sich gähnend an den Tisch, und sie sagt, ohne von der Zeitung aufzuschauen: «Wir sind immer noch Freunde.»

Er steht noch mal auf, geht um den Tisch herum, küßt sie hinters Ohr und legt ihr von hinten die Arme um den Hals: «Guten Morgen, Freundin. Du hast mich schwer durcheinandergebracht.»

«Ach», sagt sie, immer noch die Augen in der Zeitung. Sie scheint verlegen.

plus zweiundsiebzig

Sig, auf den sich Verlegenheit immer sofort überträgt, geht in die Küche und tut, als ob er noch etwas finden müsse. Da ist aber nichts. Er steht noch unschlüssig in der Tür, als sie sagt:

«Ist doch kein Drama. Wär bloß fast eins geworden.» Sie lacht.

Während Sig sich durch das Frühstück arbeitet, gehen sie die Gäste des Abends durch. Manche von ihnen sind ihm gar nicht aufgefallen. Er hat hauptsächlich die beiden schrecklichen Paare mit ihrem blöden Gequassel und Curd und Yogi bemerkt. Und natürlich Regina.

«Bist richtig verschossen, wie?»

Andrea bietet ihm an, ihre Freundin Agnes über Regina auszufragen, aber er lehnt ab. Er will nicht heimlich sein.

Komisch, denkt Sig, trotz der profanen Tageszeit ist eine angenehm gespannte Atmosphäre zwischen uns. Das muß an der Intimität liegen, die sie seit heute Nacht miteinander teilen. Und an dem heroischen Gefühl, verzichtet zu haben. Sogar ohne einander zu kränken.

Normalerweise kommt Sig sich nach dem Aufstehen für einige Zeit stumpf und fehl am Platz vor. Das dauert manchmal Stunden. Aber diesmal ist es anders. Es scheint, als finge der Tag ausnahmsweise mal direkt mit dem Aufstehen an. Sonst wachsen die Tage immer langsam und stetig an, bis sie endlich abends blühen und nachts Früchte tragen. Er ist ein Nachtmensch. Das Leben kommt ihm morgens vor wie ein verschüttetes Puzzle, das man erst wieder zusammenlegen und in Ordnung bringen muß. Das heißt, er *selber* kommt sich so vor. Das Leben findet auf dieser Seite der Nacht für ihn noch gar nicht statt.

Normalerweise.

Geht denn jetzt plötzlich, seit er einunddreißig geworden ist, das Leben mitten durch ihn durch? Bisher ging es doch immer so knapp an ihm vorbei, daß nichts ihm besonders wichtig oder bedeutend schien. Es gab doch nichts, was er nicht aus den Augenwinkeln auch bei anderen sehen konnte. Nichts Exklusives.

Doch, eines vielleicht: Das unteilbare Glücksgefühl, der atem-

plus dreiundsiebzig

lose Schock beim Fertigstellen mancher Bilder. Dieses Gefühl, mit einem winzigen letzten Tupfer ein Bild zu entlassen, das lustvoll zufriedene Starren darauf. Das war vielleicht das einzig Sensationelle in seinem Leben bisher.

Und jetzt reißen auf einmal die gefährlichen Stunts nicht mehr ab, und er scheint sie zu meistern, ohne sich etwas anderes als das Herz zu brechen. Und das will gebrochen sein.

Andrea schlug ihm vor, eine kleine Galerie zu besuchen, an der Curd so etwas wie ein Teilhaber sei. Er habe ihr gestern gesagt, Sig solle sich dort vorstellen.

«Er schien dich zu mögen.»

An der Tür zur Galerie klebt ein Zettel. «Bin um siebzehn Uhr wieder da.» Es ist Viertel nach vier. Sig kann die sperrige Mappe bei einem Hi-Fi Laden nebenan unterstellen und schlendert einfach los.

Das schlimme an Fußgängerzonen sind die vielen Schaufenster. Sig ist eitel, aber nicht aus Stolz, sondern aus Unsicherheit und Zweifeln. Er kann es nicht lassen, sein Spiegelbild zu überprüfen. Und wird immer enttäuscht. Nie strahlt ihm das erhoffte Gewinnergesicht mit den Sportlerschultern entgegen. Was er sieht, sind Schlitzaugen, eine Hakennase und ein Überbiß. Dabei hofft er jedesmal insgeheim, das Schicksal habe ihm nun endlich ein Schwanengefieder übergestreift.

Er kennt sich fast am besten im Halbprofil. Ein Spion, der sich selbst hinterherschnüffelt. Mit nie nachlassendem Argwohn.

Aber auch das hat sich geändert. Heute zeigen ihm die Schaufenster, daß seine Haare etwas zu lang sind und die ewigen Jeans ihn langweilen, aber häßlich findet er sich ausnahmsweise nicht. Eigentlich ganz passabel, denkt er, solche muß es auch geben.

Das könnte am Schaufenster liegen oder auch am Licht, aber eher liegt es daran, daß Regina Hodler existiert. Das ist wahrscheinlicher.

plus vierundsiebzig

In einem Stehcafé holt er sich einen Cappucino an der Theke und drückt sich in eine der hinteren Ecken. Vom Nebentisch nimmt er eine Zeitung, die offenbar niemand gehört.

Negerküsse auf Limousinen steht da.

Bei einer Veranstaltung der Freiburger Industrie und Handelskammer kam es gestern zu einem kleinen Aufruhr. Laut Polizeibericht machten sich gegen einundzwanzig Uhr fünfzehn vier vermummte Gestalten an den vor der IHK parkenden Dienstwagen dreier Vertreter des BDI zu schaffen. In so kurzer Zeit, daß den herbeieilenden Fahrern ein Eingreifen nicht möglich war, richteten die «Chaoten» eine «unglaubliche Schweinerei», so einer der Geschädigten, an. Sie verklebten Türgriffe, Fenster, Lichter und Auspuff der Limousinen mit Mohrenköpfen und zwickten mit einem Eisenschneider die Sterne von den Kühlerhauben. Wie ein Spuk seien sie wieder verschwunden gewesen, gibt einer der Fahrer, die in der Portiersloge Kaffee tranken, zu Protokoll. Die beiden zum Personen- und Objektschutz abgestellten Polizeibeamten nahmen die Verfolgung der Sachbeschädiger nicht auf, weil, wie sie sagen, «das ganze auch ein Ablenkungsmanöver hätte sein können». Drei Herren von der IHK stellten ihre eigenen Dienstwagen samt Chauffeuren für die Heimreise der Gäste zur Verfügung.

Das also hatte Yogi gestern gemacht.

Als Sig zur Galerie zurückkommt, ist die Tür noch immer verschlossen, und auch der Zettel hängt da noch. Trotzdem holt er die Mappe aus dem Laden und setzt sich auf die Stufen vor der Tür.

Da ist gerade so ein hübscher Sonnenfleck.

Etwa zwanzig nach fünf kommt eine Dame in lila Hosen an ihm vorbei. Sie ist mollig und vielleicht fünfzig, hat einen grauen Pferdeschwanz und fragt, während sie den Schlüssel in der Tür umdreht:

«Wollen Sie zu mir?»

«Ich glaube», sagt Sig und steht auf.

Er wolle ausstellen, sagt er, und habe einige Arbeiten dabei. Wenn sie wolle, könne sie die gern sehen. Er legt die Mappe auf einen großen Tisch an der hinteren Wand des Raumes.

plus fünfundsiebzig

«Ja», sagt sie, «gern», aber sie müsse ihm gleich sagen, daß sie selber bei der Auswahl nur eine Teilstimme habe: Ein Viertel, wenn man es genau nähme.

«Na ja», sagt Sig und öffnet die Mappe.

Ihre Aufmerksamkeit steigert sich, als sie erfährt, daß er in Stuttgart an der Kunstakademie bei einem richtigen Professor studiert hat. Sie blättert. «Originell», sagt sie irgendwann.

Schließlich hat sie die Mappe durch und liest die Liste der Ausstellungen, die Sig bisher schon gemacht hat, dann die aufbewahrten Einladungskarten und am Ende die Kritiken. Die schlechten hat er nicht dabei.

Es gefällt ihr gut, sagt sie, nachdem sie alles gelesen hat. Ob er die Mappe ein paar Tage dalassen kann?

«Nicht gern», sagt er, «aber wenn es sein muß...»

«Augapfel», sagt sie und tätschelt die Mappe.

Sie bietet ihm Kaffee an, und obwohl er weiß, daß der schon lang in der Maschine gestanden haben muß, nimmt er an. Die Frau, der Moment und die Galerie gefallen ihm. Der Kaffee schmeckt grausig, und die Frau heißt Heidi.

Die Galerie ist ein Gemeinschaftsprojekt von vier Freunden. Einen kenne er seit gestern, sagt Sig. Curd, spielt Klavier.

«Das war mal mein Mann», sagt Heidi, und es klingt nicht traurig, eher so, als belächle sie eine eigene Dummheit.

Es sieht kritisch aus für die Galerie, denn Heidi hat eine Stelle angenommen und kann sich nicht mehr so kümmern wie bisher. Die andern drei sind schon immer eher stille Teilhaber gewesen. Helfen, wenn mal Not am Mann ist, aber wollen nicht im Laden sitzen.

Eine Galerie, die aber nur ein paar Stunden täglich aufhat, kann nicht überleben. Das Laufpublikum, die unschlüssigen Geschenksucher, die sich auch mal für ein Bild entscheiden, sind wichtig. Von den geladenen Gästen bei den Vernissagen kann man nicht leben. Heidi sucht schon seit zwei Monaten nach jemandem, der den Laden offenhält.

plus sechsundsiebzig

«Finden Sie mal einen, der sich für vierhundert Mark und ein Zimmer hier reinsetzt», stöhnt sie.

«Sehen Sie mal in meine Richtung. Wie ist das Zimmer?»

Sie kommen überein, daß Sig am nächsten Montag anfängt. Das Zimmer ist hinter dem Galerieraum und hat eine Kochnische und eine Dusche mit Klo. Es ist hübsch, findet Sig, ein Fenster zum Hinterhofgarten, halbwegs gutes Licht, ein Klappbett, zwei Stühle, ein Tisch und ein Sessel. An der einen Wand steht eine dunkelgrüne Kombination aus Schrank und Regal.

«Gefällt mir», sagt Sig.

Trotz seines Lauerns, was Kleidungsstücke und «Uniformen» bei anderen betrifft, ist er, wie viele Künstler, kein Ästhet. Er findet, Geschmack sei ein Ersatz für Charakter und habe er nicht nötig.

Ohne die Mappe hat er irgendwie eine Hand zuviel. Und die paßt, wie immer, nicht in die Jeanstasche. Ich bin jetzt reich, denkt er, und ein Neufreiburger, und ich kauf mir jetzt eine Hose. Er geht in die nächstbeste Boutique.

Heraus kommt er in einer unfarbig-bleigrauen Hose, die jetzt, da sie noch Bügelfalten hat, sehr schick aussieht. Auch ein neues Hemd, nur wenig dezenter als das alte, blitzt aus der violetten Jacke hervor. Der Verkäufer hat sofort erkannt, daß dieser Kunde reif ist. Hätte Sig ihm nach dem Hemd nicht Einhalt geboten, er wäre bis zum Schnürsenkel neu eingekleidet worden.

Jetzt, mit der Tüte, hat er wieder eine Hand zuwenig, denn die Hosentaschen sind tief und wollen, daß man bis zum Ellbogen drin versinkt. In der Tüte ist die Hölle los. Die Jeans betrauern ihren Abstieg und lassen sich vom Hemd trösten: Er wird schon sehen, wo er ohne uns hinkommt. Ganz klein wird er angekrochen kommen und uns um Verzeihung bitten. Der Kassenzettel verhöhnt die beiden: Red kein Scheiß, Abfall. Sig prüft seine neue Erscheinung in einem Schaufenster.

Er geht in den Laden zurück und kauft auch noch das braunweiß-rot gesprenkelte Jackett. Sein erstes Monatsgehalt ist schon im voraus weg.

plus siebenundsiebzig

Hallo Abfall, begrüßen Hemd und Jeans den Neuzugang in der Tüte, komm, wir feiern eine Party. Gemeinsam lynchen sie den Kassenzettel.

Sig geht zur Galerie zurück. Heidi ist noch da.

«Lassen Sie mich raten. Vorschuß?»

Das sagt sie, nachdem sie bei seinem Anblick einen dieser schrillen Papagallo-Pfiffe durch die Zähne gejagt hat.

«Ich muß ja jetzt repräsentieren», sagt Sig.

«Da haben Sie recht.» Sie wird morgen Geld mitbringen. Er soll nur vorbeikommen, wann er mag. Sie wird den ganzen Tag da sein.

Schon im Aufzug hört er, daß Andrea Klavier spielt. Die Pathétique. Er setzt sich bei der Tür auf die Stufen, denn er fürchtet, sie könnte zu spielen aufhören, wenn er in die Wohnung kommt.

Für sie bedeutet das ja nichts, sie kann jederzeit wieder spielen. Sie braucht diese Art Respekt vor Musik nicht, darf sie vielleicht sogar nicht haben, sonst könnte sie nicht üben. Aber er ist ein Zuhörer. Er muß die Musik nehmen, wenn sie kommt. Ihr Spiel zu beenden würde ihn ähnlich beschämen, wie einen Vogel im Flug zu erschießen.

Andrea spielt sehr schön. Sehr weich und in einem Tempo, als wolle sie das Stück dehnen, damit sie mehr davon hat. Als Sig eintritt, steht sie am Fenster zum Balkon. Auch sie pfeift frech durch die Zähne beim Anblick seiner Montur.

«Du mußt *sehr* verliebt sein», sagt sie und fummelt am Revers des Jacketts. Als wolle sie die Stoffqualität prüfen.

Sig strahlt: «Du siehst in mir einen Freiburger. Ich komme jetzt öfter.»

Mit Ausnahme von Urlauben und eineinhalb Jahren Zivildienst in einer Jugendherberge auf Sylt hat Sig sein ganzes Leben in Stuttgart verbracht. Er hat von der Welt nicht viel gesehen. War auch nie scharf drauf. Karin, die am liebsten jede freie Woche, die sich ergab, am Meer verbracht hätte, ließ er meist allein gehen. Ich hab inneren Urlaub genug, sagte er dann immer.

plus achtundsiebzig

Nicht daß er ausgerechnet Stuttgart sehr schön gefunden hätte. Er dachte einfach, ein anderer Ort mache nichts besser. Auch fand er, daß er die Gegend noch nicht leer gesehen habe, was allerdings kein Wunder war, denn für einen Maler ist Sig erstaunlich blind.

Zwar besteht er praktisch nur aus Augen, alles, was er weiß, hat er gesehen, aber wenn man ihn nach jemandes Haarfarbe fragt, weiß er die nicht. Er schaut und schaut, aber es ist, als flössen die Anblicke einfach durch ihn hindurch, ohne gespeichert zu werden.

Seit er ernsthaft malt, hat er diese inneren Bilder, die dauernd aus ihm herauswollen, und deshalb fehlt ihm nichts.

Jetzt allerdings, beim Gedanken, alles in Stuttgart stehen- und liegenlassen zu können, einfach so wegzugehen und die unsichtbare Nabelschnur mit dem Absatz zu durchtreten, erfaßt ihn eine noch nicht gekannte Erregung. Jetzt schlüpf ich aus dem Mutterleib, denkt er, jetzt komm ich endlich ins Freie.

plus neunundsiebzig

«Sie haben Stavro!» schreit Jorgos Archangelou, als er in den orthodoxen Billardsaal stürmt. «Ich hab erfahren, daß er seit zwei Wochen nicht nach Haus gekommen ist. Sein Zimmer ist durchwühlt, sein Job am Band ist neu besetzt. Die haben ihn gegriffen, die Schweine.»

Sofort verstummt das Klicken der Kugeln und das Stimmengewirr im Saal. Aus allen Ecken des riesigen Raumes strömen schnauzbärtige Gestalten zusammen. Ungläubigkeit und Entsetzen ist in manch kohleschwarzem Auge zu lesen. Erzähl, sagen sie und bilden einen Ring um Jorgos.

«Mehr weiß ich auch nicht», sagt der, «er ist eben weg.»

«CHIA?»

Die Frage kommt von Mikis dem Popen, dem der Billardsaal gehört. Eine erschrockene Stille breitet sich aus.

«Mach mal einer die Tür zu», befiehlt der Pope, «und sagt Voula Bescheid.» Mikis schnippt mit den Fingern, und der Barkeeper ordnet eine schier endlose Reihe von Ouzogläschen, die er, wie am Fließband, zu füllen beginnt. Er fährt mit der gekippten Flasche drüber. Sie stehen so eng, daß kaum was danebengeht. Jeder nimmt sich einen Ouzo von der Theke, und alle sehen zur Tür, in der Voula jetzt erscheint.

plus achtzig

Voula ist eine berückend schöne Frau und alterslos wie alle seit der Abschaffung der Beibehaltung des Eintrittsalters.

Noch vor einigen Jahren waren alle im Himmel so alt wie zum Zeitpunkt ihres Todes. Je voller aber der Himmel wurde, desto komplizierter wurde das Leben mit all den zu spät gestorbenen Greisen und zu früh gestorbenen Babies.

Mit der Strukturreform wurden alle Himmel, also auch der chemisch-physikalische, für die Agnostiker und Kommunisten zuständige Teil, sozusagen auf die aktuelle Bedarfslage abgestellt. Es war fast ein Wunder, daß die Chem-Phys-Delegierten diesem Beschluß zustimmten, denn normalerweise opponierten sie gegen alles, indem sie es als christlich-imperialistische Expansionsbestrebungen denunzierten.

Diese Strukturreform war wichtig, denn im Himmel stirbt man ja nicht mehr. Man altert auch nicht mehr weiter. Die Kleinen bleiben klein, die Pubertierenden pubertieren Jahr und Tag, die Vierzigjährigen haben immer ihre Midlife-Crisis, und die Greise tattern durch. So sah es aus vor der Reform.

Der Himmel wurde unregierbar.

Die Demokratie war schon früher, nach einem zehnjährigen Modellversuch, wieder abgeschafft worden, weil sonst nie Frieden eingekehrt wäre. Die von der Erde kommenden Soldaten im besten Mannesalter hatten natürlich sofort alle Schlüsselpositionen mit ihren Leuten besetzt, und das bedeutete, daß Kriege, die auf der Erde längst beendet waren, im Himmel bis Ultimo weiterzugehen drohten. Es war furchtbar. Da koalierten Strategen aus zwei Weltkriegen und etlichen Schlachten und Scharmützeln immer und ewig miteinander, um im Himmel schließlich doch noch zu gewinnen.

Erst mit der Entdemokratisierung kehrte ein halbwegs erträglicher Zustand ein. Der Krieg wurde verboten, den Generälen gab man Repräsentationspflichten, und die Unteroffiziere schulte man zu Hausmeistern um.

Allerdings hörten die Schwierigkeiten damit noch nicht auf, denn weiterer Unmut machte sich breit. Es ging, wie immer im Frieden, um die Lebensqualität.

plus einundachtzig

Die gestorbenen Mütter nahmen sich natürlich der gestorbenen Babies an, sofern sie nicht ihre eigenen mitgebracht hatten, und gründeten eine Lobby, die gegen das Verbot von Wegwerfwindeln kämpfte. Die gestorbenen Alten gingen für Akkordeonspieler und gegen Treppen auf die Barrikaden. Außerdem wollten sie öfter mal Kaiserschmarren auf dem Speisezettel. Die Vierzigjährigen agitierten gegen das generelle Fahrverbot im Himmel, denn sie wollten, wie auf der Erde, ihre schwindende Lebenskraft mit Chrom, PS und donnerndem Auspuff kompensieren. Die engagierten Frauen sagten, das sei hier kein Himmel, sondern die Fortsetzung des Patriarchats mit anderen Mitteln und so weiter.

Der Bürgerkrieg drohte.

Also einigte sich der Weltanschauungsrat darauf, daß fortan alle Seelen im Himmel alterslos sein würden. Gott war begeistert von der Idee und änderte selbständig die entsprechenden Softwarebefehle, und eines Morgens waren alle gleich alt. Oder besser: gleich unalt.

Also irgendwie alterslos.

Mikis der Pope ist kein wirklicher Pope, denn im Himmel ist jede religiöse Aktivität verboten. Seine Leute nennen ihn eben so, weil er der orthodoxe Sektionsvertreter ist, eine Art Senator mit Sitz und Stimme in der Exekutiven Ökumene.

Die gesamte griechisch-orthodoxe Sektion ist ein Scheinunternehmen. Eine Art legale Außenhaut der OEF. Es gibt praktisch keinen Griechen, der nicht gleichzeitig auch OEF-Mitglied ist. Deshalb ist auch die Furcht vor Verrätern recht gering, nur mit amerikanisierten Griechen, die zur Orthodoxie zurückwollen, ist man vorsichtig. Die werden auf Herz und Nieren geprüft, wenn sie in die orthodoxen Wohnblocks ziehen wollen. Aber meistens wollen die Amis gar nicht mehr Grieche werden.

Wenn einer die Prüfung besteht, kommt er auf den Operationstisch, denn alle Amerikaner sind OEF-Opfer. Ganz Amerika war damals ein Modellversuch. Die OEF wollte herausfinden, ob es gelingen kann, eine zweite Völkerwanderung zu initiieren, und ob das was bringt. Tatsächlich stiftete die Entdeckung und Besiede-

plus zweiundachtzig

lung von Amerika damals ordentlich Verwirrung, und die Heimatlosen auf der ganzen Welt wurden irgendwie noch heimatloser. Aber irgendwas ging schief.

Amerika war gedacht gewesen als ein riesiges Reservoir von Unruhigen, die man gegebenenfalls auf die restliche Welt loslassen konnte. Aber irgendwas mußten die OEF-Techniker falsch gemacht haben, denn auf später nie geklärte Weise ging der Prototyp plötzlich in Serie. Die amerikanische Anthropologie verselbständigte sich. Auf einmal waren die Amis stolz auf ihr Land und als Unruheherd nicht mehr zu gebrauchen.

Nach und nach machten immer mehr amerikanische Babyversorgungen auf.

Im Himmel wurde das damals allgemein als Wunder angesehen. Sogar die Techniker der OEF hielten das für möglich. Der ganze christliche Himmel tobte vor Begeisterung über die Entstehung einer neuen Sorte aus dem Nichts. Es gab Versammlungen und Informationsveranstaltungen zu diesem Thema. Nur Gott, der sich manchmal in solche Veranstaltungen einschaltete, lachte scheppernd und schrie aus der Wand: «Wunder, den Vogel hab ihr immer noch?»

«Was kann das für uns bedeuten?» Voula ist besorgt. Das klingt ganz und gar nicht gut. Außerdem mochte sie Stavros Garipides. Er tut ihr leid. Jetzt werden sie ihn umbauen. Einen Sessel oder eine Türklinke werden sie aus ihm machen. Daran ist nichts mehr zu ändern. Da man im Himmel nicht sterben kann, werden Verstöße gegen die Regeln mit Verschönerungsdienst bestraft. Man muß dann in irgendeiner Form, die man sich allerdings oft selbst aussuchen kann, die Sinne der Gemeinschaft erfreuen. Wenn Stavros wählen darf, will er bestimmt eine Dose Campbell-Suppe sein. Oder eine Brustwarze in einem Barbarella-Comic. Er hat so einen Humor.

«Wir müssen rauskriegen, was sie wissen. Vielleicht hat Garipides ja dichtgehalten», sagt der Pope. «Mindestens hat er nicht alles gesagt, sonst wären wir schon längst alle im OP.»

«Also absolute Aktionssperre, bis wir genaueres wissen», sagt

plus dreiundachtzig

Voula. «Versuch du doch in der Exekutiven Ökumene was rauszu-kriegen.»

«Mach ich», sagt Mikis, «die Sitzung ist in einer Woche. Danach sind wir schlauer.»

«Gut» warten wir ab, was sich tut.»

«Sollten wir nicht die Chemisch-Physikalische um Hilfe bitten?» gibt einer der Aktivisten zu bedenken.

«Bloß das nicht», sagt Voula verärgert. «Ich würde mich nicht wundern, wenn die daran schuld wären, daß Stavro aufgeflogen ist. Ich wünschte, wir hätten uns niemals mit denen eingelassen. Denen liegt nichts an unseren Zielen, denen liegt nur am Stunk, den wir machen.»

Voulas Worte haben Gewicht, denn jeder hier ist in sie verknallt und würde sich für sie sogar zu einem Pariser umbauen lassen.

«Also absolute Aktions- und Informationssperre. Erklärt euren Leuten, daß kein Wort mehr geredet werden darf. Ab jetzt gilt die Devise: Feind hört mit.»

Nach diesen Worten von Mikis leert sich der Billardsaal, und nur die Kuriere und Kader stehen noch zusammen, um zu besprechen, wer wen unterrichten soll.

Gott weiß Bescheid. Er weiß so ziemlich alles, was im Himmel so läuft. Das war nicht immer so. Früher, als er noch ein alter Mann mit weißem Bart, einer ergebenen Clique von Erzengeln um sich und einer Menge Spaß war, da sah das noch anders aus. Da hatte er sich auf Zuträger, Spitzel und Denunzianten verlassen müssen.

Aber als dann im Himmel die großen Veränderungen aufkamen und die Leute dauernd irgendwas von ihm wollten, entschloß er sich genervt, seine Existenz auf ganz andere Beine zu stellen. Es wurde ihm einfach zuviel, dieses dauernde Gott, gib uns dies, Gott, gib uns das, Gott, laß uns das tun oder dies lassen, wieso können wir nicht jenes noch mal überlegen, Gott hier, Gott da, es ging ihm einfach auf den Wecker. Also sprach er zu seinen Engeln.

«Jungs, ihr müßt ab jetzt für euch selber sorgen. Es waren schöne Zeiten, aber jetzt ist genug. Ihr werdet schon passende Jobs finden, so hochqualifiziert, wie ihr seid.»

plus vierundachtzig

Das mit der Qualifikation war eine kleine Spitze, denn Gott hatte nicht viel Grund zu der Annahme, daß seine Erzengel auch nur bis fünf zu zählen in der Lage seien. Und Gott transformierte sich.

Er wandelte sich um in ein selbständiges Programm, das sich nicht nur ständig selbst überarbeiten kann, sondern auch frei durch jeden Computer im Himmel spazieren. Er versah sich selbst mit einem absolut unknackbaren Code, so daß er keine Gefahr lief, entdeckt zu werden, selbst wenn er mal irgendwo in einem Datenblock einschlafen sollte. Jetzt ist er überall.

Er hört und spricht aus den Lampen und Telefonleitungen, geht spazieren auf Funkfrequenzen und Hochspannungskabeln, schwimmt und surft in den Wasserleitungen und frönt seiner großen Leidenschaft, dem Drachenfliegen, indem er die Blicke der Seelen als Wind verwendet. Er hat es gut.

Er ist stolz auf sich. Ich bin immateriell. Ich bin eine Idee. Ich bin ein Programm. Mir kann keiner was anhaben, schon gar nicht diese Heinis hier oben.

Gott mag die Seelen nicht besonders.

Deshalb stört ihn auch die OEF nicht. Im Gegenteil. Ein bißchen Abwechslung hier und da ist ganz nett, und wenn die Griechen diesen aufgeblasenen Schnöseln von der Exekutiven Ökumene ordentlich eins auswischen, dann ist ihm das nur recht.

Ich bin On-Line, sagt Gott manchmal, was soviel heißt wie, ich bin auf Draht. Oder mir kann keiner.

plus fünfundachtzig

Reginas Vater war ein Geräusch. Ein lautes, prustendes Schneuzgeräusch, das nachts aus Mamas Zimmer kam. Er war offenbar immer verschnupft. Und irgendwann war dieses Schneuzgeräusch nicht mehr da. Nun hätte die kleine Regina im Zimmer nebenan eigentlich besser schlafen müssen. Wäre da nicht fortan dieses Schluchzgeräusch gewesen.

Später entdeckte sie im Fotoalbum das Bild eines Mannes mit dunklen Haaren, birnenförmigem Gesicht und dicken, gewölbten Augen. Das konnte sie ihrer Erinnerung anfügen.

So war die Erinnerung wenigstens nicht *nur* akustisch. Er sieht nett aus, dachte sie, klingt aber scheußlich. Sie war fünf, als es hieß, Papa sei verreist. Für ganz, ganz lang. Hätte sich das Schneuzen nicht in ein Schluchzen verwandelt, ihr wäre nichts aufgefallen. Nichts war anders.

Nachts, wenn sie schlafen sollte, war Papa Majordomus in einer feinen Nachtbar. So was ähnliches wie ein Koch, sagte die Mutter, damit Regina es überhaupt verstand. Tags, wenn sie spielte, schlief er, und es war verboten, auf ihm herumzuhopsen oder sonstwas mit ihm anzufangen. Abends, wenn sie zu Bett gehen mußte, las er Zeitung. Seine Finger, die die Zeitung vor sein Gesicht hielten, kannte sie vielleicht außer der laufenden Nase noch am besten.

plus sechsundachtzig

Er hatte nie frei, außer, wenn sie bei der Oma war. Als er weg war, fiel es ihr nicht im Traum ein, ihn zu vermissen. Oder höchstens im Traum.

Mit sieben fing sie an, ihre Klassenkameradinnen um deren Väter zu beneiden, denn sie kam sich selber irgendwie schlecht ausgerüstet vor. Es war so ähnlich, wie keine Schultüte zu haben oder bloß ein Fahrrad mit Stützrädern. Alle konnten einen auslachen. Sie fragte ihre Mutter, ob Papa tot sei.

Die Mutter fand, das Kind sei mit sieben reif für die echten, wenn auch nicht so schönen Wahrheiten des Lebens und sagte: «Er ist abgehauen, fortgegangen, nach Amerika.»

«Ist das so ähnlich wie tot?»

Regina wollte selbstverständlich lieber einen toten als einen fortgelaufenen Papa. Wenn er tot ist, kann man nichts dafür, und die anderen müssen einen zu Kakao und Kuchen einladen und trösten und dürfen einen nicht auslachen. So war es wenigstens in einem Film, den es im Fernsehen gegeben hatte.

Nun hielt die Mutter ihr Kind wohl ein bißchen zu sehr für reif, denn sie sagte: «Es ist *ganz* ähnlich, mein Schatz, fast dasselbe.»

Mit dieser eher poetischen Antwort, die sie auch noch mit einem Schluchzer unterstrich, machte die Mutter einen Fehler, denn sie rechnete nicht damit, bei Regina eine etwas verschrobene Vorstellung vom Sterben zu erzeugen.

Und von Amerika.

Regina war ein logisches Kind und dachte, wenn Sterben schon ganz ähnlich ist wie in Amerika sein, dann ist der Unterschied bloß geographisch. Und suchte auf der Landkarte nach dem Himmel.

Daß man ziemlich gleich nach dem Sterben in den Himmel kommt, wußte sie aus dem Religionsunterricht. Also mußte der Himmel irgendwo zwischen dem zwanzigsten und hundertfünfzigsten Längengrad liegen.

Das stellte sich später als Irrtum heraus.

Es war auch nicht so wichtig, denn daß die Verhältnisse geklärt waren, daß man wußte, ob einen die andern auslachen dürfen oder zum Kuchen einladen müssen, war die Hauptsache.

plus siebenundachtzig

Später fand Regina dann doch noch die Stelle, wo der Himmel ist. Oder besser, die Stellen.

Im Religionsunterricht hieß es nämlich auch, daß der Himmel wunder-, wunderschön sei. Es gab zwei Stellen, an denen es wunder-, wunderschön war. Die eine Stelle war das Kinn ihres Katers Charlie, das sie so oft küßte und knuddelte, daß mit den Jahren dort ein kahler Fleck entstand, und die andere war auf der Schallplatte, wo sie singen: Es war Winter in Kanada, Winter in Kaha-na-daa.

Da blieb er aber nicht lang. Nachdem Charlies Kinn kahl war und die Schallplatte verkratzt, war auch der Himmel abgenutzt. Immerhin hatte sie bei ihrem ersten, geographischen, Versuch gar nicht so schiefgelegen, denn Kanada liegt ganz nah bei Amerika. Aber offenbar war der Himmel immer in Bewegung.

Eine Zeitlang war er ganz weg, dann fand sie ihn wieder. Jetzt war er an *vier* Stellen. Hatte sich verdoppelt. Und alle vier Stellen waren auf ihr drauf. Da, wo gerade ihre Brüste wuchsen, war es wunder-, wunderschön und an den Innenseiten ihrer Oberschenkel auch.

Regina war wirklich ein logisches Kind. Sie zählte eins und eins zusammen. Daß dabei nahezu nie «Zwei» rauskam, sondern immer etwas anderes, wie Kuh, Rettich, Räuber oder Fernseh, lag nicht an ihr. Es lag an der Logik. Für Reginas Fähigkeiten, eins und eins zusammenzuzählen, war die herkömmliche Logik ein bißchen unterdimensioniert.

Später zog der Himmel noch mal um. Diesmal landete er genau in dem kleinen, rosa gefütterten Schlitz zwischen ihren Beinen. Da hatte er es nicht weit von den Innenseiten der Oberschenkel.

Und da blieb er auch. In den Brustspitzen unterhielt er Filialen.

Bis sie das Beten aus Vernunftgründen aufgab, schloß sie am Ende der langen Wunschliste, aus der ihre Gebete bestanden, mit ein «daß der Himmel nicht mehr umzieht». Denn da, wo er war, war er gut.

Als sie im Religionsunterricht einmal sagte: «Der Himmel ist in mir», bekam sie eine Eins.

plus achtundachtzig

Sie hätte gern rote Haare gehabt. Die rote Zora hatte auch rote Haare. Von allen Menschen gefiel ihr die rote Zora mit Abstand am besten. Aber es ging auch ohne rote Haare. Regina war hübsch. Später sogar schön. Die Männer und Jungs schwirrten um sie herum, daß es fast lästig war. Auch manche Mädchen schwirrten um sie herum, denn sie erhofften sich größere Sichtbarkeit in Reginas Nähe. Sie wurde immer gesehen.

Von den Jungs dachte Regina, sie könnten nicht viel wert sein, wenn sie so leicht zu haben waren. Aber sie waren ganz nett. Ein paar Verabredungen, Knutschereien, später Freunde und noch später Beziehungen sorgten für Betrieb im Himmel. Das machte leidlich Spaß und gehörte auch einfach dazu.

Aber keine Affäre überdauerte den ersten Schnupfen. Wenn er nieste, flog er raus. Regina sagte noch höflich «Gesundheit», aber wenn er gerade in ihrem Bett gelegen hatte, nahm sie einfach seine Kleider, schmiß sie auf die Decke und sagte: «Du mußt jetzt gehen.»

Dann schloß sie sich im Klo ein, bis er gegangen war, und ließ sich am Telefon verleugnen, sooft er anrief. Vielleicht stand sie auch einfach beim Essen im Restaurant auf, sagte «Moment» und ließ sich nie wieder blicken.

Die Männer hatten keine Ahnung, was um Himmels willen sie denn falsch gemacht haben könnten, und Regina war nicht bereit, einem niesenden Mann noch irgend etwas zu erklären. Wenn einer nieste, war er für sie erledigt. Ihre längste Beziehung dauerte fast drei Jahre. Er war ein unglaublich gesunder Sportstudent. Gutaussehend, muskulös, fröhlich und mit sich und der Welt fast über die Maßen zufrieden. Ein Traummann.

Bis er im Urlaub in Finnland nach einem Regenguß darauf bestand, kalt zu duschen. Das Auto gehörte ihr, und er wurde erst eine Woche nach Semesterbeginn wieder in der Mensa gesehen.

Das war der letzte. Regina zog Konsequenzen. Mehr als «ganz nett» war es eh nie gewesen, also wollte sie jetzt mal Ruhe haben. Sie wußte, daß die Männer von ihrer Schönheit angezogen wurden, und beschloß daher, die Schönheit ein Stückchen weit zurückzunehmen.

plus neunundachtzig

Der Trick, wie man das macht, ist eine Art Geheimnis. Es geht so:

Zuerst mal geht man anders. Man wackelt nicht mehr mit dem Hintern, zieht keine hohen Absätze mehr an, läßt die Schultern ein wenig nach vorn fallen und senkt das Kinn ein bißchen. Nur ein bißchen. Ein Zehntelmillimeter zuviel würde nach Demut aussehen, und damit wäre alles wieder umsonst. Auch Demut lockt Männer an. Die mit dem Helfersyndrom. Die moralischen Aufbau-Geier. Die sind fast noch schlimmer als die ganz normalen hektischen Jungs.

Die moralischen Aufbau-Geier wissen alles besser. Sie demütigen einen mit jeder Zigarette, die sie für einen anzünden, weil man sich, Dummerchen, das man doch ist, bestimmt die Finger verbrennen würde. Sie schleppen einen womöglich noch in die Kirche, haben strähniges, blondes, angeklatschtes Haar und sind von Beruf Kontrolleur.

Man senkt also das Kinn nur ein bißchen.

Der nächste Schritt ist vielleicht der wichtigste: Man sieht den Männern in die Augen. Einfach mittenrein. Das wirkt Wunder. Kaum einer kann ertragen, daß die Frau ihn taxiert. Der wütende Mann weiß sich nicht anders zu helfen, als die Frau mit Nichtachtung zu strafen. Perfekt.

Frauen, die schöner sein wollen, tun genau das Gegenteil. Bevor sie einen Raum betreten, nehmen sie sich ein paar leere Stellen in der Luft vor, die sie dann abwechselnd fixieren. Es müssen mehrere sein, sonst wirkt es nicht natürlich. Die Stellen müssen etwas über Augenhöhe liegen, das gibt den Männern Gelegenheit, das berückende Antlitz und die atemberaubende Figur der schönen Frau zu studieren.

Das direkte In-die-Augen-Sehen schaltet die Glotzlust aus. Jedenfalls bei den meisten. Die wenigen ganz frechen, die dann erst recht losplustern, kann man mit den üblichen Tricks abwimmeln: Man ohrfeigt sie oder schüttet ihnen ein Getränk ins Gesicht. Man nennt sie einen Schleimer oder zieht die Überdimensionalität ihres Penis in Zweifel.

plus neunzig

Der dritte Schritt besteht nur noch aus Kleinigkeiten: Man verändert ein paar Accessoires, das ist alles. Flache Schuhe, eine Brille, Spangen im Haar, gedeckte Farben, weite Pullover, vielleicht ab und zu eine Einkaufstasche mit langem Bügel überm Arm...

Fertig ist die entschönerte Frau.

Regina war mit dieser Verwandlung derart erfolgreich, daß es schien, als wäre sie von einem Tag zum andern von der Bildfläche verschwunden. Irgendwann sprach sie sogar einer ihrer Verehrer an, ob sie nicht Regina gesehen habe, sie sei doch, glaube er, mit ihr befreundet oder so.

Dem klatschte sie allerdings ihre halbaufgegessene Stehpizza aufs Ohr und korrigierte noch ein bißchen, indem sie wieder hohe Schuhe anzog.

Nun hatte sie erst mal Ruhe. Sie hatte einige Männer gehabt. Sogar schon mal zwei gleichzeitig, aber das war nichts. Die neutralisierten sich. Am nächsten Tag beschimpften sie einander noch als Sau, obwohl sie beste Freunde gewesen waren.

All das war nett gewesen. Sie empfand es nicht als vertane Zeit. Aber Ruhe davor zu haben, war ihr lieber. Sie war mit sich selber zufrieden. Und das manchmal dreimal am Tag.

Irgendwann werd ich neu anfangen, ganz von vorn, dachte sie manchmal, denn ihr schien, als habe sie etwas falsch gemacht. Es war nicht gut genug. Es mußte noch besser gehen.

Als sie durch den Zug schlenderte und Sig da sitzen sah in seiner papageienbunten Aufmachung, gefiel er ihr gleich so gut, daß die Lust auf einen Mann wieder in ihr erwachte. Dieses Kindergesicht mit der scharfen Nase und dem weichen Mund hatte so was Zartes und aus dem Nest Gefallenes, daß sie sich schnell entschlossen setzte, um ihn in Ruhe anzusehen. Er hatte ja die Augen zu.

Sie nahm die Brille ab, zog eine Spange aus ihrem Haar und nahm die Schultern zurück. Sie ließ ein Stückchen von der Einzugstiefe ihrer Schönheit nach.

Krieg nicht so bald Schnupfen, dachte sie, als er die Augen aufschlug.

plus einundneunzig

Regina ist kein Opfer der OEF. Sie fühlt sich wohl in ihrer eigenen Haut. Sie ist gern da, wo sie ist, und kennt sogar die Adresse des Himmels. Sie hat es gut. Daß auch sie mit der Welt nicht ganz klarkommt, liegt nicht an ihr. Es liegt an der Welt. Es liegt daran, daß die OEF in den Jahrhunderten, die sie ungestört mit Vertauschen verbringen konnte, ganze Arbeit geleistet hat. So viele Dislozierte wurden Künstler, Politiker, Philosophen und Erfinder, daß die Umgebung sich nach ihnen formte. Die Welt wurde von so vielen Inkompatiblen geprägt, daß die Kompatiblen am Ende auch nicht mehr paßten. Irgendwann gab es zu viele Schlüssel für gar kein Schloß. Ja sogar für nicht mal eine Tür.

Die Frage nach dem Sinn des Lebens hätte sich der Menschheit nie gestellt, wären nicht so viele OEF-Opfer durch den Unsinn, den sie machten, aufgefallen.

Insofern könnten Stavros, Jorgos, Mikis, Voula und all die anderen unerschrockenen Kämpfer für eine freie griechisch-polytheistische Himmelsregierung mit ihrer Arbeit zufrieden sein. Nichts paßt mehr zusammen. MacDonalds paßt nicht so recht ins Stadtbild, Zorro inc. paßt nicht so recht in die moderne Welt, der Bundeskanzler paßt kaum in seinen Dienstwagen, ein Taxifahrer sieht rot, ein Schwuler verliebt sich in einen Hetero, die Filme spielen alle im Ausland, und der Schlüssel paßt nicht ins Schloß ... Hoppla, das kann er ja gar nicht. Ist das falsche Stockwerk.

Seit die hier dasselbe Plakat wie oben hängen haben, irrt sich Regina schon zum drittenmal in der Tür. Mist.

So schön ist die Wolkentaube von Magritte auch wieder nicht, daß sie gleich mehrfach im Haus hängen muß. «Beendet das Wettrüsten». Sowieso blöd. Hier im Haus rüstet niemand. Und der Verteidigungsminister kommt auch nicht zu Besuch.

Regina ist patschnaß. Die paar hundert Meter vom Gottlieb-Markt nach Hause haben gereicht, sie total zu durchnässen.

Sie geht ins Bad und dreht den Hahn auf. Dann geht sie in die Küche und packt zwei Grapefruits, einen Marmorkuchen, Nescafé und eine Dose Ravioli aus der Tüte.

Aus Sonnis Zimmer kommt Musik. Keith Jarrett, The Cöln

plus zweiundneunzig

Concert. In den anderen Zimmern scheint niemand zu sein. Manchmal laufen drei verschiedene Musiken gleichzeitig, und niemanden außer Regina macht es krank.

An der Badetür dreht sie das Pappschild auf «Besetzt», stellt den Kaffee, den Aschenbecher und die Zigaretten auf die breitesten Stellen des Wannenrandes, zieht sich die nassen Kleider vom Körper und streckt sich seufzend im warmen Wasser aus.

Sie schließt die Augen und denkt an Sig.

Er ist süß. So zart und so durcheinander. Manchmal scheint es ihr, als überlege er im Moment des Sprechens, ob er nicht was ganz anderes sagen müßte. Zwar versucht er auch anzugeben, wie alle, aber er hält sich nicht für großartig. Er versucht es mit Frechheiten, die ihm nicht so ganz gelingen. Das gefällt ihr. Es ist amüsant. Auch sieht er sie nicht an wie ein Hund sein Chappi. Er trieft nicht aus den Lefzen, wie all die anderen Wölfe, die sie schon reißen wollten.

Das einzige, worum er kämpft, ist das letzte Wort. Erfolglos. Ich fang mit ihm von vorne an, denkt sie und spürt, wie ihre Hand im Schoß an die Himmelspforte klopft.

«Herein», sagt ein silbernes Stimmchen irgendwo tief in ihr drin. Das wird aber ignoriert, denn im Himmel ist das Klopfen schon der Eintritt. Man darf nur nicht zu früh damit aufhören. Irgendwann verzischt die Zigarette im Badewasser, aber Regina achtet nicht darauf.

Sie liegt träumend im Wasser, als plötzlich die Tür aufgeht. Da steht ein Typ, den sie nicht kennt, mit Koteletten, kariertem Hemd, einem silbernen Adler als Gürtelschnalle und Cowboystiefeln. Und glotzt.

Und sagt «Entschuldigung».

Und glotzt weiter.

Regina bewegt sich nicht. Ganz offen liegt sie da, als ginge die Erscheinung vom Ignorieren weg. Tut sie aber nicht. Sie glotzt.

Regina sagt freundlich: «Wie wär's, willst du nicht 'n Fotoapparat holen?»

Jetzt glotzt er wenigstens in ihr *Gesicht*. Immerhin. Aber sonst tut sich nichts.

plus dreiundneunzig

Sie schreit: «Raus!»

Da wacht er endlich aus der Hypnose auf und – husch – ist er weg. Das muß ein Traum gewesen sein. Wenn auch ein böser. Allein schon die Aufmachung. So was gibt's doch heute gar nicht mehr. Wenige Minuten später klopft es zaghaft an die Tür: «Gina, bist du's?»

Es ist Sonnis Stimme. Sonni heißt Sonja.

«*Re*gina. Ich heiße nicht Gina.»

«Ja, ja. Kann ich reinkommen?»

«Bitte.»

Sonni ist im Bademantel, also war der Typ kein Traum. Sie schließt die Tür. «Ich muß pinkeln, darf ich?»

«Bitte.»

Das ist die unangenehme Seite dieser schönen Altbauwohnung. Regina liebt es, lang zu baden, aber meist wird ihr der Spaß verdorben. Als sich Sonni auf die Brille setzt, steht Regina auf und wäscht sich.

«Entschuldige», sagt Sonni, «er kennt sich hier nicht aus.»

«Ein paar Manieren mehr kann er schon noch gebrauchen.»

«Ach, sei doch nicht so. Er mußte halt pinkeln.»

Mußte? denkt Regina. Wenn er nicht den Mut gehabt hat, aus dem Fenster zu pinkeln, dann eß ich hier keinen Salat mehr. Pfui Teufel.

Sie geht in ihr Zimmer, ohne den Aschenbecher und die Tasse wegzuräumen. Die Zigaretten nimmt sie mit.

Sie schlüpft ins Bett und mummelt sich tief in die Decke. Heute ist kein Tag, um auf den Beinen zu stehn. Das hat sie schon heute morgen gemerkt, als sie die Butterdose im Abfalleimer entdeckte. Ein Geschenk von Marius' Mutter. Was die Nähe des Abfalleimers zum Kühlschrank sie schon Lebensmittel gekostet hat, ist gar nicht zu zählen.

Ein Tag, um überfällige Bücher in die UB zurückzubringen.

Sie blättert ein bißchen in den Wahlverwandtschaften. Liest nur so rum. Mal hier eine Seite, mal dort einen Satz. Dann läßt sie das Buch auf die Bettdecke fallen und träumt weiter. Ganz neu anfangen. Ganz von vorn. Oder besser doch nicht von *ganz* vorn. Das muß nicht sein.

plus vierundneunzig

Gegen drei Uhr nachts wacht sie auf, weil ein Schaufelradbagger in ihrem Magen herumwühlt. Sie geht in die Küche und macht die Ravioli warm. Ganz leise. Gegenüber der Küche liegt Sonnis Zimmer, und falls Wyatt-Earp noch da ist, will sie ihn nicht auf sich aufmerksam machen. Aber sicher ist er nicht über Nacht geblieben. Solche Typen reiten los, wenn die Sonne sinkt.

Ob solche Typen dann in Schweden gar nicht vorkommen? Da läßt Petrus im Sommer den Finger vom Dimmer, und es bleibt hell die ganze Nacht. Wyatt-Glotz-Earp ist jetzt sicher in einer Kneipe mit lauter richtigen Männern, läßt sich über Sonnis «Titten» aus und vollaufen. Solche Typen brauchen Männer und Gesprächsthemen, die etwas mit Hauen, Stechen, Rennen oder Reparieren zu tun haben. Sonst versiegt ihr ohnehin schon armseliges Gedankenbächlein zu einem Trielfaden aus dem Mundwinkel. Mit allem anderen haben sie nämlich keine Erfahrung.

Aber das ist ja nicht Reginas Problem.

Schade, daß Sig in Stuttgart wohnt. Studiert er überhaupt noch? Sie hat leider nicht immer richtig zugehört. Hat manchmal nur auf ein Stichwort gewartet, um ihn zu verwirren. Es reichte ihr auch, ihn bloß anzusehen. Sicher findet er seinen Mund häßlich.

Gibt es in Stuttgart eine Uni? Eine Uni braucht sie. Das ist die Nische, in der sie weiß, daß sie Asyl hat. Würde sie nicht studieren, dann hätte das Leben ein gewisses Anrecht auf sie. Aber mal langsam. Soweit sind sie doch noch gar nicht. Erst mal sehen, was passiert. Noch eine Warteschleife fliegen. Bis zum «Richtigen Leben» fliegt sie ja auch eine Warteschleife nach der andern.

Zuerst als Au-Pair in England, dann das Psychologiestudium und jetzt Germanistik. Im wievielten Semester ist sie eigentlich? Sie weiß es nicht genau. Im neunzehnten oder zwanzigsten. Glaubt sie.

Der Schaufelradbagger hat Ravioli gekriegt und ist still. Sie schenkt ein Glas Chianti ein und prostet sich selbst im Spiegel über dem Küchentisch zu. Der Bademantel ist an einer Seite von ihrer Schulter gefallen und hat eine Brust entblößt. Sie blättert den Stoff auch auf der anderen Seite herab und betrachtet sich. Sie hat schöne Brüste. Richtig schön. Wer weiß, wie lang sie so bleiben. Vielleicht

plus fünfundneunzig

sind die Brüste das schönste an ihr. Ihr Gesicht kann sie nicht beurteilen, ihre Hüften findet sie zu breit, ihre Beine zu kurz.

Sie schlägt den Mantel wieder über die Schultern, trinkt aus und räumt den Teller weg. Dann holt sie noch die Sachen aus dem Bad und geht schlafen.

plus sechsundneunzig

Wie konnte ich nur zulassen, daß wir uns in diesem spießigen Café treffen, denkt Regina und schlenkert beim Gehen ihre Tasche ums Gelenk. Als wär sie sieben Jahre alt. Alter ist keine Kalendersache. Jetzt bin ich sieben, eben war ich dreißig, und in der nächsten Sekunde kann ich achtzig sein.

Das Wetter ist schön. Im Wind riecht man ein Stückchen seiner Reise. Die Luft ist weich, und die Geräusche sind hell. An manchen Stellen blitzt schon erstes Grün, und Regina würde sich nicht wundern, wenn jetzt aus der Dreisam Delphine hochsprängen.

Alle hundert Schritte muß sie Radfahrern ausweichen. Meist rennt ein angeleinter Hund neben den Rädern, und sie muß in den Matsch, der bald wieder eine Wiese sein wird, steppen.

Da kommt einer freihändig angeradelt. Das ist gar nicht so einfach auf dem Kiesweg. Schon fast auf ihrer Höhe ruft er: «Fang!», und instinktiv fängt sie das dunkle, rundliche Ding, das er ihr zuwirft. Das Ding gibt nach beim Greifen. Es ist ein Mohrenkopf. Jetzt sieht er aus wie ein havariertes Atomkraftwerk. Sie hat ihn eingedellt. Verdutzt steht sie da. Sie hört ein Lachen hinter sich und dreht sich um. Der Radfahrer hat angehalten und sieht zu ihr her.

«Das ist kein normaler Negerkuß», sagt er, «es ist ein echter Häuptlingskuß.»

plus siebenundneunzig

Regina sieht sich das halb zermatschte Geschenk an: «Sieht nicht ganz wie'n Häuptling aus.»

«Du mußt ihn so lieben, wie er ist, sonst wär er schwer gekränkt.»

«Kenn ich dich eigentlich?» Regina steht noch immer neben dem Weg und streckt die Hand mit dem Negerkuß halb von sich, als trüge sie ein kleines Küken darauf.

«Weiß nicht.» Er steigt aufs Fahrrad und tritt los. «Tschau, tschau.»

Regina ißt den Häuptlingskuß. Schmeckt gut. Jetzt weiß sie's! Der Typ war gestern auf dem Fest in der Kartäuserstraße.

Sie lächelt noch, als sie im Café ankommt.

Sig ist nicht da. Sie sucht den ganzen Raum ab, geht nach hinten und mustert Tisch für Tisch. Viertel nach zehn. Sie ist extra so spät losgegangen, um nicht auf ihn warten zu müssen.

«Setz dich doch.»

Er sitzt am Tisch direkt vor ihr!

«Hast nach 'ner lila Jacke gesucht?»

Sie pfeift durch die Zähne wie ein routinierter Neapolitaner und zupft an seinem Jackett. «Was ist denn mit dir passiert? Das letzte Mal hast du noch ausgesehen wie eine Tüte von den Kräuterbonbons, die mir meine Lieblingsoma immer mitbrachte.»

«Na ja», sagt er.

«Doch, doch», lacht sie, «aber laß gut sein. Ich nehm dich so.» Sie wirft Mantel und Tasche auf einen Stuhl und setzt sich. «Hast du noch nichts bestellt?»

«Die Bedienung macht sich nichts aus mir.»

«Um so besser, gehn wir woandershin.»

Sie nimmt den Mantel wieder über den Arm, zieht Sig vom Stuhl, greift nach seinen Zigaretten und steckt sie ihm in die Brusttasche. Dann schlägt sie ihm den Kragen seiner Jacke hoch.

«So», sagt sie mütterlich, «verwegen», und schiebt ihn vor sich her.

«Wohin gehn wir?» Er scheint nicht ganz mit ihrem Tempo mitzukommen.

plus achtundneunzig

«In ein hübscheres Café. Ich hab 'n Bärenhunger.»

Es geht in Richtung Bahnhof, das erkennt er. Als sie über eine hübsche Eisenbrücke gehen, sagt Regina: «Es gibt 'ne gute Nachricht.»

«Gute Nachricht, was für eine?»

«Später. Ich bin der Zeremonienmeister.»

Regina ist glücklich. Auf der Brücke hat sie seine Hand genommen und läßt jetzt nicht mehr los. Vorsichtig, ohne selbst zu fassen, liegt die Hand in ihrer. Er will ihr den Rückweg offenlassen. Sie läßt sich nicht durcheinanderbringen von der Leichtigkeit dieser Hand, hält einfach unbekümmert fest.

«Mußt du heute noch was tun? Ich meine, eine Galerie besuchen oder so.» Sie sieht ihn nicht an. Er soll sich von seiner Schüchternheit erholen.

«Nein», sagt er.

«Dann haben wir den ganzen Tag.»

Er antwortet nichts, aber seine Hand wird noch etwas leichter. Offenbar bringt sie ihn aus der Fassung. Gut so. Aus der Fassung gefällt er ihr am besten.

«Hier sind wir», sagt sie. «Café Einstein.»

Der Windfang hängt voller Plakate. Im Café stehen Sperrmüllmöbel. Die Wände sind voll mit alten Bildern, und der vordere Raum wird beherrscht von einer chromblitzenden Fünfziger-Jahre-Theke, die wie eine Barriere vor die Küche gebaut ist. Es sieht aus, als wäre ein intergalaktischer Omnibus in den Raum gefahren und hätte seinen Kühler vergessen.

Es gibt drei Sorten Besucher hier: Jugendliche, Berufsjugendliche und ewig Jugendliche. Die letzten freilaufenden Parkas haben hier ein Reservat und existieren co mit älteren Lederjacken. Man sieht Pullover mit Häuschen und Wölkchen und Schäfchen drauf, Ponchos und Westen aus Opas Kleiderschrank.

Die Mädchen tragen Granatschmuck, die Frauen Zebra- und Leopardenhosen. Den Jungs wachsen die Haare so lang wie der

plus neunundneunzig

Bart noch nicht will, den Männern die Bärte, wie das Haupthaar nicht mehr kann.

«Ich bin falsch angezogen», sagt Sig.

Er wünschte, die Bügelfalte wäre wenigstens schon ausgebeult. Er kommt sich wie eine Barbiepuppe vor. So neugekauft und abgeschleckt.

Regina zieht ihn weiter in eine Art überdachten Lichthof voller Grünpflanzen. Von der gläsernen Decke hängen Modellflugzeuge. Sie setzen sich auf eine Bank an der Wand.

Den ganzen Weg über hat Sig geschwiegen. Er mußte aufpassen, daß seine Schritte nicht einsanken, auf der Wolke, die sich inzwischen von seinem Kopf auch in die Umgebung und unter seine Füße ausgebreitet hat. Seine Hand ließ er so leicht, weil er, ganz auf Fühlen eingestellt, nichts versäumen wollte von ihrem Griff. Jetzt ist die Hand pelzig und einsam. Er dreht sie vor den Augen hin und her, als frage er sich, woher das nutzlose Ding komme, wofür es gut sei und wo er es einstweilen deponieren könne.

«Was ist?»

«Ich glaube die Hand ist gestorben. Elektroschock.»

Sie lacht: «Die kriegen wir schon wieder hin.»

Der Kellner kommt.

Regina bestellt Müsli, Milchkaffee und Orangensaft. Sig nimmt Bacon and Eggs mit schwarzem Kaffee. Aus den Lautsprechern plätschert «Jessica». Sie schweigen.

Komisch, denkt Sig, sonst ist mir Schweigen peinlich. Ich habe meistens Angst davor. Aber jetzt ist eine Ruhe um meinen Mund, die paßt nicht zu der Aufregung im Kopf.

Auch Regina scheint sich ohne Nervosität in den Gesprächspausen einzurichten.

Bevor sie sich noch entschließen kann, den Löffel in die Hand zu nehmen, hat Sig schon sein ganzes Frühstück verputzt.

Später bezahlt sie für beide. «Ich hab heute was zu feiern, deshalb lad ich dich ein.»

«Feiern? Was?»

«Erklär ich dir vielleicht später. Laß uns gehn.»

«Und wohin?»

plus hundert

«Siehst du dann schon. Komm einfach.»

Am Bahnhof steigen sie in eine Straßenbahn. Der Waggon glitzert und strahlt, als wäre er neu für sie gemacht worden. Die Aprilsonne bricht sich in Griffen, Chromleisten und Glas. Sie sind die einzigen Fahrgäste.

Freiburg ist eine schöne Stadt. Durch Wohnviertel mit Alleen und langen Reihen wunderbarer Jugendstilhäuser kommen sie auf ein Stück leeres Land, das sich bald zu einem Tal verengt. Von den Hängen schauen vereinzelte Schwarzwaldhäuser aus den Wiesen. Dann werden die Hänge waldig, und ein Dorf kommt in Sicht. «Günterstal, Endstation», sagt eine Stimme aus Blech, und sie steigen aus.

Leicht hakt sich Reginas Hand unter seinen Oberarm, dessen Druck gegen den Körper Sig manchmal verstärkt. Immer, wenn er fürchtet, das Gefühl könne nachlassen.

Sie gehen den Hang hinauf. Eine Serpentine schlängelt sich durch dichten Wald, und nach drei Biegungen ist vom Dorf nichts mehr zu sehen. Was man sieht, sind Tannen und Fichten. Nur vereinzelt taucht mal ein Laubbaum dazwischen auf. Das Sonnenlicht zeichnet lange grade Striche in die staubige Luft. Bleichgold und chromoxyd-feurig, denkt Sig, wer malt so? Es ist Mittag.

Sie schweigen schon wieder. Als wären sie sich einig, daß das Geräusch ihrer Schritte, das gelegentliche Knacken eines Ästchens oder Kullern eines Steins, die leichte Berührung von Arm und Hand und das Ziel, zu dem Regina sie führt, für den Augenblick Erlebnis genug sei, gehen sie einfach den Weg entlang. Immer höher auf den Berg und immer tiefer in den Wald.

Und immer dichter beieinander.

Regina kennt sich aus. Nach einigen immer enger werdenden Wegen erreichen sie eine Lichtung. Bis auf einen Hochsitz auf der anderen Seite sieht alles sehr unberührt aus.

«Was tun wir jetzt?» fragt Sig, als Regina stehenbleibt.

«Träumen», sagt sie mit einem Lächeln in der Stimme. «Einfach nur ein bißchen träumen.»

Er schließt die Augen. Lieber will er riechen, wie sich ihr Geruch mit dem des jungen Grases und dem Harzgeruch der Bäume

plus hunderteins

mischt, als nur den halben Radius zum Schauen frei zu haben. Wie vorgestern auf Andreas Balkon, wo sie beide vermieden, einander zu sehen. Verlegen ist er immer noch.

Gute Idee, denkt er, träumen. Das ist vermutlich genau das, was ich tue. Bloß nicht zwicken, sonst kommt die Wahrheit raus. Ohne Regina. Vielleicht lieg ich in Stuttgart mit Fieber im Bett, und wenn Karin mich weckt, muß ich meine Erektion erklären. Aber die ist echt. Nicht geträumt. Oder ich träume, sie sei echt...

Der ganze gestrige Tag ist ihm wie in einer Art Halbschlaf vergangen. Er nahm Kassetten für den Walkman auf, kochte abends Spaghetti für Andrea und ging dann mit ihr ins Kino.

Im Halbschlaf kommen die Träume ganz knapp am Bewußtsein vorbei, und man hat zu kurze Arme, um sie ganz heranzuziehen. Vielleicht ist er jetzt endlich ganz eingeschlafen und hat sich den Traum gefangen. Es ist so still. Er hört sich selber denken. Ein Teil der Lichtung liegt in der Sonne. Die Wärme, die ihn streichelt, fühlt sich an wie Gottes Zustimmung zu diesem Augenblick. Zu diesem Glück.

Es riecht nach Traum und nach Regina und April.

Sie stupst ihn an der Schulter: «Siehst du den Hochsitz da drüben?»

«Ja.»

«Komm mir dahin nach. Aber warte, laß mir Zeit.»

Den Mantel in der Hand schlenkernd geht sie quer über die Lichtung. Es sieht aus, als wolle sie den weißen und gelben Krokussen Luft fächeln. Hinter sich läßt sie eine fast grade Spur im tiefen Gras. Als sie auf dem Hochsitz verschwunden ist, kommt so was wie Panik über Sig. Warum soll er warten? Wozu braucht sie Zeit ohne ihn? Vermutlich wird sie jetzt mit ihm schlafen. Soll er wegrennen?

Er starrt auf die Spur, deren definitives Ende am Fuße der Leiter wie eine Zauberformel wirkt. Da muß er hin. Da und sonst nirgendwo.

Jetzt?

Er geht los. Langsam, den Kopf zum Hochsitz gerichtet. Von ihr ist nichts zu sehen. Ist er rot? Er senkt den Kopf und geht langsamer. Als solle ihm etwas angetan werden. Aber doch kein Leid. Es ist wie

plus hundertzwei

ein Schockzustand. Als wäre es das erste Mal. Wieder denkt er, alles bisher war nur geübt. Jetzt ist es echt.

Wie ein Amateur beim Ladendiebstahl sieht er sich um, bevor er die Leiter hochsteigt. Kein Filialleiter, keine Videokamera, kein Spiegel... Da ist nichts Bedrohliches. Nur ein stiller Ring aus Nadelwald und die fröhliche Wiese mit den Krokustüpfelchen, fast genau in der Mitte geteilt durch ihrer beider Spur.

Er klettert hinauf.

Beim ersten Blick über den Boden des Häuschens hindert ihn die Erektion fast am Weitersteigen. Nackt und mit geschlossenen Augen sitzt Regina auf dem Bänkchen an der Rückwand. Den Kopf hat sie nach hinten gelegt und die Beine leicht geöffnet. Eine Hand liegt neben ihr auf der Bank und die andere, wie hingeflogen, auf dem großen dunklen Dreieck in ihrem Schoß. Sig hebt scheu den Blick. Sie könnte die Augen öffnen und sehen, daß er ausgerechnet da hinschaut.

Ihr Körper ist zart. Zarter, als er ihn sich dachte und ganz ohne Ecken. Jede Linie an ihr ist weich, mild und rund. Ihre Haut hat überall dieselbe leichte Bräune von Gesicht und Händen. Ein Ton wie bleicher Milchkaffee. Ihre Brüste hat er nicht so groß erwartet an diesem feinen Körper.

Eine etwas dunklere Linie geht quer über ihren Bauch. Die klassische Sitzfalte, die Anfängern beim Aktzeichnen solche Schwierigkeiten macht. Um ihren Hals liegt eine dünne Goldkette, die ihm bisher noch nicht aufgefallen ist. An der Kette hängt ein fingernagelgroßer Opal schon fast zwischen ihren Brüsten.

«Hab keine Angst, ich laß die Augen zu», sagt sie leise.

Woher hat sie diesen Mut? Wie schafft sie es, sich einfach betrachten zu lassen, ohne selber zu prüfen, wie und wohin der Betrachter schaut? Sie kann noch nicht mal mit Sicherheit wissen, daß es wirklich Sig ist, der da auf der Leiter steht und nicht irgendein Jäger oder Förster. Ihre Kleider liegen neben ihr. Obenauf ein Slip mit gelben, blauen, roten und grünen Sternchen, die sich zum schmalen Teil hin verdichten, als sprühten sie von dort heraus.

«Zieh dich auch aus. Ich laß noch die Augen zu.»

Er zerrt und rupft sich die Kleider ab, als wisse er nicht, wie das

plus hundertdrei

geht. Ein Wunder, daß er nicht Knöpfe oder Schnürsenkel abfetzt. Die Geräusche, die das macht, sind ihm unangenehm. Das Flutschen des Gürtels durch die Schnalle, das Klimpern der Schlüssel in der Hosentasche. Um davon abzulenken, fragt er: «Warum bist du vorausgegangen?»

«Ich wollte mich ein bißchen freuen», sagt sie einfach.

Das leise Lachen in ihrer Stimme macht ihn diesmal nicht unsicher.

Der Hochsitz ist fast ganz von Bäumen eingerahmt, so daß ein warmes Halbdunkel in dem kleinen Raum herrscht.

«Schöner Mann», sagt Regina mit ernsten Augen, aber diesem leichten Hüpfen in der Stimme.

Er hat sich neben sie gesetzt und ihre Hand genommen: «Das wüßt ich aber.»

Um nicht für eitel gehalten zu werden, hat er sich angewöhnt, alles was einem Kompliment nur ähnelt, rüde abzuschmettern.

«Das wüßtest du mit Sicherheit nicht.» Ihre Antwort klingt leicht verärgert.

«*Du* bist schön. Wunderschön bist du», sagt er.

Mit der freien Hand versucht er die Erektion zu verstecken. Ein bißchen lächerlich kommt er sich schon vor mit diesem Pfeil, der da von ihm hochragt. Vielleicht wollen es die Männer deshalb immer in der Frau verstecken? Weil es ihnen ein bißchen peinlich ist.

Das Verstecken mit der Hand jedenfalls funktioniert nicht. Viel zu hoch schwebt die Hand in der Luft. Um einiges zu weit vom Körper entfernt, um unauffällig zu sein. Regina lächelt auf die kleine Szene herab.

«Nicht, daß ich es nicht ahnte, aber was versteckst du da?»

«Wenn du's weißt, wieso fragst du?» Der Spott in ihrer Stimme verletzt ihn.

«Vielleicht, weil ich gern wüßte, wie du dazu sagst.»

«Wozu?»

«Zu dem Ding da.»

Sigs Hand sinkt langsam nach unten. Soviel Interesse hält das Ding nicht im Stand aus.

plus hundertvier

«Sagen wir, es ist der Henkel zum Wegschmeißen.»

«Wie bitte?»

«...»

Der Grund, es zu verstecken, ist weggefallen, und Sig legt die Hand in den Nacken.

«Ich wollte doch nur, daß du die Hand da wegnimmst», sagte Regina, «du sollst so nackt sein wie ich.»

Sie legt eine Hand um seine Schulter und die andere an seinen Kopf. Sie dreht sich zu ihm und zieht ihn zu sich. Ihre Zunge ist das erste, was er spürt. Erst werden seine Lippen aufgestoßen, dann seine Zähne. Er spürt den Weg ganz deutlich, den sie in sein Inneres nimmt. Durch alle Winkel seines Mundes stöbert diese freche, bewegliche Zunge. Er fühlt ihre Lippen auf seinen. Sie sind sehr weich. Rosenblätter, denkt er, wie ich dachte.

Seinen Mund mit ihrem festhaltend, steht sie vorsichtig auf, dreht sich in der Hüfte und setzt sich auf ihn. Er spürt ihre Brustspitzen an seiner Haut. Sein Herz hämmert einen schnellen Rhythmus in den Hals. Nun setzt sie beide Handflächen in seinen Achselhöhlen an, um langsam seitlich herabzustreichen. An den Hüften angelangt, machen ihre Hände ein V über seine Pobacken, bis die Bank sie aufhält. Dann faßt sie nach seinen Armen, die links und rechts auf die Bank gestützt, nur aufs Abgeholt-Werden gewartet haben. Sie nimmt seine Hände, legt eine auf ihre Brust und die andere sanft in ihren Schoß.

Er spreizt seine Knie und damit auch sie und läßt vorsichtig seine Finger wandern. Da ist es naß. Auch ihre Hand ist dort geblieben. Als konkurrierten sie um den Eingang, irren sie übereinander, verschränken sich und führen eine die andere hierhin und dorthin.

Reginas andere Hand liegt auf seinem Rücken. Ab und zu verstärkt sie den Druck und läßt dann wieder los. Und ab und zu streicht die Hand flüchtig nach unten, um gleich wieder zurückzukehren.

Ihr Unterkörper zuckt manchmal nach der Seite, und es ist, als müßten sie ihn beide mit den Händen wieder einfangen. Sig ist an dem kleinen, nassen Hügelchen angelangt. Er umkreist und über-

plus hundertfünf

fliegt es, und immer wieder kommt ihr Finger dazwischen, drängt ihn weg, holt ihn her, drückt ihn an das Hügelchen und verschwindet in der Tiefe auf der Suche nach neuer Feuchtigkeit. Das Zucken kommt immer öfter. Manchmal scheint es, als springe sie von seinen Knien, als sie plötzlich ihre Lippen von seinen reißt, tief keuchend Atem holt und sagt: «Moment. Stopp.»

Sig fühlt sich außer Kontrolle. Sie hält seine Hand in ihrem Schoß fest und hindert sie an der Bewegung. Gleichzeitig hält sie ihn fest, als wäre das tatsächlich ein Henkel.

«Was ist?» Seine Stimme klingt leise und verkratzt.

Regina kommt langsam zu Atem und sagt: «Nichts, bloß Pause.»

Wie erwachend sieht sie ihm in die Augen: «Es soll nicht schon gleich vorbei sein.»

Sie rückt näher an ihn heran. Er müßte sich den Arm verrenken, wollte er jetzt den Finger an die alte Stelle legen.

«Streichle mich da, wo's ungefährlich ist», sagt sie.

«Jetzt ist es aber nirgends mehr ungefährlich.»

«Widersprich mir nicht», sagt sie und beißt ihn ins Ohr.

Auch auf seiner Spitze glitzert ein Tropfen. Sie kniet sich vor ihn und küßt den Tropfen weg. Er sieht und fühlt ihre Brüste auf seine Schenkel fallen. Sie steht wieder auf und setzt sich, wie eben, auf ihn.

«Vorsicht, Paradiesalarm», sagt sie.

Er weiß nicht, wie ihm geschieht, traut sich nicht zu, einfach so, auf Befehl wieder herunterzukommen. Nervös fahren seine Hände über ihren Rücken, ihre Hüften und greifen fest in ihre Pobacken. Über die Außenseiten ihrer Oberschenkel her, die Innenseiten hin, den Schoß engräumig umgehend, läßt er seine gierigen Hände nach oben jagen. Regina fängt sie ein und stoppt die Raserei: «Nicht. Die Brüste sind direkt angeschlossen.»

Er läßt die Hände fallen und sieht sie fast verzweifelt an: «Ich halte das nicht aus.»

«Doch.»

Sie lächelt dieses kleine Ein-Mundwinkel-Lächeln: «Es ist das erste Mal. Es soll nicht schon wieder zu Ende sein.»

plus hundertsechs

Sie steht auf, lehnt sich an die Brüstung und schaut auf die Lichtung.

Er kann beim Anblick ihres Rückens und des frech zu ihm gestreckten Pos, unter dem ein kleines Stückchen dunkler Haare glitzert, nicht zur Ruhe kommen. Er schafft es aber auch nicht, einfach wegzusehen. Seine Hände klammern sich an die Bank, daß die Knöchel weiß hervortreten. Nach einiger Zeit dreht sie den Kopf zu ihm und sagt: «Bald kommen Schmetterlinge.»

Sig antwortet nicht. Er ist so angespannt, so kurz vor dem Durchgehen, daß er die warme Frühlingsluft auf seiner Haut wie hundert Hände spürt. Hundert Hände, die ihn nicht beruhigen.

Still steht Regina da und bietet ihm diese unglaubliche Aussicht. Endlich schließt er die Augen, weil er sich anders nicht zu helfen weiß. Nach einer Weile läßt das Fliegen und Rasen in seiner Mitte nach. Er läßt die Augen geschlossen.

«Warum stehst du einfach so frei vor mir da, machst mich wahnsinnig und genierst dich kein bißchen?»

Seine Stimme klingt resigniert, noch ist das Toben nicht abgeklungen. Aber die geschlossenen Augen helfen. Er hört sie sagen:

«Mein Körper und ich sind befreundet. Ich hab keinen Grund, mich zu schämen.»

«Nein», sagt er, «den hast du wahrlich nicht.»

Sie bleiben so. Reginas Augen streifen über die Lichtung, und seine sind geschlossen. Das einzige, was zu hören ist, sind flüsternde Waldgeräusche.

«Komm jetzt», sagt sie irgendwann.

Er öffnet die Augen und stellt sich neben sie.

«Nein, komm hinter mich», sagt sie leise und schiebt ihn, ohne herzusehen, mit dem Arm von der Brüstung. «Geh in mich rein.»

Er muß leicht in die Knie gehen. Vorsichtig, mit kleinen Bewegungen, kommt er immer tiefer, bis er ihre kühle Haut an seinen Lenden spürt. Sie hat ihm mit der Hand geholfen, ihn sanft und ohne sich umzudrehen geführt. Jetzt geht ihre Hand nach vorn. Sie berührt sich selbst. Mit einer Stimme, tiefer als sonst und leise, als käme sie von weit her, sagt sie: «Sei ganz sanft bitte. Laß es lange dauern. Es ist schön.»

plus hundertsieben

Aus ihm kommt wieder so ein krächzend fremdes «Ja», und sie sagt: «Laß die Augen auf. Schau mit mir die Lichtung an. Du sollst die Krokusse behalten.»

Er bewegt sich kaum. Er spürt, daß ihre Hand sich rührt, und nach kurzer Zeit kommt das Zucken wieder.

Mit beiden Händen hält er ihre Hüften. Sie wirft den Kopf in den Nacken, und er spürt die Spannung in ihr. Jetzt holt er weiter aus. Ihre Hand bewegt sich schneller. Das Zucken steigert sich. Er paßt auf, um nicht aus ihr zu rutschen. Sie keucht. Er krallt seine Hände fester. Die Krokusse! Er schaut auf die Wiese. Ihre Hand muß rasen, sie berührt ihn immer wieder. Manchmal pikst ihn einer ihrer Fingernägel. Er kann es nicht mehr halten und ergießt sich in sie. Sie fühlt sich fast an wie Metall. Das Zucken ist jetzt regelmäßig und schnell. Er wartet, daß sein Zerreißgefühl abnimmt, aber es nimmt nicht ab. Er bleibt oben. Ganz oben. Er kommt nie mehr runter. Als käme noch immer mehr aus ihm herausgeschossen, spürt er das Zusammenziehen und Loslassen zwischen seinen Beinen.

Sie ist jetzt völlig unkontrolliert. Er hält sie hart umklammert. Schweißperlen glänzen auf ihrem Rücken. Sie zuckt und wirft sich hoch, schleudert ihn von sich und fällt auf die Knie, eine Hand über sich in die Brüstung verkrallt.

Wie ein sterbender Fisch zuckt sie langsamer und seltener. Die Abstände werden größer, das Zucken immer kleiner. Sie sitzt auf den Knien, und er hinter ihr. Die Hände an ihre Wangen und sein heißes Glied an ihren Rücken gepreßt.

Als die kleinen Erschütterungen ganz aus ihrem Körper verschwunden sind, nimmt sie seine Hand, führt sie an ihren Mund und küßt die Innenfläche: «Hast du die Krokusse gesehen?»

«Ich weiß nicht», sagt Sig.

Sie wirft den Kopf herum und küßt ihn auf den Mund. Sie fährt ihm durch die Haare und sagt: «Schnell anziehen. Keine Inflation reizvoller nackter Körper.»

Erst jetzt, da sie flink in ihre Kleider schlüpfen, wird Sig bewußt, daß er eigentlich hätte Angst haben müssen. Mein Gott, wenn irgendwer gekommen wäre? Aus dem richtigen Blickwinkel hätte man sie sehen können, wie sie nackt auf dem Hochsitz tanzten.

«Woher hast du diesen Mut?» fragt er.

«Und du?» sagt sie lachend. «Ich meine, wieso ich? Das waren wir doch beide.»

«Ich hab nur vergessen, Angst zu haben. Bei mir ist das kein Mut.»

«Ich wußte, daß niemand kommt», sagt sie leichthin. «Komm. Angezogene Leute haben hier nichts mehr zu suchen.»

Sie faßt ihn an den Schultern, lacht und schüttelt ihn ein bißchen, damit sein verdutzt-entzückter Gesichtsausdruck weggeht. Sie zieht ihn zu sich und riecht in seiner Achsel. Wie ein Kätzchen rummst sie ihre Nase in die Höhle: «Riecht nach Sünde.»

«Stinkt?»

«Riecht gut.»

«Ich bin glücklich», sagt er.

Sie lächelt.

Hintereinander, als wollten sie die Frühlingswiese schonen oder Verfolger nasführen, gehen sie in der alten Spur über die Lichtung zurück. Wieder schlenkert Regina ihren Mantel über die Blumen. Sig hält Abstand, um sie ansehen zu können.

Sie wirkt so ganz und zufrieden, so aufgeräumt und einig mit der Welt. Das paßt nicht zu dem, was sie von sich erzählt hat. Schon die zweite Regina Hodler, in die ich mich verliebe, denkt er, mal sehen, wie viele noch kommen.

Sie geht so sicher und fest, als habe sie einen Vertrag mit dem Leben geschlossen, auf den sie sich verlassen kann. Im Vergleich zu ihr kommt Sig sich viel verlorener vor. Aber warum? Auch sie ist über dreißig und immer noch Student. Auch sie macht sich, wie er, nicht nützlich auf der Welt. Sie ist reich von innen, denkt er, sie hat etwas, das ich nicht habe. Sich selber vielleicht. Ich muß mich immer wieder herbeimalen, und sie hat sich einfach.

Sie gehen zurück in Richtung Günterstal. Sie fassen sich nicht an, gehen jeder für sich, aber nah beieinander. Sig stöbert mit den Füßen

plus hundertneun

im Laub. Regina hat sich den Mantel über die Schulter geworfen. Das Schweigen ist jetzt wieder anders. Es knistert vor lauter Befürchtungen, jedenfalls bei Sig. Eine Melancholie oder Enttäuschung könnte das eben Erlebte verkleinern. Sie könnte etwas sagen oder tun, eine ihrer überraschenden Wendungen vollziehen und damit den Grenzübertritt, den er eben getan hat, für beiläufig, normal oder nichtig erklären.

Schon wieder fürchtet er. Immer hat er Angst. Warum findet er sich alle paar Augenblicke in irgendeinem Zugzwang wieder? Was gibt es denn dauernd nachzuprüfen? Mach es doch mal wie sie, denkt er, sei da, wo du bist, und rätsle nicht immer an der Wirklichkeit rum.

«Ich spür' dich noch», sagt sie.

Bevor er noch merken kann, daß er glücklich ist über diesen Satz; bevor er noch merken kann, daß sie damit die Haarrisse in seiner Seele geklebt hat, hört er sich schon antworten: «Mich, oder dich, oder uns?»

«Ich glaube, manchmal bist du blöd. Wo ist der Unterschied?» Und nach einer Weile: «Du hattest vier Hände. Hast du das nicht gemerkt, du Erbsenzähler?»

«Entschuldige», sagt Sig, «ich *bin* blöd.»

«Stimmt.»

Sie gibt ihm einen Klaps auf den Hinterkopf, der ihn vorsichtig lächeln läßt, und hakt sich bei ihm unter.

«Übrigens, was war das, was du vorhin versteckt hast? Ein Henkel war's nicht. Ich erkenne einen, wenn ich ihn sehe.»

«Nun, wie du sicher schon ahnst...» räuspert Sig sich lehrerhaft, «... es war das männliche Glied in seiner begehrlichen Erscheinungsform.»

«Ach, du Knallkopf. Ich will immer noch wissen, wie du es nennst.»

«Gar nicht, ich muß es ja nicht rufen. Es ist mir noch nie weggelaufen.»

«Hast du denn keine Bezeichnung dafür?»

«Keine, die mir gefällt.»

«Dann nenn es ‹Ding›.»

plus hundertzehn

«He, Ding!» ruft Sig an sich hinunter, «wie läuft's da unten, alles klar? Kannste mal ein bißchen mehr zur Mitte rutschen, der Hausschlüssel will auch was vom Leben haben.»

Regina lacht.

Sie lacht so schön. Nicht wie so viele, die man im Verdacht hat, das eigene Lachen geübt zu haben, bis es gut genug klingt. Nein, sie lacht frei und laut, und er fühlt sich belohnt.

«Und wie heißt deins?»

«Oh», sagt sie leichthin, «da geht's mir wie dir. Ich hab auch keine Bezeichnung dafür. Alles, was ich kenne, ist falsch.»

«Was denn zum Beispiel?»

«Zum Beispiel Vagina. Vagina tut weh, und gleich kommt der Doktor mit seinem Gummifinger. Scheußlich.»

«Und weiter?»

Sie zieht die Augenbrauen hoch und macht ein strenges Gesicht: «Du willst unbedingt die Worte von mir hören?»

«Ja», lacht Sig.

«Also gut, der Reihe nach: Vulva ist groß und rot und will dich verschlingen. Das will meines nicht. Yoni ist indisch, und meines spricht deutsch. Ritze hat zu scharfe Kanten, ... laß mich nachdenken, ... ach ja, Schlitz wäre nett, aber ich will nicht haben, was jeder Zigarettenautomat hat und schon gar nicht zum Geldeinwurf, und jetzt kommt's, darauf hast du gewartet, bist du angeschnallt? Achtung, fertig los, *Votze* riecht mir zu streng. Außerdem ist es lautmalerisch eine Denunziation.»

Sie lacht ihn an. Das Wort «Votze» hat sie richtig laut herausgeschrien. Zum Glück sind sie mitten im Wald und weit und breit kein Spaziergänger. Er traut ihr zu, das auch mitten in der Stadt auf einer belebten Straße zu schreien. Er traut ihr alles zu.

«Na, wie war's?» lacht sie. «Hat es deinen Vorstellungen entsprochen, oder fehlt noch was?»

Er fürchtet, rot geworden zu sein. Hoffentlich hat sie's nicht gemerkt.

«Mensch, kannst du reden», sagt er.

«Da haben sich ja zwei gefunden.»

«Gefunden», sagt er nachdenklich, «ich liebe dich.»

plus hundertelf

«Das könnte stimmen.»

Sie hält an, um ihn tief und naß zu küssen.

Die ersten Anblicke von Günterstal blitzen durch die Bäume. Ein Kirchturm, ein paar Dächer, eine Villa. Sig fühlt sich zappelig. Er genießt den frivolen Moment.

«Wie heißt das, was wir getan haben?»

Sie lacht ihn wieder an: «Ach je, du willst noch mehr davon? Bist du vielleicht ein bißchen pervers? Verbalsex, oder so?»

«Vielleicht.»

«Also Ficken heißt es nicht, das steht mal fest. Den Ausdruck mag ich nicht.»

«Vögeln?»

«Quatsch! Amiroman.»

«Es treiben?»

«Auch nicht genehmigt. Verlegenheitslösung.»

«Bumsen?»

«Untersteh dich. Ganz peinlich. Sag das nie in meiner Gegenwart. Überhaupt kannst du mir die Seemannsausdrücke, die dir jetzt noch auf der Zunge liegen, ersparen.»

«Aber wie nennen wir es dann?»

Sie lacht und äfft ihn nach: «Es läuft uns ja nicht weg. Wir müssen es doch nicht rufen.»

«Doch», sagt Sig, auf einmal traurig geworden, «*ich* werde es rufen müssen. Mir läuft es sicher weg.»

An seiner Stimme hört sie, daß sich etwas geändert hat, und streichelt seinen Arm: «Dann ruf ‹Hallo, es›. Wir haben *es* getan. *Wir* wissen, was gemeint ist. Wir brauchen keine Katalognummer dafür.»

«Katalog*nummer*?»

«Pfui», sagt sie, «mach's nicht kaputt.»

«Entschuldige.»

plus hundertzwölf

Ich möchte schwimmen», sagt sie in der Straßenbahn. Er kann sich ja eine Badehose leihen. Oder besser, sie bringt ihm eine mit. Ihr Wohnungsgenosse Marius müßte eigentlich dieselbe Größe haben. Sig soll am Bahnhof auf sie warten.

«Ich kann doch zu dir mitkommen», sagt er, «dann gehst du mir nicht verloren.»

«Ich geh dir nicht verloren. Der Tag ist noch lang nicht vorbei.»

Sie will nicht, daß er mitkommt. Er soll die Wohnung nicht sehen.

«Warum?» fragt er.

«Rückzugsgebiet.»

«Versteckst du dort was?»

«Keinen Skilehrer. So was meinst du doch, oder?»

Genau so was meint er. Ihr Ton hat was Ungeduldiges, als sie sagt: «Ich betrüge niemanden mit dir.»

Er soll nicht so drängeln.

Sie schüttelt den Kopf wie über ein ungezogenes Kind, sieht sich schnell nach allen Seiten um und faßt ihm dann fest in den Schritt. Sie drückt einmal kurz, grade so, daß es nicht weh tut, und sagt: «Frag *den*. Der weiß das besser als du.»

Sie lacht und schwingt sich aufs Fahrrad. Im Wegfahren dreht sie

plus hundertdreizehn

noch einmal den Kopf zu ihm und ruft: «Geh *du* mir nicht verloren.»

Sie sieht aus wie vorher auf dem Hochsitz. Nur daß sie jetzt angezogen ist. Der Mantel verbirgt alles. Aber jetzt weiß Sig, wie es unter den Kleidern aussieht. Unauffällig versucht er zwischen seinen Beinen Ordnung zu schaffen. Seit ihrem frechen Griff ist dort wieder geflaggt. Wenn das so weitergeht, denkt er, brauch ich ein Loch in der Tasche.

Auf der gegenüberliegenden Straßenseite ist ein kleines Mäuerchen. Dorthin geht er, setzt sich und träumt.

Des ganzen sonnigen Trubels ungeachtet, sieht er ein einziges Bild vor sich. Fast egal, ob er die Augen öffnet oder schließt. Wenn er sie offen hat, gehen die Leute und fahren die Autos blaß, wie auf einem überbelichteten Film, über das Bild. Hat er sie geschlossen, ist die Erektionsgefahr größer. Das tut weh im Sitzen.

Ihr an die Brüstung gelehnter Körper mit dem Muster aus Licht und Schatten auf der blaßbraunen Haut, die fast übertrieben schöne Rundung ihres hochgestreckten Hinterns... fast übertrieben schön... Jetzt weiß er's!

Es ist ein Bild von Dali!

Er war mitten in einem Dali-Bild. Er hat es mit einem Bild gemacht. Vielleicht war es gar nicht wirklich? Schon wieder der Traumverdacht. Vielleicht sitzt er schon drei Stunden hier am Bahnhof, und ihm ist wieder mal das nachgemachte mit dem echten Leben durcheinandergeraten? Wär ja nicht das erste Mal. Aber nein, was soll der Quatsch. Er bewegt die Finger in der Hosentasche und zuckt zusammen. Das ist allerdings kein Beweis. Die Erregung wäre dieselbe.

Er stochert mit den Händen durch alle Taschen. Jacke, Hose, Hemd. Er sieht sich seine Schuhsohlen an, fährt mit den Fingern durch die Haare. Irgendein Stück Rinde oder ein Blatt, eine Tannennadel oder ein Grashalm müßten doch da sein... Blödsinn. Er braucht keinen Beweis. Keine Krokusblüte in der Jackentasche, um zu glauben, was er weiß. Und doch...?

Ein junger Mensch im Parka mit einer prall gefüllten wollenen Umhängetasche stupst ihn mit einem Blatt Papier an die Brust. Es

plus hundertvierzehn

ist ein Flugblatt. Sig nimmt es automatisch. Er nimmt immer alles an. Das ist ein Reflex aus der Schul- und Studienzeit. Man ging nicht ohne Flugblatt zum Mittagessen. Vor der Mensa standen immer welche. *Radio Dreyeckland sendet weiter* steht auf dem Blatt. Er faltet es und steckt es in die Tasche. Ihm könnte man eine Bombe in die Hand drücken. Er würde sie auch zusammenfalten und in die Tasche stecken.

Er versucht auf den Titel des Bildes zu kommen. Es war irgendwas mit «sodomisieren». Dali-Bilder haben immer irgendwas mit «kritisch-paranoid» oder «sodomisieren» zu tun. Auf dem Bild lehnt eine üppige junge Frau über eine Balkonbrüstung und schaut in die unendlich weite Landschaft vor ihr. Ein hinter ihr schwebender Kegel zielt mit der Spitze direkt auf ihren Schoß. Sehr obszön. Woher hat Dali das gewußt?

Sig muß lächeln.

Warum läßt ihn Regina nicht mit zu sich nach Hause kommen? Ach, ist ja eigentlich egal. Noch kein Mensch hat ihm solches Glück gezeigt und solche Lust bereitet. Da kann er ihr doch diese Macke, wenn es eine ist, zugestehen. Noch nicht mal seine eigenen Träume, die er sich zur Entschädigung für die kalorienarme Wirklichkeit manchmal gestattet, hatten je annähernd einen solchen Sensationsgrad besessen wie der heutige Nachmittag. Soll sie ruhig seltsam sein mit ihrer Wohnung.

Hoffentlich kommt sie bald.

Komisch, sie hat ihn nicht gefragt, ob er überhaupt Lust hat, schwimmen zu gehen. Verläßt sie sich so darauf, daß ihre Ideen die besten sind? Gibt sie immer die Befehle? Sie sagte einfach «Ich möchte schwimmen», und schon war es beschlossene Sache. Na, egal. Er will ja schwimmen. Bis jetzt hat er noch alles, was sie vorschlug, gewollt. Es kam ja sogar mehr dabei heraus, als er zu wollen gewagt hätte.

Wo bleibt sie bloß?

Das Bild heißt «Sich selbst sodomisierende Unschuld» oder so ähnlich. Na, von Unschuld kann wohl kaum die Rede sein. Er könnte vor Glück zu Pulver zerfallen. Es fühlt sich an, als sei ihm bei voller Klarsicht schwindlig. Der Freiburger Hauptbahnhof und

plus hundertfünfzehn

die Leute, die hier auf und ab und hin und her wuseln, kommen ihm vor wie die frisch gewaschenen Michelangelo-Fresken in der Sixtina: Überraschend bunt und knallig.

Er hat ihr noch nicht mal gesagt, daß er hierbleiben will. Vielleicht ist sie von der Idee auch gar nicht so begeistert? Vielleicht hat sie der Affäre schon eine Deadline gesetzt? Hat sie irgendwen, der übermorgen aus dem Urlaub oder von der Bundeswehr zurückkommt? Eine Horrorvorstellung. Nicht dran denken.

Er steht auf und geht in die Bahnhofshalle. Nachdem er ein Fünfmarkstück in einen dieser freihängenden Telefonapparate geworfen hat, wählt er die Nummer seiner Mutter: «Mama, kannst du mir meine Koffer schicken? Mit Bahnexpreß... ja, bahnlagernd, ich hol sie hier ab. Freiburg Hauptbahnhof. Die Staffelei, den Koffer mit dem Malzeug und den mit den Kleidern. Nimm den Wintermantel raus, bitte...»

Wie immer ist seine Mutter neugieriger, als er verträgt, fragt, ob Karin auch da sei und was er überhaupt in Freiburg mache. Er hat sie offenbar schon lang nicht mehr besucht.

«Mit Karin ist es aus.»

Nun muß er sie hindern, ihn zu bedauern. Er braucht kein Mitleid. Ganz im Gegenteil. Aber er kommt kaum dazu, ein paar Worte in ihren mütterlichen Wortschwall einzuschießen. Keine Chance. Sie fragt noch nicht mal, wer wen verlassen hat. Sie bedauert ihn lieber gleich. Wie immer geht sie davon aus, daß ihrem Siggilein, der doch sowieso ein weltfremder Künstler ist, Unrecht getan wurde, und läßt sich über Karins «Fehler» aus.

Eigentlich ist sie ja süß, denkt er resigniert, während er hoffnungsvoll das Schrumpfen des Geldbetrags im Telefonautomaten mitverfolgt. Sie hält eben zu ihm, egal was ist. Bei jedem gemalten Bild in irgendeiner Zeitschrift entrüstet sie sich, daß ihr Siggi, der das doch viel besser kann, nicht da steht. Immer sieht sie ihn irgendwo übervorteilt. Er hatte schon oft Mühe, ihr zu erklären, daß nicht jedes zeitgenössische Bild, das ein anderer gemalt hat, pure Scharlatanerie sein muß. Meist ist er zufrieden, wenn er es schafft, sie zum Schweigen zu bringen, denn sie macht ihn bei solchen Ausfällen zum Komplizen ihrer spießigen Ansichten darüber, was

plus hundertsechzehn

Kunst sei und was nicht. Sie hält die Welt für schlecht beraten, ihren Siggi nicht auf den Schild des Ruhmes zu heben.

Er sieht Regina in die Halle kommen und sich suchend umblikken.

«Mama, Geld ist aus. Ich hab keine Münzen mehr. Freiburg bahnlagernd ohne Wintermantel. Mach's gut, ich meld mich wieder.»

Er ruft Regina, die schon wieder nach draußen gehen will. Sie schaut her, und er winkt mit beiden Armen. Als er neben ihr steht, berührt er ihren Arm mit der Außenfläche seiner Hand und sagt: «Hab dich schon vermißt.»

Sie lächelt: «Komm.»

Eingehakt wie ein Schülerliebespaar gehen sie durch ein paar Straßen, über ein leeres Baugrundstück und stehen dann vor einem gläsernen Bau, den Regina «Voilà le Faulerbad» mit der ausholenden Geste eines fürs Erinnerungsfoto posierenden Fremdenführers vorstellt. Es ist kurz vor vier. Auf dem Parkplatz stehen nur wenige Autos, Mopeds und Fahrräder.

Drinnen zieht Regina zwei weiße Kärtchen aus einem Päckchen in der Tasche, schiebt eines davon in den Einlaßautomaten und reicht ihm das zweite über die mechanische Barriere.

«Oh *look*», sagt Sig, «it's a *Schlitz*.»

«Ach komm, hör auf», lacht Regina, «zitier mich nicht, sonst wähl ich meine Worte.»

Er ist drin.

«Als ob du das nicht sowieso machst.»

Unten an der Treppe trennen sich ihre Wege. Männer müssen nach links, Frauen nach rechts. Sie schubst ihn nach links, daß er fast stolpert.

«Aber hast du gesehen?» sagt sie im Weggehen, «Da *ist* ein Unterschied.»

Sie meint den Schlitz.

«Hast du mich deswegen hierher geführt?» fragt Sig.

Sie schüttelt den Kopf: «Also manchmal redest du, als hättest du dich vorbereitet.»

«Das Gefühl hab ich aber eher bei dir.»

plus hundertsiebzehn

«Pingpong», sagt sie. «Zieh dich um. Wir treffen uns am Ein-Meter-Brett.»

Ihre Fröhlichkeit legt seine Angriffslust lahm. Aber Angreifen ist sowieso blödsinnig. Im Nu muß er sich jedesmal verteidigen, so flink dreht sie die Gesprächslage nach ihren Bedürfnissen um.

Eben hat sie ihm noch die Badehose, ein Handtuch und Seife in einer Plastikbox auf den Arm gestapelt. Die Badehose ist scheußlich. Sie teilt seinen Geschmack, das konnte er an ihren hochgezogenen Augenbrauen sehen. Zwei Mark hat sie ihm auch noch auf den Stapel gelegt. Für den Spind. Die wirft er jetzt in den Schlitz an der Tür. Da *ist* ein Unterschied, denkt er, da hat sie recht. Er ist allein in der Kabine. Beim Ausziehen ist er froh, denn ihm fällt ein, wie sie «riecht nach Sünde» gesagt hat.

Das Handtuch um die Schultern, geht er in die Dusche. Auch hier ist er allein. Trotzdem sucht er sich eine der Kabinen mit einer Klapptür davor. Man kann nie wissen.

Er duscht lang und heiß. Den Duschknopf muß er sechsmal drücken. Die geizen hier mit Wasser. Sauber und warm geht er in den Beckenraum. Regina sitzt schon auf einem der Startblöcke. Er sieht sie und zieht den Bauch ein. Viel ist da nicht zum Einziehen, aber immerhin ist vor einigen Jahren die Senke um seinen Nabel einer leichten Wölbung gewichen. Industriegrafikerbauch nennt er das selber. Kommt kurz vor der Glatze.

Aber auch das wenige, was er zu verbergen hat, entgeht ihr nicht. Sie lächelt ihm entgegen und sagt: «Das Bäuchlein hab ich mitgekauft.»

Das ärgert ihn nun aber doch. Braucht sie denn immer was zum Durchschauen?

«Was hat es dich gekostet?»

Das klingt zu giftig, aber jetzt ist es schon raus. Er versucht noch abzumildern: «Ich meine, ist es das wert?»

Sie streckt ihm die Arme entgegen: «Nun sei doch nicht so empfindlich. Das *war* nicht bös gemeint. Ich freu mich an dir. Und wenn du's wissen willst, dann hab ich eben mit einer Art Unschuld bezahlt.»

«Unschuld?»

plus hundertachtzehn

«Ja.»

«Versteh ich nicht.»

«Ich fang von vorne an.»

«. . . ?»

«Ich mag es jetzt grad nicht erklären. Sei einfach nicht sauer. Glaub mir, daß ich dir gut bin. Ich bin dir gut. Ich mag es, wenn du verblüfft bist, wie jetzt grade.»

Sig ist froh bis in die Zehen, daß sie «jetzt nicht erklären» gesagt hat. Das heißt, sie glaubt an ein «Später».

Er zupft vorn an ihrem Oberteil, läßt den schmalen Steg zwischen ihren Brüsten auf die Haut zurückschnipsen und fällt steif, wie ein Stock, seitlich ins Wasser.

Nach der ersten Atemnot, die ihm das kalte Wasser verursacht, reißt er die Augen auf und sieht, daß Regina eben zu einem Hechtsprung vom Startblock aus ansetzt. Er wünschte, er könnte den Sprung in Zeitlupe sehen. Oder besser noch, das Bild in dem Moment anhalten, da ihre Brüste frei hängend den tiefsten Punkt ihres Körpers ausmachen. Er schwimmt zu der Stelle, an der er glaubt, daß sie auftauchen wird.

Als sie sich wassertretend die Augen reibt, sagt er: «Ich bleibe in Freiburg. Ich hab einen Job. Montag fang ich an.»

Sie sieht ihn an und sagt nichts. Macht ein paar Schwimmzüge weg von ihm und taucht unter. Fünf Meter weiter taucht sie wieder auf, und erst von dort ruft sie über die Schulter: «Ich bin einverstanden.» Dann krault sie in schnellem Tempo noch weiter und ruft: «Sogar sehr.»

Sie taucht wieder unter, und Sig schwimmt zum Beckenrand, um von dort nach ihr zu suchen.

Im Bad sind vielleicht zehn Schwimmer. Die meisten ältere Damen mit blumenverzierten Bademützen, die gemächlich, aber verbissen das vom Arzt verordnete Pensum absolvieren. Zwei junge Männer und ein Mädchen mit Schwimmbrillen und fanatischem Gekeuche trainieren offenbar. Zum Vergnügen scheint niemand hier zu sein.

In einer Wasserfontäne taucht Regina direkt vor ihm auf, prustet, japst mit aufgerissenen Augen und küßt ihn auf den Mund.

plus hundertneunzehn

«Ich freu mich.» Unter Wasser schiebt sie ihre Hand in seine Badehose.

«Nicht», sagt Sig, «wo soll ich denn hin damit?»

Sie läßt los und schwimmt zügig zur anderen Seite. Sie schwimmt wie ein Fisch. Er versucht ihr hinterherzukommen, aber da er kein besonderer Schwimmer ist und auch keine Lust auf Hochleistungsgejapse verspürt, gibt er, dort angekommen, auf. Sie ist schon wieder eine Länge weiter. Er hängt sich ins Geländer und wartet. Bald schießt sie wieder senkrecht aus dem Wasser und sagt lachend: «Mit der Badehose bist du auch für ein U-Boot leicht zu finden.»

Er verzieht das Gesicht.

«Steckt doch wenigstens ein schöner Mann drin», sagt sie.

«Hat es nicht geheißen, das wüßte ich?»

«Hat es nicht geheißen, da täuschst du dich?»

Sie strampelt fröhlich mit den Beinen, hat sich neben ihn an die Stange gehängt und sagt einige Zeit nichts. Dann, unvermittelt nachdenklich: «Hör mal, ich sag dir mal was. Vorhin hab ich gesagt, ich fang neu an. Du kannst mir helfen, wenn du willst. Du kannst auch neu anfangen. Mit mir. Erzähl mir einfach nichts von früheren Frauen. Laß mich extra sein. Ich will nicht in die Reihe. Ich will keine Fortsetzung sein. Gib mir keine Antworten auf Fragen, die dir deine Karin vielleicht gestellt hat. Willst du?»

«Klingt wie 'ne große Sache», meint Sig, «will ich.»

Sie hängen ihren Gedanken nach. Mittlerweile ist eine Gruppe Kinder angekommen. Das gellende Johlen und Quieken ist schmerzhaft.

«Soll ich deshalb nicht mit zu dir kommen, weil da Spuren sind? Von früher, mein ich», fragt Sig.

«Es sind keine Spuren da, aber du könntest manches dafür halten. Du wärst argwöhnisch und würdest uns unsicher machen.»

«Ist das nicht alles ein bißchen furchtbar intellektuell?»

«Vielleicht.»

Sie taucht wieder eine Runde. «Was für ein Job?» fragt sie beim Auftauchen. Er muß den Gedankensprung erst nachvollziehen. Er war noch beim Neu-Anfangen.

plus hundertzwanzig

«Ach so. In einer Galerie. Ich sitze da und lächle freundlich, wenn jemand die Ausstellung sehen will.»

«Und damit kann man reich werden?»

«Eher nicht, aber Geld soll doch auch nicht glücklich machen», lacht Sig. «Außerdem ist ein Zimmer im Lohn enthalten. Montag kann ich einziehen.»

«Willkommen in Baden», sagt sie und wirft ihm eine Handvoll Wasser ins Gesicht.

«Bäh! Nicht! Ich bin wasserscheu.»

«Dafür bist du aber schon ganz schön verschrumpelt», lacht sie, «laß uns rausgehn.»

Beim Schwimmen auf die andere Seite muß Sig zweimal demselben fanatischen Krauler ausweichen. Der würde ihn einfach niederkraulen.

Nachdem er geduscht und sich angezogen hat, will er die Treppe hoch, um oben auf Regina zu warten. Der Gang mit den Föns ist nach beiden Seiten offen. Als er zur Treppe geht, ruft sie von drüben: «Fön dir die Haare.»

«Brauch ich nicht. Ich hab's gern so.»

«Aber ich brauch's», ruft sie bestimmt. «Bitte.»

Also geht er zurück und wirft zehn Pfennig ein. Er wuschelt sich ein paarmal unlustig durch die Haare und geht wieder los.

«Reicht nicht», ruft sie wieder unter ihrem Fön vor.

Sie hat was Dominantes, denkt er, geht aber geduldig zurück und wiederholt die Prozedur, bis die Haare trocken sind.

Sie erwartet ihn oben an der Treppe. Fährt mit den Fingern durch sein Haar und prüft, ob es auch wirklich trocken ist. Dann sagt sie: «Brav.»

«Bist du ein Einzelkind?» fragt Sig.

«Ja. Befehl ich dir zuviel?»

An ihrem Tonfall hört er, daß sie nicht bereit ist, Klagen ernst zu nehmen.

«Ja», sagt er trotzdem.

«Ach komm, vielleicht liegt das gar nicht an meinem schlechten Charakter, sondern daran, daß ich einen Plan habe.»

plus hunderteinundzwanzig

«Einen Plan? Was für einen?»

«Neu anzufangen. Mit dir.»

Sig hat Hunger. Sie führt ihn zum Martinstor, wo er sich in einer knallbunten Reihe von Kindern und Halbwüchsigen bei MacDonalds anstellt. Regina wartet draußen. Sig fühlt sich alt in dem Gewühl. Da ist mir doch schon eine komplette Generation in den Rücken gefallen, denkt er, die versteh ich schon nicht mehr. So schnell geht das. Die Kinder kommen ihm allesamt recht nachgemacht vor. Irgendwie nicht echt. Unter kunstvoll zurechtgefönten Haaren glotzt ein dumpfes Bierdosengesicht. In der original-aggressiven Punk-Kluft mit Sid-Vicious-lebt-T-Shirt, Ketten und Bomberstiefeln strahlt ein nur mühsam auf abgebrüht getrimmtes Kindergesicht. Barbiepuppen, denkt er, die sich selbst anziehen.

«Einen Hamburger Royal Turbo bitte», sagt er freundlich, als er vorn in der Schlange angekommen ist.

Das Mädchen mit der blonden Tolle schaut konsterniert.

«Es *gibt* nur Royal. Kein Turbo.»

«Dann halt ohne Turbo. Den dritten da von links, den hätt ich gern.»

«Wieso?»

Jetzt scheint sie nicht nur konsterniert, sondern auch ärgerlich.

«Der scheint mir am besten gelungen zu sein.»

Wortlos nimmt sie den ersten aus der Reihe, tippt zwei Mark vierzig in die Kasse und gibt ihm das Päckchen in der Styroporbox. Findet sie nicht witzig.

«Das war nicht gegen dich», sagt Sig.

Sie ignoriert ihn und strahlt den nächsten Kunden an.

Er ißt den Hamburger draußen inmitten der wuseligen Kindertraube. Als er die leere Packung endlich im Papierkorb hat, zieht ihn Regina zu dem Stehcafé, das er schon kennt. Über dem Eingang steht Kolben Kaffee Akademie.

«Hast du noch Hunger?»

«Auf jeden Fall keinen Appetit mehr.»

Im Café ist es ruhig. Jedenfalls ruhiger als draußen vor MacDonalds. Sig hat noch die Waldlichtung im Kopf und Reste der Wolke

plus hundertzweiundzwanzig

unter den Füßen. Er möchte Regina die Galerie zeigen. Es sind nur zwei Ecken. Hier drin stehen Aktentaschen aus mindestens Krokodilleder und die passenden Besitzer dazu.

«Volljuristen», flüstert Sig.

«Und Vollsekretärinnen», flüstert Regina zurück.

«Voll-Kolben-Akademiker.»

«Ich mag keine Stehcafés.»

«Ich mag vor allem dieses nicht.»

An der Galerie hängt diesmal kein Zettel. Die Ladenklingel krächzt, und Heidi kommt aus dem hinteren Raum.

«Ah, Vorschuß. Wieso waren Sie gestern nicht da?»

«Es reichte noch für eine Pizza», sagt Sig.

Regina schaut sich die Ausstellung an. Heidi winkt ihn zu sich her und meint, er könne, wenn er wolle, auch heute schon einziehen. Sie holt ein Bündel Aktenordner und trägt es zu ihrem R4.

«Fertig», sagt sie beim Hereinkommen. «Ihre Suite ist bereit, Sir.»

Sig weiß nicht so recht, was er mit diesem burschikosen Herbergsmutterton anfangen soll. Ob er heute schon einziehen soll? Wenn ihm Andrea Bettwäsche leiht. Er führt Regina sein neues Zuhause vor.

«Doch», sagt sie, «hübsch.»

Heidi ruft aus dem vorderen Raum: «Ich laß Ihnen die Kaffeemaschine hier, wenn sie mir ab und zu einen Kaffee dafür spendieren.»

«Abgemacht», ruft Sig zurück.

«Ist das die Chefin?» flüstert Regina. Sie lehnt an der Tischkante und hat etwas Verschwörerisches.

«Zum Teil», flüstert Sig zurück, «es sind vier, die sich die Galerie teilen.»

«Ich mag sie nicht.»

«Wieso?»

«Weiß ich nicht mal. Einfach so.»

Als spürte sie, daß von ihr die Rede ist, ruft Heidi herüber: «Übrigens wollen wir Ihre Werke ausstellen. Allerdings erst im Juni. Vorher geht's nicht.»

plus hundertdreiundzwanzig

«Toll», ruft Sig.

Regina küßt ihn und sagt in normaler Lautstärke: «Herzlichen Glückwunsch.»

Heidi ruft, er könne schon nächste Woche mit dem Rahmen beginnen. Die nächsten beiden Künstler hätten eigene Rahmen. Wenn er wolle, könne sie ihm helfen.

«*Ich* helf dir», flüstert Regina.

Heidi gibt ihm den Galerieschlüssel und zweihundert Mark. Alles andere könne sie ihm ja am Montag erklären.

Unschlüssig, wohin sie nun gehen sollen, schlendern sie durch die einsetzende Dämmerung.

«Sollen wir zu Andrea gehen?» fragt Sig.

«Aber nein. Der Tag gehört doch uns.»

Sie landen an der Dreisam und gehen zum Uferweg hinunter. Dort setzen sie sich auf eine Bank.

Das Flüßchen scheint ziemlich genau nach Westen zu fließen, denn eine glutrote Sonne sinkt eben in die Schneise, die das Wasser durch die Häuser schneidet.

«Warum magst du Heidi nicht?» Sig schließt die Augen, um die Wärme der Abendsonne noch stärker auf der Haut zu spüren.

«Sie schaut so konsequent an mir vorbei und redet so extra locker mit dir. Den Typ Frau kann ich auf den Tod nicht leiden.»

«Hab ich gar nicht gemerkt. Ich meine, daß sie an dir vorbeisieht.»

«Natürlich nicht. Dir würde das bei einem Mann auffallen, der mich umjubelt und dich ignoriert.»

Sig tun die Waden weh. So viel ist er schon lang nicht mehr zu Fuß gegangen. Sie strecken beide die Beine von sich und blinzeln auf die Spiegelungen der Sonne im seichten Wasser.

So sitzen sie da, bis die Sonne verschwunden ist. Es wird sofort merklich kühler. Regina sagt mit geschlossenen Augen: «Ich hab wieder Lust.»

plus hundertvierundzwanzig

Sig hat gedöst, jetzt ist er hellwach. Er läßt die Augen geschlossen und spürt, wie in ihm die Spannung ansteigt.

«Wo sollen wir hin?» Seine Stimme krächzt schon wieder.

Sie legt eine Hand auf seinen Oberschenkel, was ihn vollends elektrisiert, und sagt: «Ich glaub, ich weiß was. Komm.»

Es ist kurz nach halb acht. Auf der noch vorher so lebendigen Kaiser-Joseph-Straße sind sie jetzt fast allein. Nur ein paar Zielbewußte warten auf die Straßenbahn oder steuern eine der Nebenstraßen an. Noch vor einer Stunde hätten die Stadtplaner mit dieser Fußgängerzone angeben können. Jetzt bietet sich das Bild einer öden Schlucht, wie in einem schlechteren Science-fiction-Film.

«Es ist ein ordentliches Stück», sagt Regina und legt ein scharfes Tempo vor. Wir beeilen uns, um es irgendwo miteinander zu machen, denkt Sig, wir sind aufgeregt. Wir freuen uns darauf.

Schon wieder kommen sie am Bahnhof vorbei. Regina schließt ihr Rad auf und läßt es an einer Hand neben sich her rollen. Sig schafft es nicht, sich in dieser Stadt zu orientieren. Den Bahnhof hätte er hier nicht vermutet. Der kommt jedesmal aus einer anderen Himmelsrichtung. Der erste bewegliche Bahnhof, denkt er.

«Worüber lächelst du?» fragt ihn Regina.

«Hab mir selber einen Witz erzählt.»

Diesmal gehen sie auf der anderen Seite des Bahnhofs unter den Gleisen durch. Hinter den Gleisen ändert sich der Charakter der Gegend schlagartig. Dreistöckige Wohnblocks in stillen Alleen. Verschlafene Kleinbürgerlichkeit. Feierabendstimmung. Schön geputzte Autos, die meisten in Metalliclackierung, schlafen Stoßstange an Stoßstange ihrem morgendlichen Dienst im Stoßverkehr entgegen. Niemand ist unterwegs. Aus den meisten Fenstern schimmert es bläulich. Die hohen, alten Kastanien rauschen würdig im Wind, wie Wächter dieser Idylle.

Regina möchte fahren. Er soll sich auf den Gepäckträger setzen. Aber nach zwanzig Metern Schlangenlinie gibt sie auf: «Fahr du mich.»

Als er antritt, sagt sie: «Immer gradeaus» und legt die Arme um seine Hüften. Die Hände läßt sie, wie zufällig, nah seiner Leistengegend liegen. Jeder Pedaltritt streichelt ihn mit ihren Fingern.

plus hundertfünfundzwanzig

«Wir sind da», sagt sie nach einigen hundert Metern.

Sie stehen vor einem Kino. «Kandelhof» steht in Neonbuchstaben über dem Eingang. Regina zeigt auf eins der Plakate und sagt. «Scheint mit unserem Thema zu tun zu haben.»

In großen roten Lettern steht «Malizia» auf dem Plakat. Darunter ist Laura Antonelli gerade dabei, sich ihre Strümpfe an- oder auszuziehen. Sie schaut selbstbewußt und fordernd über die Schulter, wie Regina heute mittag.

Hat sie gewußt, daß der Film läuft? Ist das Pornographie? Mag sie Pornographie? Allerdings, Laura Antonelli ist ein Star, und Stars spielen nicht in pornographischen Filmen. Regina wäre die erste Frau, die er kennenlernt, die Pornographie duldet oder mag. Wundern würde er sich nicht.

Während sie noch das Fahrrad abschließt, kauft er schon die Karten, denn er möchte nicht, daß sie schon wieder bezahlt. Jetzt hat er ja Geld. Er ist froh, niemanden im Foyer zu sehen, meint, man müsse ihnen ansehen, was sie vorhaben. Er ist aufgeregt und kommt sich irgendwie verboten vor.

Sie gehen zur hintersten Reihe und setzen sich weit von dem kleinen, viereckigen Loch in der Wand, aus dem das Licht des Filmprojektors kommt. Der Saal ist mit vielleicht fünfzehn Leuten spärlich besetzt. In ihrer Reihe sitzt niemand. Sie warten auf den Hauptfilm.

Ein bißchen zittrig betrachtet Sig das Saxophon spielende Mädchen der Langnese-Werbung.

«Hast du Angst?» fragt Regina flüsternd.

«Ja.»

«Brauchst du nicht. Wir sind ganz vorsichtig.»

Ein schwer erträgliches Gemisch aus Furcht und Erregung mahlt in Sigs Bauch herum. Wenn sich die beiden Gefühle wenigstens abwechseln würden. So weiß er nicht mal genau, welches gerade stattfindet. Aus den Augenwinkeln spioniert er Regina aus.

Sie sitzt ruhig und entspannt, hat die Lippen halb geöffnet und, wie zufällig, eine Hand in ihren Schoß gelegt. Die Finger sind nicht gebogen. Wie schön sie ist, denkt Sig, wie wahnsinnig schön.

Er erschrickt, als es dunkel wird. Der Hauptfilm fängt an. Es ist ihm längst nicht dunkel genug. Vier Reihen vor ihnen sind unbestzt.

«Alle sehen nach vorn», flüstert Regina, «hab keine Angst.»

Sehr langsam und sehr leise hebt sie sich ein kleines bißchen aus ihrem Sitz, knöpft ihre Hose auf und zieht ganz langsam den Reißverschluß nach unten. Dann, noch immer vom Sitz erhoben, schiebt sie, wie in Zeitlupe, Hose und Slip von den Hüften. Bleich wie ein Mond leuchtet ihre nackte Haut. Sie läßt sich nieder auf den Sitz, zieht die Jacke aus, legt sie griffbereit neben sich und schaut mit großen Augen, deren entrückten Blick Sig nur ahnen kann, in sein Gesicht.

«Du brauchst nicht, wenn du dich nicht traust», flüstert sie, «es genügt, wenn du aufmachst.»

Er schaut sich erst um, dann zieht er, krampfhaft auf die Köpfe vor ihnen starrend, an seinem Reißverschluß. Er versucht, seine weite Unterhose in der Hose nach unten zu schieben, aber es geht nicht. Er knöpft sie auf, und ein ebenso bleiches Stück Leben ragt aus ihm hervor.

Als wolle sie ihm keine Zeit lassen, sich noch anders zu besinnen, beugt sich Regina sofort über ihn, verschwindet ganz in der Stuhlreihe und nimmt ihn in den Mund.

Sig ist gelähmt. Er spürt, wie ihre Zunge ihn umkreist, spürt einen Tropfen auf seine Leiste fallen, sieht neben sich ihre weiße Haut, den dunklen Graben, der zwischen ihren Pobacken verschwindet, und er spürt ihre Hand, die sich um ihn schließt und langsam auf und ab bewegt. Er starrt auf die Leinwand, starrt auf die Köpfe und weiß, daß er im Gegenlicht nicht sehen würde, wenn sich einer der Köpfe zu ihnen herdrehte. Er starrt noch angestrengter.

Da fällt Licht in den Raum! Die Eingangstür. Der Taschenlampenlichtkegel der Platzanweiserin zeigt auf die hinteren Reihen. Na klar, hier ist noch viel Platz. Zwar ist der Gang auf der anderen Seite, aber was ist, wenn sich der neue Besucher in ihre Reihe setzt? Es ist doch normal, daß man erst mal nach rechts und nach links schaut, wenn man sich in eine Stuhlreihe setzt. Um Himmels willen!

plus hundertsiebenundzwanzig

Er beugt sich zu Reginas Haaren und zischt: «Es kommt einer. Schnell!»

Sie reagiert wie der Blitz. Mit einer weichen, aber unglaublich schnellen Bewegung setzt sie sich hin, deckt ihre Jacke über den Schoß und stopft die Ecken an den Seiten unter ihre Schenkel. Es ist nichts zu sehen. Sig hat sich weh getan beim allzu schnellen Zuziehen des Reißverschlusses. Er mußte noch mal ansetzen, ihm klopft das Herz bis zum Hals.

Der neue Besucher ist eine Frau. Sie setzt sich in die Reihe vor ihnen. Fünf Sitze entfernt. Sie sitzen still und starren die Frau an. Regina kichert. Sig hat noch immer Angst zu atmen.

Nach einer Weile legt Regina die Jacke wieder neben sich, erhebt sich vorsichtig vom Sitz und vollzieht die Prozedur von eben rückwärts. Zuerst zieht sie den Slip, es ist nicht mehr der mit den Sternchen, und dann die Hosen hoch. Erst als sie den Knopf am Bund geschlossen hat, setzt sie sich wieder. In ihrem Flüstern ist ein ausatmender, erleichterter Ton, als sie, ganz nah an seinem Ohr, fragt: «Und was tun wir jetzt?»

Ihr Kichern hat ihn angesteckt. Er muß sich beherrschen, nicht vor lauter Erleichterung laut loszulachen.

«Ich bin halbtot vor Schreck.»

Jetzt lacht sie. Leise, aber deutlich.

«Erst ganz tot wärst du aus dem Schneider. Ich kann nicht mehr zurück. Wir müssen es tun.»

«Aber wo?»

Insgeheim hofft er, ihr fiele nichts ein. Die Angst eben hat ihm den Rest gegeben.

Wenn nun das Licht angegangen wäre? Er stellt sich vor, wie alle Kinobesucher sie angestarrt hätten, während sie schamrot ihre Kleider ordnen. Entsetzlich. Er wäre tot umgefallen.

«Ich hab 'ne Idee», flüstert sie an seinem Ohr.

«Wo?»

«Auf dem Klo.»

«Mein Gott, bist du wahnsinnig?»

Er muß sich bemühen, nicht aus Versehen zu schreien, so fährt ihm der Schreck in die Glieder. «Das ist doch noch gefährlicher.»

plus hundertachtundzwanzig

«Nein», flüstert sie, «ist es nicht. Wer jetzt aufs Klo müßte, wär vor zehn Minuten gegangen. Vermutlich geht den ganzen Film über niemand.»

Ihm wird schwarz vor Augen.

«Ohne mich. Das ist unmöglich.»

«Bitte», flüstert sie eindringlich, «ich halt's nicht aus.»

«Es ist schmuddelig», versucht er einzuwenden, aber sie sagt: «Nur der Ort, nicht, was wir tun. Es ist Liebe. Wir machen Liebe.»

Liebe sagt sie so betont, als schreie sie. Dabei spricht sie so leise, daß man ihre Worte schon einen Sitz weiter nicht mehr hören würde. Sig läßt sich besiegen.

«Aber wenn ich an einem Herzschlag sterbe, stiftest du mir eine Kerze.»

«Hundert», sagt sie, nimmt ihre Jacke und steht auf. «Tausend, zweitausend, eine Million. Mein ganzes Leben wird nur noch aus Kerzenbeschaffen bestehen.»

Der Gang ist lang und leer. Eine Platzanweiserin ist nirgends zu sehen. Sicher sitzt sie an der Kasse. Beide Klotüren sind direkt am Anfang des Ganges. Es ist halb neun.

«Damen oder Herren?» fragt Sig und schaut angespannt in Richtung Kasse.

«Damen», sagt Regina, «wenn was ist, dann sagen wir, mir sei schlecht geworden.»

Sie legt die Hand auf die Türklinke und drückt sie herunter.

«Warte, ich seh erst nach, ob die Luft rein ist.»

Das ist sie sicher nicht, denkt Sig, aber gleich hat sie innen zwei Türen aufgeschubst und winkt ihn herein. Nach einem schnellen Blick links und rechts tritt er ein und schließt die Tür hinter sich.

«Reine Luft, was?» Er rümpft die Nase.

«Darauf kommt's nicht an», sagt sie, «ich explodier gleich.»

Sie schiebt ihn in die hintere der beiden Kabinen, schließt die Tür und zieht sofort ihre Hose herunter. Diesmal mit wesentlich unkontrollierteren, fahrigen Bewegungen.

«Du auch», sagt sie.

Sie hat wirklich entrückte Augen.

Hinter der geschlossenen Tür fühlt Sig sich schon wesentlich sicherer. Vor allem, da Tür und Wände der Kabine bis zum Boden reichen, also niemand ihre Füße von außen sehen kann. Er öffnet den Gürtel und schiebt auch seine Hose an sich herunter. Die Unterhose schiebt er hinterher. Stünde Regina nicht auch so vor ihm, er käme sich lächerlich vor.

Mit brennenden Augen sieht sie ihn an. Brennende Augen, denkt er, das ist es genau. Das würde sie in jedem Deutschaufsatz als Kitsch verreißen. Sie schiebt sich an ihm vorbei und setzt sich auf die Brille.

«Ist schon ein bißchen eklig», sagt sie, «aber was wir tun, ist heilig.»

Sie spricht abgehackt und atemlos. Er kniet sich vor sie, und sie schiebt sich ganz nach vorn, ihm entgegen.

«Komm mit deinem Mund zu mir.» Sie streckt die Arme nach ihm aus.

Er muß sich auf die kalten Fliesen setzen, um nah genug an sie heranzukommen. Als seine Zunge ihr kleines Hügelchen umkreist, spürt er die Klobrille an seinem Kinn. Mittlerweile hat seine Erregung solche Oberhand, daß er sich nicht mehr um eklig, gefährlich oder heilig kümmert. Er hat jetzt eine Hand an sich und berührt sich leicht und wie wartend, um sich nicht von ihrer Erregung zu entfernen. Sie fängt an zu zucken.

Es tut weh, als sie ihre Hände in seine Haare krallt und ihn von sich wegzieht. Sie steht auf und sagt: «Setz du dich.»

Da sie die Schuhe nicht ausgezogen hat, liegt die Hose noch um ihre Knöchel. Also setzt sie sich auf ihn. Ein tiefes Stöhnen kommt aus ihrer Kehle, als sie ihn mit der Hand in sich hineinführt. Er hält wieder ihre Hüften fest, denn das Zucken ist sofort wieder da. Von schnellen kurzen Atemzügen begleitet, fängt sie sich zu bewegen an. Mit einer Hand hält sie sich an der Türklinke fest. Sie beugt sich nach vorn und schlägt sich auf seine Lenden. Immer härter, schneller und zuckender. Die andere Hand scheint wieder in ihrem Schoß zu sein. Sig sieht nur den angewinkelten Ellbogen.

Sie erstarren beide gleichzeitig, als die Tür geht! Er spürt, wie sich ihr Schoß zusammenkrampft. Es tut weh. Aber gleich entspannt sie sich wieder und vollendet die unterbrochene Bewegung,

plus hundertdreißig

indem sie sich langsam auf ihn senkt. Vorsichtig richtet sie sich auf, und sie verharren lauschend in dieser Haltung.

Nebenan sind jetzt ein paar Schritte gegangen. Eine Tür wurde bewegt und zugeschlagen, ein Schloß herumgedreht, und jetzt hören sie das Rascheln von Kleidern. Als unmißverständliches Plätschern zu hören ist und Sigs Erschrecken sich zu Scham wandelt, fängt Reginas Zucken wieder an. Sie bewegt sich fast nicht, bleibt so auf ihm sitzen, aber das Zucken wird immer stärker. Mein Gott, bloß kein Geräusch machen, denkt Sig in nackter Panik, bloß kein Geräusch. Als nebenan wieder die Kleider rascheln, spürt er, wie sich in ihm die ganze unerträgliche Spannung zu lösen beginnt. Er unterdrückt ein Stöhnen, krampft sich in Regina und explodiert.

Er ist noch bei Sinnen genug, um sie weiterhin festzuhalten, denn beim Geräusch der Spülung läßt sie los. Er drückt sie mit aller Kraft auf sich herab und hofft, daß sie nicht schreien wird. Sie hat eine Faust in den Mund gesteckt. Sie schüttelt sich hin und her, und als das wilde Zucken abnimmt, geht draußen der Wasserhahn.

Sig spürt, wie sie, gleichzeitig gespannt und gelöst, ihr Gewicht wieder auf seine Lenden legt. Als die Tür ins Schloß fällt, nimmt sie die Faust aus dem Mund. An zwei Knöcheln ist Blut.

«Sig», keucht sie, «mein Gott.»

Er hat sein Gesicht auf ihre Schulter gelegt, die Arme um ihre Brust geschlungen und wiegt sie wie ein Baby. Die Wolle ihres Pullovers juckt an seiner Wange. Schweiß oder Tränen? Kein Schweiß, er fährt sich über die trockene Stirn. Taumelnd, mühsam steht Regina von ihm auf und lehnt sich, wie sie ist, die Hosen an den Knöcheln und nackt bis zur Taille, an die Wand. Dort sinkt sie langsam in die Knie, bis sie, am Boden angelangt, nicht mehr weitersinken kann. Ein kleines Blutgerinnsel fließt über ihre Hand, und ihr Gesicht sieht aus, als wäre ein Sturm durchgerast. Nichts ist mehr an seinem Platz. Ihre Haut ist wie Wachs, und sie starrt ihn aus aufgerissenen Augen an. Sig kommt nur langsam zur Besinnung.

plus hunderteinunddreißig

«Laß uns weg hier.»

«Ja.»

Mit Schlafwandlerbewegungen zieht sie sich an. Als auch er soweit ist, faßt sie ihn am Arm und drückt die Klinke herunter.

«Es ist nicht peinlich. So was ist nicht peinlich», sagt sie beschwörend. Als müsse sie ihn überzeugen. Als brauche sie Gnade vor seinen Augen. Er küßt sie neben den Mund.

«Ist es nicht», sagt er und schubst sie leicht.

Auf dem Gang ist niemand. Die beiden Frauen an der Kasse sehen ihnen hinterher. Es scheint nicht oft vorzukommen, daß jemand aus dem Film geht.

«Ich kann kaum stehen», sagt Regina.

Sie hat die Augen wie schuldbewußt gesenkt und scheint völlig ihre Selbstsicherheit verloren zu haben.

«Ich muß allein sein», sagt sie zu ihren Füßen oder zum Straßenbelag.

«Ich fahr dich heim.»

Sig hat das Gefühl, er müsse sie trösten. Als habe ihr jemand was angetan. Automatisch nimmt er den Platz ein, den sie durch ihre unerwartete Unsicherheit freimacht. Aber auch er ist unsicher.

Das eben war so jenseits aller Phantasien, daß er nicht vorbereitet war. Er weiß nicht, was er jetzt denken soll. Er weiß nicht mal, was er fühlen soll oder wie das, was er fühlt, mit Namen zu nennen sei. Es ist zu verboten, zu sehr von der Umgebung abgewertet, als daß er es als reines Glück empfinden könnte. Eher als Erschütterung. Es ist eine Sensation, deren Wucht ihn schockiert, weil die Lust, die er empfand, so sehr viel stärker war als alle Lust, die er kannte.

Auch er fühlt sich wie zerschmettert.

Er ist froh, daß sie ihre Arme fest um seinen Bauch schlingt. Wenigstens läßt sie ihn jetzt nicht allein. Das hätte er nicht ertragen.

Außer Kommandos, die den Weg betreffen, sagt sie kein Wort. Die schmalen Rennradreifen sind platt unter ihrer beider Gewicht. Sie sirren auf dem Asphalt. Es ist still.

Und kalt.

«Halt», sagt sie irgendwann und steigt vom Rad.

«Hier wohnst du?»

plus hundertzweiunddreißig

«Ja.»

Sie stehen vor einem vierstöckigen Jahrhundertwende-Haus. Regina wirkt unschlüssig, aber gefaßter als vorhin. Sie schaut ihn an.

«Hältst du's jetzt alleine aus?»

Daß sie an ihn denkt, läßt einen warmen, guten Strom durch seinen Bauch gehen, und obwohl er sie keine Sekunde mehr missen will, fällt es ihm leicht, ja zu sagen.

«Bleib mir treu heut nacht», sagt er noch.

«Länger. Viel länger», sagt sie.

Sie erklärt ihm den Weg. Er kann das Fahrrad haben. Sie wickelt ihm noch ihren Schal um den Hals. Er soll sie morgen abend um fünf Uhr hier abholen. Sie winkt noch in der zufallenden Tür, und Sig steht allein da.

Er fährt am Dreisamufer ohne Licht stadteinwärts. Im hellen Licht des abnehmenden Mondes fühlt er sich als Teil der Schatten ringsumher. Manchmal glitzert ein fahriger Lichtfleck an der Felge des Rades. Er ist durcheinander wie niemals zuvor. Wie auseinandergenommen. Aber glücklich.

An Sonnis Tür lauschend, versichert sich Regina, daß der Koletten-Kerl nicht da ist. Alles ruhig. Die ganze Wohnung scheint leer zu sein. Sie läßt sich ein Bad ein und streckt sich seufzend in die Wärme. Sie schließt die Augen.

Genau wie Sig hat sie sich zwischen zwei gleichzeitigen Gefühlen zu entscheiden. So was wie entsetzte Überraschung und so was wie ein See von Glück.

Sie ist ausgerutscht. Es ist ihr aus der Hand geraten. Sie wollte doch immer die Kontrolle behalten. Aber schon bei der Idee, in dieses Klo zu gehen, konnte von Kontrolle keine Rede mehr sein. Dort drin dann erst recht nicht. Fast ein Wunder, daß sie wenigstens nicht geschrien hat. Es war alles egal. Nichts, auch keine Polizei oder erboste Kinobesucher, war wichtiger als ihre unbändige Lust.

Das ist neu. Unkontrolliert kennt sie sich bisher noch nicht. Liegt es an Sig? Vielleicht nicht an dem, was er tut, aber doch an

plus hundertdreiunddreißig

seiner Person. Es war ja sie. Er ging nur mit. Er tat nur, was sie wollte. Sie war es, die die Initiative behielt, aber die Kontrolle aufgab. Ausgerechnet auf einem Klo. Es kommt ihr selber unglaublich vor.

Dabei war es schön. Unglaublich schön. Es war nicht schmutzig. Kein bißchen! Trotzdem stehen jetzt Gespenster herum, die sagen, so was tut man nicht, so was riecht schlecht, da sind doch diese Körperausscheidungen, das ist doch erniedrigend...

Und Sig hat die Gespenster gesehen. Seine Tränen sind der Beweis. Auch ihm muß etwas passiert sein, mit dem er nicht gerechnet hat. Ich liebe ihn für diese Tränen, denkt sie, Gespenster haben hier nichts zu suchen. Aber die Geräusche nebenan? Der Gedanke macht sie verlegen.

Offenbar aber war doch gerade *das* das Salz in der Suppe. Daß sie stillhalten *mußten*, schien doch diese Eruption verursacht zu haben. Sie kamen fast gleichzeitig. Zwei fast Fremde. *Es* kam. Sie taten nichts dazu. Sie saßen da und spürten es in sich aufsteigen. Unaufhaltsam stieg es hoch und trat über die Ufer.

Sig, Sig, sie denkt seinen Namen wie Musik. Langsam läßt die Anspannung nach. Das Jagen in der Brust und das Spannen der Haut im Gesicht. Es war doch wunderschön, denkt sie.

Sig hat den Uferweg verlassen und drückt den Dynamo an die Felge. Er ist schon kurz vor Andreas Wohnung, als ihn ein Taxi überholt. Der Wagen bremst scharf, drängt nach rechts, so daß Sig in den Rinnstein ausweichen muß, wo er ohne Fall zu stehen kommt. Was ist denn *das* für ein Arschloch? Das Taxi hält schräg vor ihm, und der Fahrer springt aus dem Wagen, geht ums Heck und baut sich vor Sig auf.

Der hat zu viele Amifilme gesehen, denkt Sig und fragt:

«Was soll das?»

Obwohl er sich Mühe gibt, seine Stimme sicher und wütend klingen zu lassen, kommt ein ängstlicher Ton mit. Das ganze sieht verdammt nach einem Überfall aus.

«Bei mir gibt's nichts zu klauen.»

Der Mann sagt nichts, schaut ihm nur prüfend ins Gesicht. Dann

plus hundertvierunddreißig

inspiziert er das Fahrrad, schüttelt schließlich den Kopf und sagt: «Fehlanzeige. Kannst weiterfahren.»

Sig sieht auf den Kühler des Wagens. Da fehlt der Stern. Jetzt weiß er, was der Humbug soll.

In langsamem Tempo kommt ein weiteres Taxi aus der Gegenrichtung angefahren. Auf ihrer Höhe hält der Wagen an, und der Fahrer kurbelt das Fenster runter: «Brauchst du Hilfe?»

«Nee, Fehlanzeige.»

Den anderen Fahrer kennt Sig. Auch dessen Daimler ist ohne Stern. Die machen hier so was wie Bürgerwehr, denkt er, das ist ja widerlich. Ku-Klux-Klan-Methoden. Er wird wütend. Zu dem neu hinzugekommenen Taxi gewandt, sagt er: «Mich kannst du noch nicht mal als Maggi nehmen.»

Vielleicht hat der Fahrer die Anspielung auf den Terminus «Hippiesuppe» kapiert, denn er sagt: «Sei froh. Verpiß dich.»

Beide starten mit heulenden Motoren und quietschenden Reifen.

«Arschlöcher!» schreit Sig.

Der eine fährt langsamer. Aber gleich geht der Ersatz-Zivilfahnder wieder aufs Gas. Hat wohl Wichtigeres zu tun. Ein guter Start ist allemal besser als eine schlechte Schlägerei.

Den Rest des Weges zu Andrea fährt Sig wieder ohne Licht. Auf dem Bürgersteig.

Andreas Mann ist da. Sig trinkt in kurzer Zeit drei Gläser Wein und führt ein Gespräch, von dem er, als er kurz darauf ins Bett geht, schon nichts mehr weiß.

Bin ich aufgekratzt oder angekratzt, denkt er beim Ausziehen, entsetzt oder begeistert? Wie ausgeleert schläft er ein und träumt ausnahmsweise nichts.

plus hundertfünfunddreißig

Stavros Garipides schiebt Vasendienst. Er durfte sich bei der Urteilsverkündung die Form seines Verschönerungsdienstes selbst raussuchen und sagte «Vase», weil er weiß, daß Vasen hauptsächlich in offiziellen Gebäuden eingesetzt werden. Da kann er, wenn er Glück hat, weiterhin der Sache dienen.

Er hatte Glück. Jetzt steht er im Sitzungssaal der Exekutiven Ökumene. Auf dem Konferenztisch. Das ist typischer CHIA-Humor. Die finden es witzig, einen ehemaligen Spion da aufzustellen, wo er in seinen aktiven Zeiten am liebsten gewesen wäre. Sollen sie doch. Stavros findet die Sache noch viel witziger. Er weiß was, was die CHIA nicht weiß. Daß nämlich der Pope der Top-Mann der OEF ist. Hähä.

Zwar ist die Exekutive Ökumene nicht das Hauptquartier der CHIA und insofern nicht *ganz* genau der Platz, an dem Garipides als Agent am liebsten gewesen wäre, aber im Sitzungssaal finden auch Gespräche statt, an denen der Pope nicht teilnehmen darf. Zum Beispiel das, in dem O'Rourke berichtet hat.

Stavros hat alles mitgekriegt.

Seitdem hatte er Zeit, darüber nachzugrübeln, wie er dem Popen die Nachricht zukommen lassen kann. Der Zufall kam ihm zu Hilfe. Nachdem das Arschloch O'Rourke gegangen war, saßen

plus hundertsechsunddreißig

noch einige Herren des Geheimdienstausschusses zusammen. Ein Ex-Deutscher, ein Ex-Südafrikaner und drei Ex-Amis. Andere Ex-Nationalitäten sind im Ausschuß nicht vertreten, der Christian-Way-of-Life könnte ja in Gefahr kommen, wenn diese unzuverlässigen Franzosen und Italiener mitreden dürften.

Nun, diese Herren witzelten so rum, und in irgendeinem Zusammenhang, der Stavros nicht interessierte, sagte der Deutsche was von «Flauer-Pauer». Na bitte, dachte Garipides, das ist es doch, und machte sich ans Nachdenken.

Bald hatte sein Plan konkrete Form angenommen: Jeden zweiten Tag kommen frische Blumen in den christlichen Himmel. Die Sträuße sind freiwillige Delegationen aus dem Blumenhimmel und kommen im Rahmen eines alten Kulturabkommens. Am liebsten gehen sie zu den Buddhisten und Shintoisten, da gibt es Ikebana, aber zu den Christen kommen auch einige, wegen der Ehrenplätze, die man ihnen dort immer zuteilt. Der Transfer geht so vor sich: Frühmorgens um zwei Uhr begeben sich die Vasen zum Treffpunkt an der Himmelsgrenze. Dort warten schon die freiwilligen Schnittblumen. Bis drei Uhr morgens muß jede Vase ihre Blumen gefunden haben, denn spätestens um fünf Uhr müssen die Sträuße auf ihren Plätzen stehen. Dann kommen die Putzfrauen.

Es gibt immer wieder traurige Szenen am Treffpunkt, wenn die übriggebliebenen Mauerblümchen gegen halb vier den Rückweg in den Blumenhimmel antreten.

Es gibt zwei Arten Verschönerungsdienst. Verantwortlichen und Unverantwortlichen. Stavros Garipides bekam, wegen der Schwere seines Vergehens und in Anbetracht des Resozialisierungsgebots verantwortlichen aufgebrummt. Die Unverantwortlichen werden z. B. Wasserhahn, Türklinke oder Schuhabstreifer. Die Verantwortlichen werden Ölbilder, Krawatten oder Vasen. Die Ölbilder müssen sich selbst restaurieren, die Krawatten müssen sich selbst binden und die Vasen holen Blumen und wechseln das Wasser jeden Tag.

Stavros ist froh, daß ihn die Witzbolde nicht zu O'Rourkes Krawatte umgebaut haben. Das wäre ihnen auch zuzutrauen gewesen. Dann müßte er diesem Mistkerl von der Gurgel baumeln, hätte ein

plus hundertsiebenunddreißig

beschissenes Hufeisenmuster und dürfte nicht ein winziges bißchen zwicken oder würgen. Bei der geringsten Verfehlung wird man nämlich unnachgiebig runtergestuft, und selbstklebende Pril-Blume oder so was will er nun wirklich nicht sein.

Am Morgen der Ex-Öku-Sitzung ist Stavros schon um Viertel vor zwei am Blumentreff. Er sucht sich in aller Ruhe einen ganz besonderen Strauß zusammen. Und zwar:

1 Seerose
2 Chrysanthemen
3 Hortensien
4 Astern
5 Dahlien
1 Erika
2 Nelken
3 Silberdisteln
4 Enzian
5 Rosen
1 Hyazinthe
2 Efeu
3 Binsen
4 Usambaraveilchen
5 Narzissen
1 Gerbera
2 Fresien
3 Rittersporn
4 Edelweiß
5 Iris
1 Bauernbübchen
2 Ulmenzweige
3 Radieschen
4 Geranien und
5 Disteln.

plus hundertachtunddreißig

Er selbst ist eine ziemlich kleine Vase. Das heißt, alle Vasen in der Ex-Öku-Sitze, wie die Vasen ihren Arbeitsplatz nennen, sind klein. So fünfzehn Blumen passen vielleicht rein. Deshalb hat Stavros mit vier andern Vasen ausgemacht, daß sie mal ausschlafen können, weil er ihnen Sträuße mitbringt. Ganz scheinheilig hat er es angefangen. So auf die gewerkschaftliche Tour. Daß ja dann jeder nur alle fünf Mal so früh aufstehen müsse, und daß er gern damit anfange, weil er ja neu sei und so weiter.

Natürlich sind die Vasen, mit denen er das Abkommen getroffen hat, genau die vier, die in einer Reihe mit ihm stehen. Und er hat sich den Platz gesichert, an dem der Pope sitzt. Ist ja logisch.

Wenn Mikis jetzt die Anzahl der Blumen jeder Sorte und den Anfangsbuchstaben ihres Namens in eine Reihe bringt, hat er den kompletten Code. Genial.

Armin, der Chef der Exekutiven-Ökumene, betritt wie immer als erster den Saal. Was für scheußliche Blumensträuße, denkt er und schüttelt den Kopf. Da muß jemand an einer kolossalen Geschmacksverirrung leiden. Sonst war's doch immer ganz nett. Vielleicht bißchen bieder, aber immer nett. Na ja, er hütet sich, was zu sagen, denn nach dem Resozialisierungs-act von 1959 ist es verboten, geschmackliche Urteile einzubringen. Rügen oder gar Versetzungen sind nur angebracht, wenn dem Verschönerungsdienst grober Unfug oder Schädigung von Leib und Leben nachgewiesen werden kann. Allerdings könnte man diese Farbzusammenstellung schon groben Unfug nennen. Aber was soll's. Er hat Wichtigeres zu tun.

Später, die Sitzung ist in vollem Gange, und es wird gerade ein Überflugverbot für Vögel ab einer bestimmten Spannweite verhandelt, da läßt sich Garipides einfach umfallen. Der Pope stellt ihn gedankenverloren wieder auf, steckt die rausgerutschten Blumen wieder rein und ruft nach der Putzfrau, damit die das Wasser wegputzt. Seltsam, die Wasserlache auf dem Tisch hat die Form eines Omega. Omega? Olympia? Die Olympische Einheitsfront. Das muß dieser gekaschte Aktivist sein. Wie hieß der noch? Kalamares? Oktapodi? Garides? Irgendwie so ähnlich. Es war was Fischiges.

plus hundertneununddreißig

Verstohlen zwinkert Mikis der Vase zu. Der Mann soll wissen, daß er die Kontaktaufnahme registriert hat. Wo hat eine Vase das Gesicht? Nachdenken jetzt. Bloß keine Zeit verlieren.

Schnell fällt ihm auf, daß vor ihm eine Reihe höchst seltsamer Blumensträuße prangt. Aha. Er notiert alles, was ihm auffällt. Die Anzahl der Vasen, die Anzahl der Blumen, die Namen...

Stavros ist glücklich. Es hat geklappt.

Mikis kann sich nicht mehr auf die Sitzung konzentrieren. Nur am Rande bekommt er mit, daß wegen des Überflugverbots für alles, was größer ist als eine Möwe, erst mal ein Gutachten der Lärmschutzkommission und eins der Ästhetikkommission eingeholt werden soll, bevor man konkrete Verhandlungen mit dem Vogelhimmel anstrebt. Nur einmal noch wird er hellhörig, als es nämlich heißt, die Investigation des Terrors sei angelaufen. Mehr wird nicht gesagt. Wegen der Geheimhaltung möge die Exekutive Ökumene bitte verstehen, daß erst nach dem Eintreten erster Erfolge weiter berichtet werden solle.

Noch keine verwertbaren Ergebnisse, denkt der Pope. Prima.

Direkt nach der Sitzung bekommt Garipides von den anderen Vasen das Vertrauen entzogen. «Wie stehen wir denn jetzt da?» schreien sie auf ihn ein. «So eine Blamage. Du hast 'n Geschmack wie 'n Polackenpferd!»

Die Vasen sind Ex-Neuengländer und bilden sich was auf ihre Herkunft ein. Stavros kichert nur und sagt: «Chabbe irr keine Aanung. Arsloche alle bleede.»

Mikis ist sofort in den Billardsaal gerannt. Jetzt sitzt er mit Voula an dem Code.

«Laß uns erst mal was Einfaches probieren», sagt er, «die fünften Buchstaben. Es waren fünf Vasen.»

Sie probieren es. Es kommt OSERI AEEAN I-EBI EIEW-RNENE heraus. Das war es wohl nicht.

«Es *können* ja nicht die fünften sein», sagte Voula. «Iris und Efeu haben nur vier.»

«Versuchen wir's mit den letzten», sagt der Pope.

plus hundertvierzig

«Wieso nicht mit den ersten?».

«Ist zu einfach», meint Mikis, «das macht heut keiner mehr. Du sagtest doch, dieser Salmonellipides, oder wie der heißt, sei ein guter Mann?»

«Garipides», sagt Voula. «Er heißt Garipides.»

«Ich wußte, es war was Fischiges.»

Die letzten Buchstaben ergeben ENNNN ANNNN ENNNN ANNSS NENNN. Noch mal nichts.

«Vielleicht muß man die Namen in der Einzahl nehmen?» sagt Voula.

EEERE AELNE EUENE AENSS NGNEL.

«Scheiße!» schreit der Pope und rauft sich den Bart. Es ist zum Auswachsen.

Eine Sprache, die ihnen nicht geläufig ist, kann es auch nicht sein. Im Himmel ist schon lang der Vor-Babylonische Zustand wiederhergestellt. Alle sprechen dieselbe Sprache. Sofort beim Eintritt in den Himmel vergißt man seine Muttersprache und spricht Vor-Babylonisch. Ethnische Minderheiten machen extra Radebrech-Kurse, um ihre Eigenart zu dokumentieren. Radebrechen ist erlaubt. Von perfekter Aussprache steht nichts im Himmels-Gesetz.

Mikis und Voula versuchen alles mögliche. Den ersten Buchstaben der ersten Blume, dann den zweiten der zweiten und so weiter. Nichts. Dasselbe Schema von hinten. Nichts. Dasselbe bei jeder Fünferreihe neu angefangen. Nichts. Und wieder von hinten. Nichts.

Entnervt geht der Pope aufs Klo. So was Blödes aber auch. Als er zurückkommt, hat Voula dieses Mona-Lisa-Lächeln im Gesicht und schiebt ihm das Blatt hin.

SCHAD ENSER HEBUN GFREI BURGD.

«Schadenserhebung Freiburgd?»

«Vielleicht heißt es Freiburg-Dänemark», sagt Voula, «oder Freiburg-Deutschland.»

«Oder Freiburg-Dominikanische Republik.»

Mikis lacht erleichtert.

plus hunderteinundvierzig

«Ich geh runter», sagt Voula entschlossen. «Wenn die CHIA dort rumschnüffelt, krieg ich das raus. Ich nehm die Liste unserer Dislozierten mit und versuch mir einen Überblick zu verschaffen. Wenn ich rauskriege, daß einer sich an mehrere von ihnen ranmacht, dann hab ich den Investigator.»

«Schlau», sagt der Pope, «aber paß auf dich auf.»

«Keine Sorge», lacht sie unbekümmert. «Laß uns die Liste besorgen.»

Als im Griechisch-Orthodoxen Sektionsterminal der Schlüssel DS-LZ aktiviert wird, schleicht sich Gott in den Hauptspeicher. Er hat Spaß daran mitzukriegen, was in den Computern so läuft. Auch die Sitzung heute nachmittag hat er sich von der Lampenfassung aus angesehen und sich beim Umfallen der Vase einen Reim darauf gemacht. Jetzt will er mal sehen, wie schlau diese «Greeks» sind.

Nicht schlecht, denkt er, als er feststellt, daß die Namen ihrer Opfer aus dem Speicher ausgelesen werden. Den Schlüssel DS-LZ für Dislozierte kennt er schon lang. Er schaltet sich zwischen Haupt- und Arbeitsspeicher und liest jeden rausgehenden Namen in sich selber ein. Gut gemacht, Jungs, denkt er, als er feststellt, daß die Namen allesamt aus Freiburg-Erde stammen.

Gott sieht das ganze eher sportlich. Armin und seine Amis in der Exekutiven Ökumene mag er schon lang nicht mehr leiden. Überhaupt die ganze Entwicklung der letzten Jahre... Das macht doch keinen Spaß mehr. Das ist doch kein Himmel mehr. Manchmal beglückwünscht er sich selber, daß er sich rechtzeitig zu einem Softwareprogramm umgebaut und dem Zugriff dieser Deppen entzogen hat.

Sollen die Greeks doch Stunk machen. Ist ihm nur recht. Er sympathisiert zwar nicht mit ihren Zielen, Vielgötterei findet er ineffektiv, aber er mag sie als Typen. Sind irgendwie noch natürlicher drauf als diese Clique um den Präsidenten.

Die ganze OEF-Sache hat er rein zufällig entdeckt, als er mal im Orthodoxen-Speicher übernachtete. Er konnte vor lauter Aktivitäten nicht einschlafen und las sich zum Spaß in die ablaufenden

plus hundertzweiundvierzig

Prozesse ein. Seitdem kennt er die raffinierte Machenschaft. Er findet's lustig.

Auf einen Sprung schaut er noch im CHIA-Zentralcomputer vorbei, aber da tut sich nichts. Eins zu null für die OEFler.

Genug für heute. Er materialisiert sich aus einer Steckdose und geht zur nächsten Bushaltestelle. Er hat Lust auf frische Luft. Das heißt, was diese Spanier und Italiener mit ihren Knoblauchfürzen an frischer Luft übriggelassen haben. Auf Südländer, mit Ausnahme der Greeks, ist Gott nicht so gut zu sprechen. Die machen zu viel Tamtam, haben keinen Stil, tun Essig an den Salat und können sich zu nichts entschließen. Gott war früher Engländer. Das heißt, Kelte. Die Gegend, in der er aufwuchs, wurde aber später zu England, und deshalb fühlt er sich als Engländer. Jeder muß irgendwo dazugehören, auch Gott.

plus hundertdreiundvierzig

Wenn ich schon neu anfange, denkt Regina, dann muß ich auch weg aus dieser WG. Seit sie damals ihre Schönheit einzog, versuchte die den Anforderungen der Außenwelt durch Unauffälligkeit zu entgehen. Hier zog sie ein, um nicht mehr aufzufallen. Das klappte aber nur nach außen. Nach innen, gegenüber den Mitbewohnern, fiel sie doch auf. Und zwar sehr.

Bei den allwöchentlichen Gesprächen setzte sie sich regelmäßig in die Nesseln. Sie verweigerte den Begriff «Beziehung» und verlangte, daß statt dessen von Liebe gesprochen würde. Sie sagte, laßt euch doch nicht auch noch die Liebe wegnehmen.

Sonni, Marius und Elke fanden sie ganz schön arrogant. Eine Weile kämpfte sie noch gegen den üblichen klinisch-psychologischen Wortschatz, indem sie sagte, ihr macht euch selber zu Versuchskaninchen, wenn ihr euch mit diesen fremden und mitleidlosen Augen beobachtet. Aber auch damit kam sie nicht durch. Sie hielt flammende Reden für den präzisen Gebrauch der Sprache. Sie sagte, die Bezeichnung, die ihr verwendet, formt eure Gedanken, und eure Gedanken formen dann euer Erleben. Eines Tages steht ihr da und habt nach einem wundervollen Abend tatsächlich nur erlebt, daß sich einer eingebracht hat oder ein anderer besonders gut drauf war oder ihr auf irgendwas abgefahren seid.

plus hundertvierundvierzig

«Was ist dagegen zu sagen, wenn man auf was abfährt?» hatte Elke erwidert, und von dem Moment an gab Regina auf. Sie sagte nichts mehr. Brachte sich irgendwie nicht mehr ein. Seitdem steht sie als Störfaktor in dem Vier-Personen-Kosmos herum. Das Untertauchen in dieser Daseinsform hat also nicht geklappt.

Jetzt, da Sig aufgetaucht ist, erlebt sie so etwas wie den Beweis für ihre Beharrlichkeit. Erlebt Dinge, die sie erschüttern, obwohl sie sie selber verursacht. Bis gestern wußte sie selbst nicht, daß sie so mutig sein kann. Sie hätte nie gedacht, daß sie sich solche Sachen traut.

Ich muß aufpassen, denkt sie, immer wenn ihre Gedanken auf Sig stoßen. Sie darf nicht die Kontrolle verlieren. Nie. Wie ein offenes Buch will sie nie dastehen. Sie setzt «offenes Buch» gleich mit «ausgelesenes Buch».

Offensive Zurückhaltung nennt sie das, was sie vorhat. Ihren Neuanfang will sie so, daß sie das Steuern seiner Faszination nicht aus der Hand gibt. Sie muß immer einen Schritt voraus sein. Auch wenn sie dafür gelegentlich abrupt die Richtung wechseln muß. Sie will ihn jagen, ohne ihn zu erlegen, will fliehen, ohne unerreichbar zu sein. Das ist ein komplizierter Plan.

Sie muß weg aus dieser Wohngemeinschaft. Aber nicht zu Sig. Das geht auf keinen Fall. Ohne Rückzugsgebiet keine Mystifizierung und ohne Mystifizierung keine Liebe. Jedenfalls nicht eine, wie sie sie sich vorstellt. Als den Rahmen sprengende, aufregende Leidenschaft. Bedenklich an diesem Plan ist allerdings, daß sie offenbar nicht nur Sig um den Verstand zu bringen in der Lage ist, sondern auch sich selbst. Das war nicht vorgesehen.

Inzwischen ist wieder Leben in der Wohnung. Als sie mit strubbelig frottiertem Haar im Bademantel in die Küche kommt, sitzt da außer Sonni und Marius auch noch dieser breitbeinige Django von vorgestern.

«Kann ich mal die Zeitung haben?» Sie geht sofort wieder in ihr Zimmer. Dieser Kerl ist ein Kündigungsgrund.

Sie braucht eine halbe Stunde, um die interessanten Angebote anzustreichen. Dann ruft sie der Reihe nach an. Beim neunten An-

plus hundertfünfundvierzig

ruf klingt es vielversprechend. Ein Zimmer, groß, alt, hell und zu teuer, sagt die junge Stimme am anderen Ende der Leitung.

Regina muß lachen. «Sie sind wohl nicht der Vermieter?» fragt sie.

Die Stimme antwortet: «Ich bin noch nicht mal im siezbaren Alter. Wenn du nicht sofort aufs Du umsteigst, dann geb ich Ihnen die Adresse nicht.»

«Gib her», sagt Regina.

«Das du elegant umgangen, aber gilt noch. Stadtstraße vierunddreißig, oberster Stock, bei Bilgenreuther klingeln.»

«Bis gleich», sagt Regina fröhlich.

«Ja, ja», sagt die Stimme frech.

Mist. Sie hat kein Fahrrad.

Unter dem penetranten Schweigen von Sonni, Marius und John Wayne, dessen Auszieh-Blicke ihr regelrecht weh tun, schmiert sie sich ein Brot in der Küche. Endlich ringt sie sich durch und fragt Sonni: «Kann ich dein Fahrrad haben?»

«Ist deins kaputt?»

«Verliehen.»

«Klar.»

Beim Anziehen sieht sie aus dem Fenster. An der Ufermauer steht in riesigen roten Lettern «Guten Morgen, Sonny». Immerhin treibt er einen gewissen Aufwand, denkt sie, das muß ihr ja imponieren.

Zur Stadtstraße ist es ein ganz schönes Stück. Aber das Wetter ist schön, und Radfahren gehört, seit ihrer Pubertät, in der sie es aus naheliegenden Gründen übertrieb, zu Reginas Lieblingsbeschäftigungen. Sie radelt pfeifend durch die Straßen und schaut sich den ehrwürdigen Stadtteil Herdern an.

Hier dürfte die Therapeuten- und Anthroposophendichte enorm sein, denkt sie beim Anblick der Gärten und Villen.

Nummer vierunddreißig ist ein vierstöckiges Gründerjahre-Haus. Vierstöckig, wenn man, wie hier üblich, das Erdgeschoß als ersten Stock rechnet. Umgeben von hohen Bäumen und von der

plus hundertsechsundvierzig

Straße durch einen Vorgarten getrennt, steht es da wie ein alter Bernhardiner. Riesig und gutmütig.

Bei Bilgenreuther klingelt sie dreimal.

«Hallo», ruft es von oben, «Tür ist auf.»

Auf dem obersten Treppenabsatz steht der Mohrenkopfwerfer von gestern. Er hat schon wieder so ein Ding in der Hand und beißt genüßlich davon ab.

«Hast du 'ne Fabrik oder so was, 'ne eigene Negerkußherstellung?»

Er grinst: «Ach, du bist das.»

Er schwingt den halbverzehrten Mohrenkopf zu einer einladenden Gebärde, und sie geht an ihm vorbei in den Flur. Er schließt die Tür hinter ihr und sagt: «Sind alle ordnungsgemäß gekauft. Sogar bei verschiedenen Bäckern. Ich hab noch welche übrig von einer Art Geburtstagfeier.»

Regina erinnert sich an die Zeitungsnotiz und zieht ihre Schlüsse.

«War das nicht vielleicht eher eine Art ziemlich eklige Matscherei?»

«Kann auch sein», grinst er, «jedenfalls ist noch 'n Häuptling für dich da.»

Er verschwindet in einer der Türen, um sofort wieder mit einem glatten frischen Negerkuß aufzutauchen. Den streckt er ihr hin.

Das Zimmer hat einen Erker zur Straße hin, Parkettboden, Sprossenfenster und zwei zugemauerte Türen. Die sind häßlich, weil man sie sehen, aber nicht passieren kann.

«Dreihundertzwanzig?»

«Warm.»

«Wann kann ich rein?»

Das Zimmer wird offenbar noch bewohnt. Eine Stereoanlage auf Obstkisten, ein abgebeizter Schrank, ein peruanischer Wandteppich über einem selbstgebauten Bett und zwei braungestrichene Regale verlieren sich in dem großen, schönen Raum.

«Am fünfzehnten Mai. Ich heiße Yogi.»

«Regina.»

Er bietet ihr Tee an, und bis das Wasser kocht, läßt sie sich von ihm die Wohnung zeigen. Die Küche ist gemeinsam, aber der

plus hundertsiebenundvierzig

Kühlschrankinhalt getrennt. Das Bad ist nicht so schön wie das in der Vogesenstraße.

Dieser Yogi ist nett. Er hat was von einem Spatz. So was Fröhliches, Freches und Lebendiges. Sie mag Spatzen. Und Schwalben. Sig ist eher eine Schwalbe. Zarter und strahlender. Allerdings, ohne von diesem Strahlen die geringste Ahnung zu haben. Zum Glück.

«Dieses Gematsche, das ihr da anstellt», fragt Regina, «ist das so was wie die Rache der dritten Welt?»

«So könnte man's ausdrücken», sagt der Spatz. «Es macht jedenfalls tierischen Spaß.»

«Na ja», sagt Regina und sucht auf dem Tisch nach Zucker, «wenn man's realistisch sieht, ist es wohl eher so eine Art Arbeitsbeschaffungsmaßnahme für die Autowaschanlage.»

Er hält ihr eine Zuckerpackung hin: «Wenn man's realistisch sieht, gibt man sich 'ne Kugel.»

«Oder läßt es sein», Regina gibt nicht nach, «denn es ändert nichts.»

«Bist du immer so schlau?»

Er schaut griesgrämig von der Tischplatte hoch.

«Weiß nicht», sagt sie, «stellt sich das für dich als Problem dar oder so?»

«Problemoderso?» äfft er sie nach. «Vielleicht sollte ich dir vor dem Frühstück nicht begegnen.»

«Vielleicht bin ich ja auch nicht immer so schlau», tröstet sie ihn.

Sie muß gehen, weil sie noch Zeit haben möchte, bevor Sig sie abholt. «Vielen Dank für den Tee.»

Einen Negerkuß für den Heimweg lehnt sie ab. Auf der Treppe dreht sie sich noch mal um und sagt: «Ich bin aber nicht WG-tauglich.»

«Macht nichts», lächelt er, «einen Exoten verkraften wir.»

Sie nimmt einen anderen Weg zurück, denn sie will sich an Herdern gewöhnen. Hier zu wohnen hat sie sich schon immer gewünscht. Hier ist die Welt noch im Dornröschenschlaf.

plus hundertachtundvierzig

Am Frühstückstisch schreibt Sig eine Liste der Dinge, die er noch kaufen muß. Kaffee, Milch, Zucker, Butter, Brot, Wein, Käse, Sprudel. Bettwäsche kann er von Andrea haben, bis ihm seine Mutter welche schickt. Es scheint ihm, als wäre Andrea froh, ihn aus dem Haus zu haben. Sie läßt ihn das nicht spüren, aber er glaubt zu merken, daß die Gastfreundschaft abgelaufen ist.

Wegen der brisanten Situation am ersten Abend? Immerhin hätte sie ihren Mann fast betrogen, jetzt hat sie sicher ein schlechtes Gewissen. Und Sig erinnert sie daran, durch seine bloße Gegenwart. Vielleicht möchte sie auch von ihm, dem Herzensfreund, nicht bei der Banalität ihres ganz normalen Lebens beobachtet werden. Schließlich ist ihr dieses ganz normale Leben ja nicht gut genug. Sie will doch klüger, sensibler und philosophischer sein, als es mit einem ganz normalen Mann und ganz normalen Kindern geht.

Sig ist nicht enttäuscht. Eher dankbar, daß sie ihn so leicht gehen läßt. Etwas Festhaltendes, Gieriges war schon immer in ihren Briefen gewesen und hatte ihn vor allzu großer Zuneigung zurückschrecken lassen. Sie fährt seine Sachen in ihrem Fiat in die Galerie, hilft ihm noch, alles hineinzutragen, und verabschiedet sich dann schnell. Sie küßt ihn auf den Mund und fährt ihm durch die Haare.

«Danke für alles», sagt er.

«Dito», sagt sie, steigt ein und fährt los.

Er winkt ihr hinterher, als wäre dies ein großer Abschied, aber sie scheint es nicht zu sehen. Jedenfalls winkt sie nicht zurück.

Das Einkaufen ist eine Tortur. Im Kaufhaus drängen sich so viele Menschen, daß man sich zu jeder Kleinigkeit durchkämpfen muß, als wäre da schon die Fahrkarte für die Arche Noah in der Tasche. Durch die Kaiser-Joseph-Straße wälzt sich ein dicker Strom von Leibern und Gerüchen. Phobieverdächtig. Sig tritt fast auf einen Bettler, der zum Gequengel eines Kassettenrecorders wahllos auf ein Xylophon haut. Der Recorder spielt Marschmusik und das Xylophon steht auf dem, was einmal seine Beine waren. Deutschland, denkt Sig, er muß was leisten, sogar als Bettler. Einfach dasitzen und was wollen geht nicht. Er muß dafür arbeiten.

Er ist froh, endlich in die dämmerige Stille der Galerie zurückzu-

plus hundertneunundvierzig

kehren, und stellt die eingekauften Lebensmittel auf das Fensterbrett. Einen besseren Platz findet er nicht. Er wird sich einen Kühlschrank besorgen müssen.

Die Galerie ist schon geschlossen. Er hat Ruhe, sich einzurichten. Das geht schnell. Er klappt die Bettwäsche mit dem Bett in den Kasten zurück, und schon ist aufgeräumt.

Er setzt sich in den Sessel und hört der Stille zu. Die kleinen Schatten im Raum sind ihm schon wie Freunde. Kleine Schatten, denkt er, machen die Welt glaubwürdig.

Ein Busch vor dem Fenster färbt das Licht grün. Es ist wie Ausatmen, endlich ausatmen. Endlich ist er ganz woanders. Ganz woanders und ganz nah dran.

In seinem Schoß flattert die Erinnerung an gestern. An Regina, das Dali-Bild, die atemschnürende Beherrschung im Kino. Wie eine zielbewußte Ameisenpopulation durchwandert ihn diese Erinnerung. Er läßt sie wandern, wohin sie will.

Ich bin ganz nah dran, denkt er. Er will dem Schicksal zum Dank eine Gegenleistung anbieten. Mach mich blind, wenn du willst. Mit Regina würde ihm auch der Tastsinn reichen. Zum Glück verzichtet das Schicksal auf Bezahlung. Im Augenblick zumindest. Vielleicht hat es das Angebot notiert. Für später mal.

Am Fenster bewegt sich etwas.

Eine kleine getigerte Katze. Sie stupst die Nase ans Glas, als gäbe es da was zu riechen. Sig öffnet vorsichtig, um sie nicht zu erschrecken, und sie bleibt sitzen.

«Ja, hallo, wer bist denn du?»

Sie schaut ihn an. Er liebt Katzen, und die hier scheint besonders freundlich zu sein.

«Ich bin eine Katze», sagt die Katze, «das wüßtest du, wenn du schon mal eine gesehen hättest.»

Für Sig klingt es wie «Miau».

«Wie heißt du denn, hast du einen Namen?»

«Wie soll ich schon heißen? Nenn mich Katze. Ich weiß dann schon, wer gemeint ist.»

Ihre Antwort klingt wie «Miau». Sie läßt sich am Kinn kraulen.

«Ich nenn dich Frau Müller. Einverstanden?»

plus hundertfünfzig

«Nicht einverstanden», sagt die Katze, «aber laß gut sein. Ich weiß dann schon, wer gemeint ist.»

Für Sig klingt es wie «Miau».

«Du wiederholst dich», sagt er.

Er schüttet etwas Milch in eine Untertasse, und die Katze stakst vorsichtig ins Zimmer. Sie schlabbert die ganze Untertasse leer, um dann mit erhobenem Schwanz an allem zu schnuppern, was ihr begegnet. Es sieht aus, als inspiziere sie die Dinge im Hinblick auf ihre mögliche spätere Verwendung. Und genau das tut sie auch.

Froh, daß sie vor ihm keine Angst hat, sitzt Sig im Sessel und schaut ihr zu. Er nimmt ihre Zutraulichkeit als Kompliment. Als nähme die Weichheit der Bewegungen und des Fells Einfluß auf die Konsistenz der Luft im Raum, ist es noch einmal so still und friedlich. Sig wird schläfrig. Er fühlt sich aufgehoben.

Er klappt das Bett runter, wirft die Wäsche auf den Tisch und legt sich auf die unbezogene Matratze.

Es ist kurz nach drei.

«Frau Müller–» die Katze schaut wirklich zu ihm – «bitte weck mich, falls ich einschlafe. So gegen halb fünf.»

«Kräh», sagt die Katze und hüpft aufs Bett. Sie klappt ihre Vorderfüße nach innen und legt sich neben seine Taille. Sie schnurrt und kneift die Augen zu. Manchmal sieht sie ihm direkt ins Gesicht. Als wolle sie sagen, daß sie mit ihm einverstanden sei.

«Du bist bezaubernd», sagt Sig.

Sie kneift die Augen zu.

Regina legt Sonnis Fahrradschlüssel auf den Küchentisch und schlendert durch die Wohnung. Gott sei Dank ist niemand zu Hause. Sie geht durch alle Zimmer und verabschiedet sich innerlich.

Den Mietvertrag hat sie schon unterzeichnet, also ist alles perfekt. Sie kann nicht mehr zurück. Seltsam, daß Yogi so viel Vertrauen bei den Vermietern genießt. Ist er mit ihnen verwandt? Daß ein so anarchoverdächtiger Sponti Mietverträge abschließt, ist ihr noch nie begegnet. Und sie ist schon durch einige Mietverhältnisse gegangen.

Zwei Jahre vor dem Abitur zog sie bei ihrer Mutter aus, denn es

plus hunderteinundfünfzig

war nicht auszuhalten. Ihre Wäsche wurde durchstöbert, ihre Telefonate durch den Türschlitz mitgehört, und jeder männliche Besuch wurde auf Herz und Nieren geprüft, ob er es auch ernst meint. Dabei gab es nichts zum Ernstmeinen. In Reginas Himmel lief so gut wie nichts zu der Zeit.

Gelegentlich kam ein scheuer Mittelfinger, der Strahl des verstellbaren Duschkopfes oder die Sitzkante eines Stuhls zu Besuch. Ganz selten noch der Fahrradsattel und zweimal eine Kerze. Aber das war eher Forschung als Begierde.

Die Mutter hatte zuviel Phantasie.

Erst in ihrem eigenen Zimmer, als sie endlich tun und lassen konnte, was sie wollte, ohne von ihrer Mutter verfolgt zu werden, kam der eine oder andere fremde Finger an die Himmelspforte.

Sie nimmt ein langärmliges schwarzes Baumwollkleid aus dem Schrank, zieht Jeans und Pullover aus und läßt den Büstenhalter fallen. Sie zieht ein schwarzes Seidenhemd und schwarze Strümpfe an und streift das Kleid darüber. Schöne Frau, sagt der Spiegel. Und er hat recht. Sie fährt mit der Handaußenfläche durch die Stirnlocken und lehnt sich aus dem Fenster, um auf Sig zu warten.

Glücklicherweise war die Katze schon fort, als er zehn vor fünf aufwachte. Sein abrupter Sprung aus dem Bett hätte sie nachhaltig verärgern können.

Jetzt rast er mit hängender Zunge den Uferweg entlang und hat ein Gefühl, als sei es morgens um fünf und der Tag finge erst an. Regina sieht ihn schon, als er noch gar nicht weiß, daß er in Blickweite des Hauses angelangt ist. Als er ankommt, steht sie vor der Tür.

Mit einem vorsichtigen Lächeln kommt sie ihm zur Straße entgegen.

«Hast du's gut überstanden?»

Er begreift nicht sofort, was sie meint. Den ganzen Tag über war er so voll von ihr, so taumelig vor Glück und so erwartungsvoll, sie endlich wiederzusehen. Überstanden? Ach so, gestern. Er hat das Durcheinander schon vergessen, hat nur die Lust und Sensation behalten.

plus hundertzweiundfünfzig

«Zum Glück hab ich's nicht überstanden. Ich will's auch gar nicht überstehen.»

Sie küßt ihn auf den Mund. Als sie ihre Lippen wieder von ihm nimmt, hält er ostentativ das Gesicht weiter in die Luft und brummt wie ein dicker Bär. Sie küßt ihn wieder. Dann schiebt sie ihn weg und setzt sich auf den Gepäckträger.

«Nach Hause», sagt sie.

Daß sie den ganzen Weg über schweigen, fällt Sig nicht auf. Er ist so froh, sie wiederzuhaben. Erst in der Innenstadt, als er absteigt, um zu schieben, sagt er:

«Ich hab das Gefühl, gerade erst gelandet zu sein. Muß noch aufpassen, daß ich nichts falsch mache.»

«Mußt du nicht», sagt sie, «du machst alles richtig.»

Mit keinem Wort fragt sie nach Andrea und scheint sich auch nicht zu wundern, daß er den Weg zur Galerie einschlägt. Liest sie wieder Gedanken? Weiß sie schon, daß er umgezogen ist? Oder ist es ihr egal.

Er hat wieder die Bilder von gestern vor Augen und spürt die Erregung in sich wachsen. Er muß in die Hosentasche greifen, um den Zeiger auf zwölf zu stellen. Sonst kann er nicht gehen.

In der Galerie herrscht schon das Halbdunkel der magischen Stunde. Seine Tageszeit. Wenn das weiche Licht den Ecken die Schroffheit nimmt, dann ist das für ihn der Höhepunkt des Tages. Dann wartet er und ist anwesend in der Zeit. Mitten im Übergang vom Tag zur Nacht. Dann sind seine Sinne angeschaltet. Sehen, riechen, hören, tasten. Ein fünfter Sinn fällt ihm nie ein.

Er läßt Regina vorgehen. Hinter ihr den neuen, fremden Raum zu betreten, kommt ihm so verboten vor wie das heimliche Ins-Hotel-Schleichen zweier Ehebrecher. Der Schwung, mit dem sie ihre Jacke aufs Bett wirft, kommt ihm bekannt vor. Vielleicht aus einem Film.

Es gibt kein Mißverständnis. Es ist vollkommen klar, wozu sie hergekommen sind. Sig wartet auf ihre Initiative. Selbst anzufangen kommt ihm schon völlig unmöglich vor. So willig er sich in ihren Plan schickt, von dem er nichts weiß, als daß es ein Neuan-

plus hundertdreiundfünfzig

fang sein soll, so klar ist ihm auch, daß er diesen Plan nicht durcheinanderbringen darf. Er muß eben warten.

«Langsam», sagt sie.

Mit flüchtiger Gebärde fährt sie jetzt über das Klappbett und die Klinke der Duschentür. Dann setzt sie sich auf den Tisch. Sig steht unschlüssig. Er weiß nicht, ob er jetzt den Gastgeber spielen soll und etwas anbieten oder vorführen. Aber was?

Sie hat den Oberkörper zurückgebogen und stützt sich auf die Hände. Amüsiert sieht sie ihn an. Von der Unsicherheit, die sie gestern abend nach dem Kino an den Tag legte, ist nichts mehr zu ahnen. Kein Wunder. Sig hat den Platz schon längst wieder frei gemacht. Seine dauernde Schüchternheit macht Regina automatisch zur überlegenen Herausforderin. Er benimmt sich einfach immer, als lege er eine Prüfung ab.

Schön, denkt sie, Vergewaltiger gibt es genug. Auch in ihr hat der Weg hierher die Erwartung anwachsen lassen. Auch sie hat Erinnerungen an gestern in sich gespürt. Fast bildlos, als summende Konzentration auf ihre Mitte, wuchs ihr beim Gehen das Verlangen nach Sig. Sie weiß sich sehr bereit und genießt die eigenmächtige Verlangsamung.

«Zieh dich aus», sagt sie leise.

Linkisch wie immer knöpft er sein Hemd auf und zieht es über den Kopf. Er vermeidet, sie direkt anzusehen. Ihrer Wichtigkeit entsprechend, zieht er die anderen Kleidungsstücke aus. Schuhe, Unterhemd und Socken und erst dann die Hose und Unterhose. Es ist ein seltsames Gefühl, sie angezogen zu sehen und selber nackt zu sein. Er beherrscht den Wunsch, die Hände vor die sperrige Blöße zu halten. Sie würde lachen. Sie sitzt nur da und sieht ihn an.

«Sei nicht verlegen», sagt sie, «ich liebe deinen Körper.»

Und nach einer Weile: «Setz dich hin und faß dich an.» Sehr leise sagt sie das, und es klingt nicht wie ein Befehl.

Er setzt sich in den Sessel. Wie auf dem Präsentierteller. Er legt die Hand um sich, lehnt sich zurück und schließt die Augen.

«Nein, bitte sieh mich an», sagt sie.

Sie schiebt ihren Rock nach oben und zieht den Slip unter sich vor. Die Strümpfe, die Sig mit Herzklopfen registriert, behält sie

plus hundertvierundfünfzig

an. Sie öffnet die Beine, so daß er in dem hellen Bereich zwischen dem Ende der Strümpfe und dem hochgeschobenen Rock den dunklen Pelz ihres Schoßes in Augenhöhe vor sich hat.

Ihn immer noch ansehend, aber nicht seine Augen, berührt sie sich. Das tut sie mit so einfachen Bewegungen, schlicht, als wäre sie allein, daß es nicht auf ihn gezielt wirkt.

Hat sie so viel Erfahrung, daß ihr das gelingt, oder so wenig, daß ihr die Gefahr pornographischen Vorführens einfach nicht bekannt ist? Sie spiegelt sich in seiner Erregung. Wie durch eine stillschweigende Übereinkunft meiden beide den Blick des andern. Sie sehen einander auf die Hände.

«Du bist meine Hand», sagt Regina, «ich bin deine.»

Es dauert nicht lang. Die Erregung vorher war schon zu groß. Als das Zucken kommt, keucht sie: «Komm zu mir», und als er, aus dem Sessel geschnellt, vor ihr steht, rutscht sie zur Tischkante und öffnet sich für ihn. Mit einer Hand noch abgestützt, die andere um seinen Hals geschlungen, preßt sie den Mund an sein Schlüsselbein. Es dauert nicht lang, bis er sich verliert, und noch in seine erlahmenden Bewegungen hinein treibt sie sich mit der Hand zum Ende.

Fest ineinandergekrallt verharren sie einige Zeit, bis er sie aufhebt und zum Bett trägt. Sie fast völlig angezogen und er nackt, liegen sie einander festhaltend da, bis er zu frieren anfängt. Er nestelt die Decke unter ihren Körpern vor und zieht sie sich über Schultern und Hüften.

«Wir dürfen so was niemals tun, wenn wir nicht alle beide gleich wahnsinnig vor Begierde sind», sagt Regina nachdenklich. «Es wär eine Katastrophe. Stell dir vor, du siehst mich in solchem Zustand und hättest auch nur die geringste Distanz. Die Demütigung würde ich nicht aushalten.»

«Ich werde immer wahnsinnig vor Begierde sein», sagt Sig und beißt in ihr Ohr.

«Das wirst du *nicht* und ich auch nicht.»

Sie ist nicht bereit, auf seinen oberflächlichen Tonfall einzugehen.

plus hundertfünfundfünfzig

«Aber was dann?» fragt Sig, von der Strenge in ihrer Stimme überrascht.

«Dann werden wir uns fremd oder fangen an, uns zu lieben. Ganz einfach.»

«Ich liebe dich jetzt schon.»

«Quatsch», sagt sie trocken, «du bist verliebt. Erst verliebt. Ob wir uns lieben, merken wir erst, wenn wir uns nicht mehr automatisch begehren. Sieh mal, wir könnten sparen mit der Lust, wir könnten so behutsam wie möglich mit unseren Reizen umgehen, es würde doch irgendwann der Zeitpunkt kommen, an dem wir alles aneinander kennen. Kein Fleckchen wird dann mehr aufregend sein, weil kein Fleckchen mehr geheim sein wird. Wenn wir *dann* noch solche Lust miteinander haben, dann lieben wir uns vielleicht.»

«Wo hast du denn das gelesen?»

«Werd nicht frech. Ich könnte deine Mutter sein.»

«Dann wärst du aber jetzt in Schwierigkeiten.»

Sie muß lachen.

Er hat den Ernst in ihren Worten bemerkt. Vielleicht hat sie sogar recht, aber er hat das Gefühl, ihre Gedanken wanderten an Orten herum, zu denen er noch nicht vorgestoßen ist. Noch kann er kaum glauben, daß das alles wahr ist, noch hält er kaum für möglich, daß es ihr Ernst sein könnte mit ihm. Wieso gerade mit ihm? Was, außer einer frechen Klappe, hat er denn zu bieten? Es ist so, als spräche der Traum, aus dem er gleich aufwachen muß, davon, daß nach dem Aufwachen alles genauso sein wird.

In ungeschickten Worten versucht Sig das zu erklären, aber wie immer, wenn es ihm Ernst ist, verhaspelt er sich und bricht mitten im Satz ab. Hat keinen Sinn. Geht nicht. Nichts mit großer Klappe, wenn man sie mal braucht.

«Ich bin aber echt», sagt Regina.

Es ist dunkel geworden, und er zieht die Vorhänge vor. Erst jetzt, da er das Licht anknipst, fällt ihm auf, wie scheußlich grün sie sind.

«Kerzen wären schöner», sagt er, von der ruppigen Kahlheit des erleuchteten Raumes erschreckt.

plus hundertsechsundfünfzig

«Bring ich morgen mit», sagt sie.

Sie duschen nacheinander.

«Huuunger», schreit Regina unter der Dusche, und Sig stellt Weißbrot, Rotwein und Käse auf den Tisch. So hat man sich vor fünfzehn Jahren das echte Leben vorgestellt. Mit Gauloise im Mundwinkel, Rotwein, Weißbrot und Käse.

Regina möchte ins Kino. Er brauche nicht gleich rot zu werden, ganz normal, um einen Film zu sehen. Er macht sich Sorgen wegen des Geldes. Er lebt über seine Verhältnisse. Vielleicht muß er an seine Ersparnisse gehen. Dreitausend Mark. Ich brauch ein Konto hier, denkt er. Was Geld angeht, ist er ein richtiger Schwabe. Er ist sparsam. Außer Malutensilien und Kassetten für den Walkman braucht er nichts. Er weiß jetzt schon, daß die neue Jacke ihn die nächsten zehn Jahre begleiten wird.

Auf jeden Fall wird er die Karten bezahlen. Außer gestern hat er noch nichts für sie beide bezahlt.

«Sollen wir den Film ansehen, den wir gestern irgendwie versäumt haben?»

«Besser nicht», lacht sie, «versuchen wir einen neuen.»

Er wäscht das Geschirr ab und kippt das Fenster, denn die Luft im Zimmer ist verqualmt.

Wie ein zufriedenes Ehepaar schlendern sie Arm in Arm an den Kinopalästen vorbei. Sie lassen sich Zeit. In Momenten, in denen er sich unbeobachtet glaubt, wirft Sig Seitenblicke auf Regina. Sie ist so schön. Eine Schönheit auf den zweiten oder dritten Blick. Zuerst war da nur das fröhliche Lachen und dieser Mund. Da war ihre Frechheit und die Freiheit, so natürlich zu sein. Von nichts eine Kopie. Und da war die Leichtigkeit, mit der sie ihn anzog, abschmetterte und wieder anzog.

Erst beim Warten auf sie, als er ihr Gesicht in seiner Erinnerung zu rekonstruieren versuchte, fing ihre Schönheit an, ihm klarzuwerden. In seinen Tagträumen kam ihr Gesicht näher und plastischer auf ihn zu als vorher im Zug.

Sein inneres Auge hatte mehr gesehen, als er wußte. Als er sie dann wiedersah, war es nur noch eine Bestätigung und keine Über-

plus hundertsiebenundfünfzig

raschung mehr. Jetzt, da sie ihren Körper so selbstbewußt und selbstgewollt mit ihm teilt, ist diese Schönheit sichtbar, fühlbar und nicht zu umgehen.

Sie hält an, um ihm den Schal fester um den Hals zu wickeln. Normalerweise stört ihn jede mütterliche Geste, aber jetzt ist es eine Zärtlichkeit, die ihm gefällt.

«Von mir aus kann der Rest der Menschheit Urlaub haben. Ich brauche niemanden außer dir», sagt er.

Ausnahmsweise antwortet sie nicht. Sie lächelt nur.

«Danke», sagt er erstaunt, «daß du das ohne Widerworte hinnimmst.»

«Schweigen ist doch nicht hinnehmen. Ich kann dich doch einfach mal in Ruhe lassen.» Da sind sie schon, die Widerworte.

«Bin wohl selber schuld», sagt er resigniert, «hätt ich meinen Mund gehalten, dann hätt ich dran glauben können.»

«Hast du schon wieder was dazugelernt», sagt sie.

Man darf wohl nicht auch noch ein Schild drauf stellen wollen, wenn sie einem schon mal Terrain überläßt. Lieber nimmt sie ein Zugeständnis zurück, als sich auf eine Unterlegenheit festnageln zu lassen.

Seltsam, denkt er, das paßt nicht zu dem, was wir eben getan haben. Sie hält mich mit Worten auf Distanz, aber sitzt vor mir auf dem Tisch und läßt mich tief in sich hineinsehen. Sind ihr die Worte wichtiger? Zählt das Geplänkel mehr, als daß wir nackt voreinander sitzen und uns kompromittieren?

Und die schwarzen Strümpfe. Er kann sich nicht vorstellen, daß eine Frau für sich selbst mit solch voyeuristischen Reizen umgeht. Das muß sie für ihn getan haben. Soviel er weiß, sind die Frauen viel mehr auf Berührungen aus als auf Anblicke. Frauen, die erotische oder pornographische Filme ansehen, hat er immer im Verdacht, nur ihren Männern zuliebe mitgegangen zu sein.

Es gibt ihm einen Stich, wenn er sich vorstellt, daß sie in diesen Dingen Erfahrung haben könnte. Kurtisanenerfahrung.

Genau das wollte sie vermeiden. Genau solche Spekulationen sollte er nicht anstellen. Genau deshalb will sie bei null anfangen.

plus hundertachtundfünfzig

Für «Purple Rose of Cairo» hätten sie sich besser etwas früher entschieden. Jetzt bekommen sie nur noch schlechte Plätze. Immerhin nebeneinander. Höchste Zeit, das schwarzhaarige Langnese-Mädchen spielt schon wieder Saxophon am Strand von Travemünde oder Malibu.

Als Regina die Hand auf seinen Schenkel legt, zuckt er zusammen.

«Keine Angst», flüstert sie, «nur berühren.»

So weit ist es schon. Ein Reflex. Er zuckt im Kino zusammen. Und unsichtbar ist er auch nicht mehr. Noch vor drei Tagen war er sich sicher gewesen, nirgends bemerkt zu werden. Er war manchmal versucht gewesen, in irgend jemand hineinzulaufen, bloß um zu sehen, ob er aus Luft sei.

Und jetzt muß er sich daran gewöhnen, daß ihn Blicke prüfen. Er muß lernen, die anderen als Spiegel zu benutzen, muß registrieren, wie seine Beziehungen zu ihnen funktionieren. Schade, er hat sich als Unsichtbarer wohl gefühlt. Es war einfacher.

Regina muß ihn mitten in die Welt gestellt haben. Und da steht er jetzt und muß aufpassen, daß er nichts falsch macht.

Schweigend gehen sie zur Galerie zurück. Die Wolke, auf der Sig jetzt geht, rührt von dem Film her. Er schenkt Wein ein. Sie setzt sich wieder auf den Tisch und er in den Sessel.

«Willst du nach Hause?»

Sie schüttelt den Kopf. Nach einigem Schweigen sagt sie:

«Da bin ich nicht zuhause.»

Er ist froh über diesen leisen, weichen Satz. Langsam kommt er aus dem Film in die Wirklichkeit zurück. Trotz der Schäbigkeit des Zimmers und trotz des leichten Fröstelns, das den Wiedereintritt in die Atmosphäre nach guten Filmen immer begleitet, findet er die wirkliche Welt ausnahmsweise den besseren Platz.

«Spürst du schon wieder was?» fragt Regina.

«Ja.»

«Warum sagst du das so ängstlich?»

«Vielleicht ist es doch so, daß wir jetzt was verpulvern, was uns nachher fehlen könnte.»

plus hundertneunundfünfzig

«Lust-Ration?»

«So ähnlich, ja.»

«Ach komm, ich hab auch Lust.»

Er holt die Matratze vom Bett und legt sie auf den Boden. Sie nimmt ihm die Bettwäsche aus der Hand und bezieht alles. Er löscht das Licht im Zimmer und läßt nur das in der Dusche an. Dann schließt er die Tür so weit, daß nur noch ein schmaler Keil von Licht in den Raum fällt.

«Statt Kerzen», sagt er.

«Schön.»

Sie hat Kleid und Schuhe abgestreift und setzt sich in den Sessel, um die Strümpfe nach unten zu rollen. Jedesmal, wenn sie unten ankommt, fallen ihre Brüste aus dem Hemd. Er zieht sich wie immer ungelenk aus. Nackt tut er so, als ob er friere, damit er gleich unter die Decke schlüpfen kann.

Lachend legt sie sich zu ihm und bedeckt seine Schultern, Hals und Brust mit kleinen Küssen. Dann bricht sie zum erstenmal das sich selbst gegebene Versprechen, nichts mit ihm zu tun, was sie schon mit anderen getan hat, und setzt sich auf ihn. Seine Hände sind in ständiger Bewegung. Wenn er ihre Brüste berührt, kann er sie nicht sehen, wenn er sie sieht, nicht berühren. Perpetuum mobile, denkt er, so ähnlich muß es funktionieren.

Später liegen sie langgestreckt und aneinandergedrückt. Die Matratze ist so schmal, daß einer unweigerlich draußen landen müßte, leisteten sie sich nur die geringste Krümmung.

Es muß ja nicht alles neu sein, denkt Regina beim Einschlafen, Bewährtes darf bleiben. So hat sie schon manchen in den Himmel geschaukelt. Aber das ist lang her. Sehr, sehr lang. Außerdem, was soll der Unsinn, wenn das Gefühl weiß, was es will.

Beim Aufwachen findet sich Sig allein. Der Rücken tut ihm weh, er liegt noch immer stocksteif. Beim genauen Hinhören zerfällt die Hoffnung, Regina könne in der Dusche sein. Kein Geräusch. Auch im Galerieraum ist sie nicht. Nichts von ihr ist zu sehen. Schon wieder hätte sie pure Einbildung sein können. Nein, ein Zettel liegt auf dem Tisch.

plus hundertsechzig

Ich komm gegen sechs Uhr. Schönen Tag.

Statt der Punkte auf dem Ö hat sie zwei Herzchen gemalt. Wie bei einem Schülerliebesbrief. Froh, ohne Grund erschrocken zu sein, stellt er die Kaffeemaschine an und geht unter die Dusche.

Nach dem Frühstück wäscht er Teller und Tasse ab und geht zum Bahnhof. Das sonntägliche Freiburg schlendert frischgewaschen wie er, zufrieden und lässig von Schaufenster zu Schaufenster. Die Menschen scheinen erleichtert, ausnahmsweise mal nichts kaufen zu müssen. Plaudernd und mit ihren Kindern schäkernd stehen sie vor den Auslagen. Hat Gott den Sonntag deshalb eingeführt, daß nichts gekauft werden muß? Als Verschnaufpause?

Der Beamte am Expreßgut-Schalter sagt, die Sachen seien schon seit gestern hier. Je einen Koffer in der Hand und die zusammenklappbare Staffelei unterm Arm, geht Sig zum Taxistand.

Im ersten Wagen sitzt eine Fahrerin. Er ist froh, nicht schon wieder dem Unsympathen mit dem abgebrochenen Stern zu begegnen. Er packt die Sachen in den Kofferraum.

Auf das Auspacken der Farben, das Aufstellen der Pinsel und der Staffelei und das Aufziehen eines ersten Blattes freut er sich richtig. Angekommen, packt er alles, als wären es Geschenke, auf den Tisch.

Er stellt die Staffelei ins Licht und legt sich, was er braucht, zurecht. Ohne Nachdenken fängt er zu malen an. Er ist glücklich. Schon nach den ersten Farbtupfern, Flächen und Spritzern, die er ungezielt und locker aufs Papier wirft, merkt er, wie sehr ihm die Arbeit gefehlt hat. Als müsse er wieder aufholen, malt er schnell und konzentriert, und nichts geht ihm schief.

Kurz nach sechs, als Regina an die Glastür klopft, hat er vier Bilder angefangen und ein fünftes fertig.

«Wie siehst du denn aus?» lacht sie, als er die Tür öffnet. Zum Glück hat er nicht vergessen, den alten blauen Cordmantel anzuziehen, denn wenn seine neuen Kleider auch so aussähen wie Gesicht und Haare, dann wären sie reif für den Müll. Er ist über und über bunt.

«Das muß so sein», sagt er, «paß auf, daß du nichts abkriegst.»

Sie steht vor den neuen Bildern und zieht ihre Jacke aus. «Wo kommt das her?» fragt sie.

plus hunderteinundsechzig

«Was?»

«Na, das hier. Die Formen und Farben. Schüttelst du die Welt durch und legst sie neu zusammen oder so was?»

«Weiß ich nicht. Ich male eben.»

Vorsichtig, daß ihre Finger nicht die nasse Farbe berühren, deutet sie auf verschiedene Stellen. «Ein Knochen..., ein Stein..., eine Schnecke. Erzählt das was?»

«Ich weiß nicht... Nein.»

Sig fühlt sich überfordert, wie immer, wenn er fürchtet, jemand wolle eine Erklärung von ihm. Man soll Bücher lesen, wenn man Worte will. Bilder sind Bilder.

«Ich weiß es nicht. Ich male eben. Du fragst einen Komponisten ja auch nicht, ob die Quinte Vatermord und die Terz Telefonzelle bedeutet. Man hört die Musik und geht eigene Wege. Schau die Bilder an und geh auch eigene Wege. Es wäre mir ein bißchen peinlich, eine Legende zu den Bildern finden zu wollen. Es sollen Bilder sein, keine Geschichten.»

Wie meist bei diesem Thema und wie immer, wenn Regina zuhört, hat er das Gefühl, sich zu verhaspeln, nicht klar genug sagen zu können, was er meint. Und wie immer, wenn er ernst wird, flapst sie dagegen: «Nicht daß ich etwa begreife, was du meinst, aber macht nichts. Die Bilder sind schön.»

Natürlich weiß sie, was er meint. Sie baggert einfach an dem schmalen Orchestergraben, den sie zwischen ihm und sich haben möchte. Eine armlange Distanz soll bleiben, und wenn sie sie künstlich erzeugen muß.

Bei Karin hätte Sig nach solch einem Wortwechsel schon längst eine grimmige Wut gehabt. Er hätte sie innerlich bezichtigt, zu faul zu sein, die Anstrengung, ihm zu folgen, nicht auf sich nehmen zu wollen. Regina verübelt er nicht, daß sie ihn eher verspotten als verstehen zu wollen scheint. Bisher ärgert ihn das nicht.

Er fühlt sich ihr sehr nah. Im Zimmer dämmert es wieder, und dieses pulverige Gefühl kribbelt unter seiner Gürtellinie.

«Ich begehre dich.»

«Heut nicht», sagt sie und legt einige Dinge, die sie aus ihrem Korb fischt, auf die freie Seite des Tisches.

plus hundertzweiundsechzig

«Fickpause.»

«*Was?*»

«F-hh-ick P-hh-ause», sagt sie mit theatralischer Stimme, «wegen Inflationsgefahr.»

«Du sagst aber auch jeden Tag was anderes.»

«Stimmt.»

«Außerdem dachte ich, das Wort sei verboten?»

«Stimmt.»

«Nur für mich?»

«Genau. Ich darf.»

Und irgendwie hat sie recht. Aus ihrem Mund ist das fröhlich und frech und klingt, wie es nie aus einem Männermund klänge. Verletzt ist er trotzdem. Warum immer diese Stegreifblamagen? Was hat sie davon, daß er ihr immer ins Messer laufen muß? Sie nutzt sein Vertrauen aus.

«Ach komm, sei nicht böse.» Sie fährt ihm mit dem Finger hinterm Ohr entlang. «Mein weiser Entschluß wird uns schon nicht schaden.»

Er fängt ihre Hand und küßt sie.

«Darf ich dich dann wenigstens zeichnen?»

«Ist das so was ähnliches für dich?»

«Könnte sein.»

«Dann muß ich mir das noch überlegen.»

Sie kocht Spaghetti. Alles dazu Nötige hat sie mitgebracht.

«Hast du die WG beklaut?»

«Ein bißchen. Die Spaghettis und die Tomaten gehören mir. Den Rest hab ich stibitzt oder ausgeliehen.»

«Verbrecherin.»

«Sei nicht so evangelisch. Ich hab's doch für uns getan.»

Wenn er nicht bald ein Wachstuch für den Tisch besorgt, ist alles voller Farben. Er putzt den Tisch mit Terpentin. Sie hat sogar zwei Kerzen mitgebracht. Mit Ständern. Der gedeckte Tisch sieht richtig fein aus.

plus hundertdreiundsechzig

«Sogar eine Mistbude wie das hier wird zum Schloß, wenn du die Königin gibst», sagt Sig.

«Mach halblang, Kleiner», sagt sie im abgebrühtesten Reeperbahn-Ton.

Er muß lachen. «Hauptsache mir eine reingewürgt.»

«Right», sagt sie.

Nach dem Abwasch nimmt sie ein dickes Buch aus ihrem Korb.

«Was ist das?» fragt Sig.

«Mein Lieblingsbuch. Ich les dir vor.»

Er legt sich auf die Matratze, und sie stellt beide Kerzen neben sich. Wein und Zigaretten in greifbare Nähe gerückt, fängt sie an zu lesen:

Es lag ein Bischof tot in einer Mur am Zederngebirge fünf Stunden schon unter strömenden Wolkenbrüchen. Die Mur war hinabgemalmt mit ihm und seinem Karren und seinen Maultieren und seiner Geliebten, unter ihm fort, über ihn hin, als schmettere das Erdreich ihn in den Schlund der Hölle, kurz vor Anbruch der Nacht...

So schnell ist Sig in den Bann dieser Geschichte gezogen, daß er nicht einmal Zeit hat zu bemerken, wie anders Regina auf einmal ist. Ernst und von einer leisen Würde. Er hört zu.

Manchmal unterbricht sie das Lesen für einen Augenblick, um einen Schluck Wein zu trinken oder an ihrer Zigarette zu ziehen. Dann ist Stille. Sig unterbricht die Geschichte nicht. In einer solchen Pause denkt er erstaunt, ich werde sie nie kennenlernen. Ich soll sie nicht kennenlernen. Wann immer ein Schritt von mir ausgeht, annulliert sie ihn und ersetzt ihn durch einen eigenen. Ich muß den Vorsprung akzeptieren.

Während er das denkt, hat sie angefangen weiterzulesen, und er versäumt ein Stück der Geschichte. Obwohl ihn das ärgert, kann er nicht aufhören. Er wird nie eine Frage stellen wie «Wo bist du nächstes Jahr um diese Zeit», oder «Was tust du, wenn ich mehr von dir wissen will, als du verraten magst». Er wird sich auf ihr Konzept verlassen, obwohl er nicht weiß, für wann das Umblättern der letzten Seite – und wieviel Platz oder Regina für ihn darin vorgesehen ist.

plus hundertvierundsechzig

Irgendwann ist er eingeschlafen. Es müssen Stunden vergangen sein. Regina hat sich so in das Buch gehen lassen, daß sie nicht weiß, wie lang sie schon ohne Zuhörer liest. Sie legt die Postkarte, die ihr als Lesezeichen dient, eine Ansicht von Les Beaux, auf Verdacht zehn Seiten zurück und legt das Buch in ihren Korb.

Leise steht sie auf und stellt den vollen Aschenbecher aufs Fensterbrett nach draußen. Das Fenster läßt sie einen Spalt weit offen und geht in die Dusche, um sich die Zähne zu putzen. Dann zieht sie sich bis zur Unterwäsche aus, löscht die Kerzen und legt sich vorsichtig, um ihn nicht zu wecken, neben Sig. Er ist ganz angezogen, aber das macht nichts. Sie kuschelt sich an ihn und zieht die Decke über beide.

Irgendwann hört Sig ein Schnurren an seinem Ohr. Erstaunt stellt er fest, daß er angezogen ist. Regina liegt mit dem Rücken zu ihm, und die kleine Katze will gerade über ihn hinwegsteigen. Er rollt sich behutsam unter der Decke vor und schiebt das Kätzchen vor sich aus dem Bett.

«Ich hab Durst», sagt es.

«Nicht miauen, psst, sonst weckst du die schöne Frau auf.»

Die Katze reibt sich an der Milchtüte. Er schüttet ihr was in die Untertasse, die da noch steht. Sie hat es so schnell leer geschlabbert, daß er gleich wieder nachfüllt.

«Ganz schön nonverbal, wie wir beide kommunizieren», flüstert er.

«Bist'n Kluger, was?» sagt die Katze. Es klingt wie ein Gurren. Sie stupst mit der Nase an Reginas Stirn und fragt: «Wer is'n die?»

«Nicht miauen», flüstert Sig beschwörend, «die hat mir der Himmel in mein Bett gelegt. Stör sie nicht, sonst muß ich vielleicht feststellen, daß sie nur Einbildung war.»

«Die ist aber echt», sagt die Katze.

«Sei doch leise», sagt Sig.

Die Katze requiriert die Kuhle im Kopfkissen, wo eben noch Sigs Kopf lag, als Schlafplatz. Nur unwillig läßt sie sich von ihm nötigen, eine neue Wahl zu treffen. Als er sich wieder an Reginas Rücken-

plus hundertfünfundsechzig

kuschelt, nimmt sie mit der Stelle in seinen Kniekehlen vorlieb und schnurrt.

«Du bist 'ne nette Katze», murmelt Sig in Reginas Haar vergraben.

«Schlaf gut, großer Kommunikater», sagt die Katze.

Es klingt wie «Schnurr».

Fassen wir zusammen», sagt Engel O'Rourke. Er sitzt mit seinem Freund Doppelkopf in der Logo Bar im Ostteil des christlichen Himmelskomplexes. Die Logo Bar ist ein bekannter Agententreff. Alles was schnüffelt, hängt hier rum. Für Doppelkopf ist es nur deshalb nicht gefährlich, so einfach mit einem CHIA-Mann zusammenzusitzen, weil er als Doppelagent bekannt ist und jede Seite meint, er spioniere gerade für sie, wenn er mit der anderen Seite Kontakt hat. Hier wimmelt es von Chem-Phys-Leuten.

Wäre Doppelkopf nicht sein bester Freund, O'Rourke würde ihm nicht trauen. Aber er kennt ihn schon so lange und hat es irgendwie im Gefühl, daß Doppelkopf in Wirklichkeit auf CHIA-Seite steht.

Der genießt die Situation. Die Chem-Phys-Agenten werfen ihm immer wieder verstohlene Blicke zu, in denen zu lesen ist, daß sie nicht wissen, ob er investigiert oder petzt.

«Gut, fassen wir zusammen», sagt er. «Du gehst also runter in dieses Kaff und versuchst die Deplazierten zu finden. Wie machst du das? Du brauchst ein Raster.»

«So weit war ich auch schon. Wie zieh ich das auf? Was sind die Items?»

«Also ich würd's als normale soziokulturelle Umfrage laufen las-

plus hundertsiebenundsechzig

sen. Als Items nimmst du Reiseziele, Namen der Kinder, bevorzugte Filme, bevorzugte Bücher, Restaurants..., du kannst sogar die Frage stellen: ‹Welche Nationalität hätten Sie am liebsten?› Laß dir hier von den Statistikern einen Abweichungskoeffizienten errechnen, nach dem du die Normalen von den Inkompatiblen trennen kannst.»

«Ausgerechnet Rechnen», stöhnt Dean, «ist ja nicht so mein Hauptfach.»

«Dann laß es doch hier oben machen. Beam die Daten rauf. Ist doch kein Problem», sagt Doppelkopf. «Am besten läßt du den ganzen Fragebogen hier machen, dann haben die Jungs von der EDV gleich das passende Computerfutter.»

«Scheiße», sagt O'Rourke, «ich war mehr so auf die klassische Investigation eingestellt. Observieren, infiltrieren, mal wieder so richtig rumschleichen. Verstehst du?»

«Ach komm, Dino», sagt Doppelkopf, «sei nicht kindisch. So sind die Zeiten nicht mehr. Deinen CIA-Traum von früher müßtest du doch endlich mal ausgeträumt haben.»

«Na ja», sagt O'Rourke.

Er tut griesgrämig, aber in Wirklichkeit freut er sich auf die Erde wie ein Abiturient auf die Uni. Der Präparadiesische Zustand hat nämlich durchaus Vorteile. Das sagt man zwar hier oben besser nicht so laut, aber wer den Vergleich hat, macht sich halt so seine Gedanken.

Zum Beispiel sexwise, wie Dean das nennt, läuft hier oben überhaupt nichts. Man kann sich zwar noch verlieben, aber nur, um sich ein paar Blumen zu schenken oder den andern in der Stadtteildiskussion zu unterstützen. Man kann Spaziergänge machen und Süßholz raspeln, aber wozu? Die Geschlechtsorgane sind reine Verzierung. Ihr Gebrauch ist sinnlos, weil man nichts dabei spürt.

Als normaler Himmelsbewohner vergißt man das alles beim Eintritt. Aber Dean, der ab und zu Berichte von der Erde durcharbeiten muß, der sieht auf den Videofilmen das fröhliche Gehüpfe und Gestöpsel da unten und erinnert sich, daß es ein tolles Gefühl war.

Klasse, denkt er, Ficken. Ganz junge Mädels. Muß ich ja, gehört

plus hundertachtundsechzig

zu meinen Aufgaben, wenn ich richtig infiltriere. Er wird Studenten anstellen. Studentinnen. Wenn sie nur kein Datenschützergetue machen. Aber was soll's, sie kriegen ja Geld dafür, da werden sie sich schon nicht so anstellen.

Das ganze soll etwa so laufen, wie das Ding damals mit Augustus, als die CHIA noch die Kernorganisation des christlichen Untergrundes war.

Dean gehörte damals noch nicht zu dem Haufen. Das ist Geschichte, aber die Story wird gern erzählt. Die alten Hasen brüsten sich mit ihren Erlebnissen aus dieser Zeit.

Damals wurde eine Doppelstrategie verfolgt. Augustus wurde langfristig als Schläfer aufgebaut, bis er Kaiser war, und dann erst aktiviert. Dann leierte er diese Volkszählung an, und die Leute wurden wie geplant sauer auf die Römer. Zugleich lief die Sache mit Jesus, mit all den Wundern und Heilungen und Predigten, so daß die Stimmung im unzufriedenen Palästina konsequent zur Religionsgründung genutzt werden konnte.

Dean ist nicht so ein Fan von diesen Geschichten, aber Armin und die anderen schwärmen bei jeder Gelegenheit von den alten Zeiten. Deshalb stimmten sie auch so begeistert zu, als die Schadenserhebung vorgeschlagen wurde. Sie hatten glänzende Augen.

Das ist jetzt bald zweitausend Jahre her. Gott war damals noch ein harmloser Gelehrter im finnischen Exil. Erst später, als der Sieg des Christentums sich abzeichnete, bat man ihn, die Repräsentationspflichten für die neue Bewegung zu übernehmen. Man konnte ja nicht ahnen, daß so ein romantischer Querkopf aus ihm werden sollte, der sich gegen jede zivilisatorische Innovation stemmt und freiwillig sein Dasein in diversen Speichern fristet. Als dieser Nietzsche damals in der Ankunftshalle stand und gefragt wurde, in welche Sektion er wolle, sagte er: «Gott ist tot.» Da lachten die Beamten bitter und sagten: «Schön wär's ja», woraufhin Nietzsche interessiert war und sich doch für den christlichen Himmelsteil einschrieb. Er sagte: «Kann ich noch was lernen.»

O'Rourke grübelt darüber nach, wie er die Adressen kriegen kann, ohne daß die Studentinnen mißtrauisch werden. Vielleicht

plus hundertneunundsechzig

wenn er einfach zwei getrennte Bögen macht? Dann muß er verlangen, daß sie nach dem selben System eingeordnet werden. Er kann ja sagen, das rhythmische Auftauchen bestimmter Items sei wichtig. Das könnten sie fressen.

«Wie findste das?» fragte er Doppelkopf.

«Genial», sagt der, «bist halt doch 'n alter Hase.»

Sie trinken noch einen Tullamore Dew, dann klopft O'Rourke auf den Tisch und sagt: «Tschau, Dopey.»

«Nenn mich nicht Dopey, das klingt nach Rauschgift», sagt der mürrisch.

«Ciao, Doppio. Drück mir die Daumen.»

«See you, altes Haus. Mach's gut.» Er zieht Dino, der schon aufgestanden ist, am Ärmel und sagt noch: «Laß nix anbrennen da unten».

«Worauf du dich verlassen kannst», grinst der.

Eine Stunde später haben ihm die Jungs im Headquarter einen Fragebogen entworfen, den er auf der Erde nur noch drucken lassen muß. Er bekommt noch seine Zielkoordinaten ausgehändigt und geht los zur Beamstation.

Zwei Stunden später, es ist zehn Uhr vormittags in Freiburg-Erde, materialisiert er sich auf dem Fahrersitz eines blauen BMW 723 i auf einem Parkplatz vor dem Hauptbahnhof.

Voula ist schon seit einem Tag unten. Allerdings hat sie eine kleine Reise hinter sich, denn es ging nicht so zielgenau vonstatten wie bei den CHIA-Profis. Sie wurde nachts in der toten Zeit zwischen elf und fünf in die Beamstation geschleust und dann, als der Security-Mann schlief, einfach so, von Hand, runtergebeamt. Aber dafür, daß es heimlich und schnell und ohne genaue Koordinaten gehen mußte, war es nicht schlecht. Nur knappe hundert Kilometer daneben. Das ist kein Beinbruch.

Sie materialisierte sich genau acht Kilometer nördlich von Straßburg, auf einer Wiese und mitten in der Nacht.

Sie fand sich schnell zurecht. Nach einer halben Stunde Fußmarsch hatte sie die Nationalstraße erreicht und winkte einem Last-

plus hundertsiebzig

wagen. Der Fahrer staunte nicht schlecht über die schick angezogene Dame, die mitten in der Nacht an der Straße stand und winkte. Er staunte noch mehr, als sie nicht einmal wußte, wo sie hin wollte. Sie wußte ja nicht, wo sie war.

«Einfach die Richtung», sagte sie.

Schon wieder so eine Ausgeflippte, von denen man immer hört, dachte der Trucker, 'ne Tasche von Vuitton und ein Leinenkostüm von Sander und trampt die N 4 lang.

Der Trucker kannte sich aus. Er dachte das übrigens alles auf französisch, denn er stammte aus Besançon.

«Straßburg», rief Voula begeistert und klatschte in die Hände, als sie das erste Schild zu Gesicht bekam. Bei der nächsten Gelegenheit stieg sie aus und ging zu Fuß zum Bahnhof. Sie war froh, so gut runtergekommen zu sein. Bei der selbstgemachten Beamtechnik, derer sich die OEF bedienen mußte, hätte sie genausogut irgendwo im Pazifik landen können. Mit ein bißchen Pech jedenfalls.

Mikis hatte sie instruiert, wo immer sie sei, in jedem Falle den nächsten Bahnhof aufzusuchen. Im Schließfach Nummer eins jedes Bahnhofs der ganzen Erde liegt Geld in der Landeswährung und Devisen der angrenzenden Länder. Eine Art multifunktionalen Superdietrich hat jeder OEF-Agent bei sich. Ausweis, Führerschein und einige Utensilien, die ihre Legende unterstützen, hat sie mit heruntergebeamt.

Verna Blyston aus Chikago, Illinois, achtundzwanzig Jahre, geschieden, Erbin der *Blyston Medical Instruments,* deren Geschäftsführung ihr geschiedener Mann Rolf weiterhin innehat. Das ist ihre Tarnung.

Sie nahm das ganze Bündel Deutschmarks aus dem Schließfach, aber nur zweitausend französische Franc. Das reichte für die Fahrkarte und einen Café noir im Speisewagen. Sie nahm den ersten Zug und, in Freiburg angekommen, das erste Hotel. Und ging gleich an die Arbeit.

Das heißt, erst mal dachte sie nach.

Wie würde es die CHIA anstellen, an die Dislozierten heranzukommen, per Detektivbüro, Einwohnermeldeamt oder Meinungsumfrage? Wohl am ehesten per Umfrage. Es hing ganz davon ab, wieviel die CHIA weiß, ob sie in der Lage sein würden, einen Dislozierten zu erkennen, wenn sie einen vor sich haben.

Wenn man doch nur genau wüßte, wieviel Garipides verraten hat.

Und noch was: Will die CHIA alle Dislozierten erfassen? Dazu bräuchten sie Hunderte von Leuten und viel, viel Zeit.

Sie warf das Telefonbuch, in dem sie nach Detektivbüros und Marktforschungsinstituten schauen wollte, wieder zur Seite. So ging's nicht. Besser, sie hielte sich an ein paar ausgewählte Dislozierte aus verschiedenen Stadtteilen und beobachtete die. Wenn dann jemand mit denen in Verbindung tritt, kann sie ja weitersehen.

Aber wenn die CHIA nur eine Stichprobe macht? Dann kann es sein, daß sie die Falschen beschattet und nichts mitkriegt. Allerdings kann sich die CHIA einen Riesenaufwand leisten, und außerdem hieß es in der Nachricht Schadens*erhebung*. Das deutet doch auf eine Totalerfassung hin.

Und ein bißchen Glück gehört eben auch dazu.

Nachdem sie ein paar Stunden geschlafen hatte, nahm sie sich die Liste, die sie mit heruntergebeamt hatte, und strich sich drei Dislozierte an. *Josef Scharmer mod. USA, Kurt Bilgenreuther, mod. Italien, und Johannes Merckh, mod. Irland.*

Das war erst mal genug Arbeit für diesen Tag. Sie ging ins Hotelrestaurant, um sich ein gutes Abendessen zu gönnen. Dann schaute sie noch ein bißchen Erdfernsehen und ging schlafen.

Ihren zweiten Tag verbrachte sie, als hätte sie Urlaub. Mit den Gegebenheiten vertraut machen, nennt sie das. Sie schlenderte durch die hübsche Stadt, trank mal hier einen Kaffee, ging mal da griechisch essen und beschloß den gemütlichen Tag in der Disco, die von Bhagwahn-Anhängern betrieben wird.

Heute, Montagmorgen, ist sie entschlossen, mit der Arbeit anzufangen. Am Frühstückstisch nimmt sie sich die drei Akten vor. Bilgenreuther ist Hausbesitzer, der läuft ihr nicht weg, um den kann sie sich heut nachmittag noch kümmern. Scharmer ist Taxifahrer und Merckh Berufsschullehrer. Der Taxifahrer war doch für Ame-

plus hundertzweiundsiebzig

rika gedacht. Der müßte doch eigentlich auf ihre Tarnidentität anspringen. Verna Blyston aus Chikago, Illinois, das könnte doch genau sein Traum sein.

An der Rezeption holt sie sich eine Packung Kaugummi und schiebt zwei Streifen gleichzeitig in den Mund. Im Zimmer legt sie sich noch schnell rosa Lippenstift auf und steckt sich große klotzige Elfenbeinkugeln an die Ohren. Fertig.

Mit wiegenden Hüften und knatschenden Kiefern verläßt Verna aus Illinois, ein reiches und lebenslustiges Ami-Mädchen mit dem fröhlichsten Cheerleadergrinsen, das man sich vorstellen kann, das Hotel Rheingold.

Und biegt nach rechts.

Und fragt den ersten Taxifahrer in der Reihe, ob er Josef Scharmer kenne.

«Wagen neunzehn», sagt der und deutet nach hinten. Sie verzieht sich hinter die Glastür der Bahnhofshalle und wartet, bis der Wagen vorn in der Reihe steht. Dann geht sie schnell und öffnet den Schlag.

«Do you speak English?» Sie läßt sich auf den Rücksitz gleiten.

«Watcha wanna know?» Joe zerbricht vor Aufregung fast die halbgerauchte Marlboro zwischen den Fingern. Er ist begeistert.

Voula weiß, das sie gewonnen hat. Der Typ ist Wachs.

«I just wondered if ya could show me round town some.»

«No proablem», knatscht er hinter zusammengebissenen Zähnen vor, spuckt die Zigarette aus dem Fenster und reiht sich in den Verkehrsfluß ein. Nicht ohne vorher, nach echter Ami-Art, mit dem linken Arm ein Zeichen für die nachfolgenden Autos zu machen.

plus hundertdreiundsiebzig

Da war eine hübsche Tigerkatze im Bett», sagt Regina, als Sig die Augen öffnet. Sie wußte, daß er gleich aufwachen würde, denn als der Kaffee durch die Maschine lief, blähten sich seine Nüstern im Schlaf.

«Das war Frau Müller. Ich konnte sie dir noch nicht vorstellen. Sie ist eine Zugehkatze.»

Regina war schon einkaufen. Es hat den Anschein, als gäbe es was anderes als Weißbrot und Käse. Es hört sich jedenfalls so an. Es brutzelt. Sig schnuppert in Richtung Kochplatte und wirft die Decke von sich. «Willst du mich glücklich machen?»

«Tu ich das?»

«Ja.»

«Laß es mich so sagen. Es geht mir gut, und du sollst auch nicht leben wie ein Hund.»

«Das ist nett von dir.»

Für einen Augenblick hat er doch glatt vergessen, daß man von ihr keinen Satz, den man sagt, unzerkleinert zurückbekommt.

«Der Katze hab ich auch Frühstück mitgebracht», sagt sie und schüttelt eine Packung Brekkies. «Bist du eingeschnappt?»

Er muß überlegen.

«Laß es mich so sagen. Ich werd mir angewöhnen, mich in Über-

plus hundertvierundsiebzig

größen auszudrücken, damit nach deiner manischen Zurechtstutzerei noch was übrigbleibt von dem, was ich sage.»

«Zurechtstutzerei?»

«...»

«Du *bist* beleidigt.»

«...»

«Wie willst du das anstellen mit den Übergrößen?»

Sie lacht ihn schon wieder aus. Beleidigtsein akzeptiert sie einfach nicht. Wie eine Mutter, die die Unarten ihres Kindes ignoriert, geht sie drüber weg.

«Zum Beispiel so», sagt er, «anstatt zu sagen ‹Willst du mich glücklich machen?›, sag ich eben ‹Willst du michst glücklichst machenst?› Dann kannst du die Superlative wegbröseln, und mein heimliches Original bleibt übrig.»

«Wegbröseln», sagt sie, «schlau. Bacon und Eggs sind fertig.»

Das Frühstück schmeckt wunderbar. Kurz nach neun steht sie auf und zieht ihre Jacke an. «Ab übermorgen hab ich Semesterferien.»

Sig wundert sich: «Jetzt, Ende April?»

«Ich nehm sie mir einfach. Ich lasse ein paar Veranstaltungen ausfallen, verschiebe einen Schein auf nächstes Jahr, und schon hab ich Ferien.»

Das ‹Walser Seminar› ist fertig. Eine Arbeit, deren Benotung ihr jetzt schon egal ist, hat sie abgegeben. Und da sie diese Arbeit in den Osterferien geschrieben hat, braucht sie eben *jetzt* Ferien.

Am liebsten führe sie weg. Aber so wie die Dinge liegen, will sie nicht ohne Sig sein. Und der hat gerade einen Job angenommen, um in Freiburg bleiben zu können. Wird sie halt hier Ferien machen. Das ist vielleicht sogar noch schöner. Wie schwänzen oder so. In etwas über zwei Wochen muß sie ja sowieso umziehen.

«Bis später», verabschiedet sie sich von Sig und geht zur Geschäftsstelle der Badischen Zeitung. Dort gibt sie eine Annonce auf: *Zimmer in WG 300 Mark warm.* Sie fährt mit dem Rad zur Pfandleihe, wo sie für dreißig Mark einen Kühlschrank kauft, und dann nach Hause, um sich Marius' Mercedes zu leihen. Mit dem holt sie den Kühlschrank ab und fährt ihn zur Galerie.

plus hundertfünfundsiebzig

Sig bekommt gerade von Heidi die Grafiken vorgeblättert.

«Hilf mir mal», sagt Regina durch die Tür.

Zu dritt wuchten sie den Kühlschrank aus dem Kofferraum und tragen ihn hinein. Regina fährt gleich wieder los, um das Auto zurückzugeben.

«Ich mach uns heut abend Fischstäbchen», sagt Sig.

Er sieht ihr beim Davonfahren nach. Die zarte Frau in dem monströsen Rostbrummer gefällt ihm sehr. Der Mercedes steht ihr, denkt er.

«Hausstand?» fragt Heidi.

«Nichts ist mehr unmöglich.»

Am Nachmittag soll der Künstler, dessen Ausstellung übermorgen eröffnet wird, mit seinen Bildern kommen. Sig läßt sich von Heidi die Buchführung erklären. Es ist einfach. Eigentlich hat er nichts zu tun, außer zu warten, daß es mal regnet und jemand in der Galerie Schutz sucht.

Als Heidi gegangen ist, setzt er sich die Kopfhörer auf und arbeitet, die Tür im Blick, an seinen Bildern weiter. Als der Maler schließlich kommt, saß Sig schon fast eine Stunde lang glücklich, wie erlöst vor zwei Bildern, die er ganz und gar gelungen findet.

Er macht Kaffee. Der Maler stellt seine Bilder an den Wänden entlang, und Sig sieht sie an. Außer zwei toten Fischen in stumpfen, toten Farben sind alles Landschaften. Alle in stumpfen Farben. Nur aus einem blitzt ein froher Funke, und genau das mag Sig leiden. Als einziges. Außer Anordnungsvorschlägen und Allgemeinheiten sagt er nichts. Das ist so üblich unter Künstlern. Man könnte ja Streit kriegen. Auch der Maler gibt nur ein «Hmmm» von sich, als er die noch nassen Bilder an der Wand in Sigs Zimmer sieht.

Der Maler heißt Hans Breinling-Beckenrath und ist Zeichenlehrer am Goethe-Gymnasium.

Auch den bequemen Weg gegangen, denkt Sig, obwohl ihn solche Kategorien eigentlich nicht mehr interessieren. Die Idee von der heroischen Aufopferung des schwindsuchtkranken Genies, das außer einer gefriteten Socke mit Kakerlakenfilet nichts zu bei-

plus hundertsechsundsiebzig

ßen hat, langweilt ihn schon lang. An den Scheiß glaubt seine Mutter, wenn sie kitschige Fernsehfilme sieht.

Und dann setzt sich eine tüchtige Frau für ihn ein, und der Künstler kriegt eine Ausstellung, und dann ist er weltberühmt, und alle haben es schon immer gewußt.

Dabei hat er damals, ganz am Anfang, mit genau dieser Kitschvorstellung gegen seine Eltern gekämpft, als die sagten, Illustrator, Grafiker oder Kunstlehrer sei doch auch was Künstlerisches. Er sagte, ich werde Kunst machen und nicht was Künstlerisches.

Jetzt, da er alle Steine, die sie ihm nacheinander in den Weg gelegt hatten, beiseite geräumt hat und genau das tut, was sie nicht wollten, jetzt glaubt seine Mutter an dieses Pamphlet. Und er faßt sich an den Kopf, wenn er an den Blödsinn, den er erzählt hat, erinnert wird.

Innerlich argumentiert er noch immer gegen seine Mutter, obwohl sie ihn jetzt doppelt nicht versteht. Sie hat den Standpunkt eingenommen, den er schon seit Jahren verlassen hat, und jetzt kann er ihr gar nichts mehr erklären.

Ist sowieso unwichtig. Und unmöglich. Wann haben Eltern je verstanden, worin der Unterschied zwischen ihnen und ihren Kindern besteht?

Als Breinling-Beckenrath mit dem Versprechen, morgen um dieselbe Zeit zum Aufhängen da zu sein, geht, fängt Sig noch ein neues Bild an. An den beiden unfertigen weiterzuarbeiten will er nicht riskieren. Zu oft schon hat er Bilder ruiniert, wenn er nur noch Mut, aber keine Kraft und Konzentration mehr hatte. Inzwischen spürt er instinktiv, ob es noch für Feinheiten reicht oder ob er lieber einen Schritt zurückgeht und gegen die vorwurfsvolle Leere eines unberührten Blattes angeht, als im erwartungsvollen Chaos eines schon lebenden Bildes zu operieren.

Irgendwann hopst die Katze wieder aufs Fensterbrett. Er bietet ihr Brekkies an, die sie begeistert aufißt. Nachdem sie alles ratzeputz leergefegt hat, putzt sie sich ausführlich, sagt «Danke» und flitzt mit fröhlich gebogenem Schwanz wieder in den sonnigen Frühlingsabend. Kein einziger Besucher kam in die Galerie.

plus hundertsiebenundsiebzig

Kurz nach sechs beeilt sich Sig, die versprochenen Fischstäbchen zu holen. Als er zurückkommt, fällt ihm auf, daß er vergessen hat, Wein zu kaufen. Also noch einmal los.

Zwei Flaschen Soave im Arm biegt er um die Ecke und sieht Regina auf der kleinen Brüstung vor dem Schaufenster sitzen. Er küßt sie neben die Mundwinkel. Ich muß aufpassen, denkt er, daß ich sie nicht für selbstverständlich halte, darf nichts erwarten, das sie mir vielleicht nicht geben will.

Die letzten Stunden hat er an sie gedacht. Hat innerlich die ganze Bildersammlung, in der sie vorkommt, durchgeblättert. Das Malen ging automatisch, wie eine Nebenbeschäftigung.

Es kommt ihm so vor, als könne er durch ihr Kleid sehen. Als hätte er jetzt die Röntgenbrille auf, die er sich als Kind so gewünscht hatte, wenn er die letzte Seite der Jerry Cotton-Heftchen studierte. Sie läßt sich in den Sessel fallen und setzt die Walkman-Kopfhörer auf.

plus hundertachtundsiebzig

That's sort of my home», sagt Joe mit einer ausladenden Gebärde. Die hat er John Wayne abgeschaut. In irgendeinem Film sagte der «Das wird einmal alles dir gehören, mein Sohn». Oder war es Lorne Greene?

Voula jedenfalls denkt, armer Kerl, wenn das dein Heim ist, als sie die traurige Kaschemme mustert. Aber sie läßt sich nichts anmerken und gibt ihm das «Wow» und das «Nice», das er erwartet.

Er führt sie zur Theke und stellt sie dem Wirt vor. Seine Stimme klingt stolz. «Das ist Verna aus Illinois.» Als hätte er sie selbst gemacht.

Das Schnakenloch ist fast leer. Nicht mal Happe und Stefan sind da, um sich die eine oder andere Stadtfahrt aus dem Portemonnaie zu saufen. Nur der fetzenhaarige Polarisationsforscher ist anwesend. Klebrig, tranig und fettig stiert er in sein Bier. Sofort spricht er Voula von der Seite an: «Du juh nou se diffrenz bitwihn Kätz an Dox?»

Bevor sich Joe noch großartig als Beschützer aufspielen kann, antwortet sie schon mit einer Gegenfrage: «Do *you* know the difference between your*self*?»

«Bitwihn meiself?»

«Yeah.»

plus hundertneunundsiebzig

«Meiself and wot?»

«And everethin' else, honey. Are you sure to get all these drinks inside *your* face?»

«Hä?»

«It's allright. Keep on trying.»

Daube Votze, denkt der Forscher und wünscht sich zurück nach Ulm, seiner Heimatstadt. Da waren die Ami-Mäuse irgendwie netter. Daube Votze, denkt er immer wieder, ganz, ganz daube Votze die.

Voula bestellt ein Seven Up. Damit kann der Wirt nicht dienen. Tolle Frau, denkt er und stellt ihr ein Sprite hin. Das ist so ähnlich. Joe verlangt lässig ein «Bud, wie immer» und bekommt eine frisch vom Sixpack abgerissene Dose hingestellt.

Etwa eine Viertelstunde lang läßt Voula die begeisterten Dämlichkeiten von Joe und dem Wirt über sich ergehen. Dann merkt sie, daß sie die koketten «Ouchs» und «Wows» nicht mehr lange durchhält, und sagt: «Well it's time for me to hit the road.»

Joe besteht darauf, ihr Sprite zu bezahlen. Sie macht ihm die Freude, so zu tun, als fände sie das *wahnsinnig* nett von ihm. Als Abschluß der Sightseeing-Tour soll er sie noch zum Hotel bringen.

Draußen wirft Joe einen Blick auf den Wagen und wird erst kalkweiß, dann violett im Gesicht. Sie folgt seinem Blick und sieht auf der Kühlerhaube einen großen schwarzen, mit der Spraydose applizierten Mercedesstern prangen. Der Stern ist von einem dicken Kreis umschlossen.

Sie kann den Geruch der frischen Farbe riechen. Jetzt bemerkt sie auch das auf dem Kühler fehlende Original der hämischen Kopie.

Den Schrei eines getroffenen Bisons ausstoßend, tritt Joe an das nächststehende Fahrrad, daß es krachend und scheppernd zwei weitere im Fallen mit sich reißt. Er rast um den Wagen, reißt die Fahrertür auf und startet blind vor Haß, ohne an die mindestens hundert Mark, die von der Tour mit Voula auf dem Taxameter stehen, zu denken. In einer schwarzen, stinkenden Dieselwolke verschwindet er tosend um die Ecke, und Voula freut sich, daß sie in dieser schönen Abendstimmung zu Fuß nach Hause spazieren kann.

plus hundertachtzig

Seit heute morgen um zehn ist auch O'Rourke in Freiburg. Der BMW, in dem er sich materialisierte, stand an einer Parkuhr beim Bahnhof. Er brauchte nur den Zündschlüssel abzuziehen und im Kofferraum nachzusehen, was da an Annehmlichkeiten seiner harrte.

Einiges.

Zwei Samsonite-Koffer voll mit Armani-Anzügen, englischen Seidenhemden und Poloshirts. Drei Gürtel und eine Ledertasche von Hermès, ein Pullover von Versace, drei Paar Bally-Schuhe und fünf Krawatten mit Clubabzeichen von Harvard, Yale, Princeton, Cambridge und West Point. Obenauf im zweiten Koffer lag ein dickes Bündel Geldscheine, drei Kreditkarten und ein Scheckheft von der Deutschen Bank. Um das Bündel war eine Armbanduhr geschnallt. Pattek Phillippe stand auf dem Zifferblatt.

O'Rourke grinste zufrieden und fuhr zum Hotel Colombi, wo ihm ein grünjackiger Boy die Koffer auf seine Suite trug. Great fand Dino das alles, einfach great.

Er schlief ein paar Stunden, sah sich ein langweiliges Hotel-Video an und bestellte sich dann ein Club Sandwich aufs Zimmer.

Jetzt räkelt er sich auf der Ledercouch, das Radio spielt Julio Iglesias, und Engel O'Rourke ist so zufrieden, daß er sich für keine der herrlichen Aussichten, die ihm die nächste Zeit bietet, entscheiden kann. Vielleicht sollte er mal mit dem wichtigsten anfangen. Ob es hier Callgirls gibt?

Er bestellt eine Flasche Tullamore Dew beim Zimmerservice. Zum Glück ist es ein Kellner, der den Whiskey bringt, und keine Frau, denn Dean streckt ihm einen Fünfzigmarkschein entgegen und fragt: «Können Sie mir 'ne Frau besorgen? Aber 'ne schicke.»

Der Kellner gibt sich etwas indigniert, aber nur etwas. Fünfzig Mark für ein Telefongespräch sind ein Argument, das über Stilfragen hinwegsehen läßt. Er wolle es versuchen, sagt er und nimmt den Schein.

Nach etwa dreiviertel Stunden klopft es an der Tür, und ein sehr blondes und sehr wohlgeformtes Model stakst an ihm vorbei ins Zimmer. Sie schmeißt ihr Beauty Case achtlos in einen Sessel, fläzt sich in den anderen und zupft am Rock ihres Lederkostüms.

plus hunderteinundachtzig

«Ich brauch was zu trinken», stöhnt sie, als käme sie gerade von einer überaus anstrengenden Modenschau, sozusagen direkt vom Laufsteg in Dinos Bett. Ich hab's gut getroffen, denkt er und schenkt ihr einen Tullamore Dew ein. Für fünfhundert Mark läßt sich die Dame in jede Position, die O'Rourke in den nächsten fünfundvierzig Minuten einfällt, biegen. Und das sind einige.

Er hatte viel Zeit, sie sich auszudenken.

Kaum eine mit Small talk verbrachte Stunde später streckt er ihr noch einmal Fünfhundert entgegen, und sie machen alles genauso wie vorher. Er möchte nachprüfen, ob es wirklich so schön ist oder ob das nur Einbildung war.

Es ist *fast* so schön.

Voula ist durch die Stadt geschlendert, hat an einem Imbißstand ein Gyros gegessen und sich dann kurzentschlossen zu der Adresse von Kurt Bilgenreuther durchgefragt. Schöne Gegend, fand sie beim Anblick der großen Häuser und Gärten.

Sie will sich als Versicherungsvertreterin ausgeben. So was müßte einen Hausbesitzer doch interessieren.

Sein Name steht ganz oben auf dem Klingelschild. Zusammen mit vier anderen Namen. Man muß dreimal klingeln. Als sie zum drittenmal dreimal geklingelt hat, geht oben ein Fenster auf, und ein bärtiges Gesicht mit Nickelbrille sagt ungehalten: «Der ist nicht da.»

Mist. Aber vielleicht sogar besser so. Für einen Versicherungsvertreter ist halb neun eine ungewöhnliche Tageszeit. Versicherungsvertreter kommen vor den Fernsehnachrichten, sonst würden sie nie eine Police verkaufen.

Scheint ein seltsamer Vogel zu sein, dieser Bilgenreuther. Besitzt das ganze Haus, aber wohnt mit anderen in einer Wohnung unterm Dach. Wieso hat der keine ganze Wohnung für sich? Müßte er sich doch leisten können. Ist er geizig?

Zurück im Hotel, dämmert sie eine Weile in der Badewanne vor sich hin, bevor sie ins Bett geht.

«Kalinichta», sagt sie zu sich selber.

plus hundertzweiundachtzig

Kurt Bilgenreuther ist wohl tatsächlich ein seltsamer Vogel. Im ganzen Haus weiß niemand, daß er der Besitzer ist. Es weiß überhaupt niemand, außer dem Einwohnermelde- und Finanzamt. Alle denken, er lebe von seinem Briefträgergehalt und wohne mietfrei für das Ausfüllen der Hausmeisterfunktion.

Mit den Mietern kommt er gut aus. Selbst wenn er mal Unpopuläres von ihnen verlangt. Muß er halt. Wenn es die blöden Hausbesitzer so wollen. Weiß man ja, wie solche Leute sind.

Von den knapp siebentausend Mark, die das Haus monatlich abwirft, spendet er eintausend per Dauerauftrag an Greenpeace und fünfhundert an Amnesty International. Für sich selbst nimmt er fünfhundert Mark, und den Rest fressen das Finanzamt und Reparaturen am Haus. Von seinem Geld spart er oft noch einiges ein, denn er ißt in der Mensa, macht nie Urlaub, unterhält kein Auto und stellt keine Ansprüche, außer an die Leistungsreserven seiner Hi-Fi-Anlage und seine eigene Moral. Fast niemand weiß, daß er Kurt heißt. Alle kennen ihn unter dem Namen Yogi.

Auto fährt er nicht, aber einen Führerschein hat er. Sogar Klasse zwei. Den hat er gemacht, bevor er das Haus von seiner Tante erbte. Zu dieser Zeit fuhr er Coca Cola-Laster und Taxi, um sein Studium zu finanzieren.

plus hundertdreiundachtzig

Als er dann vom Notar die Nachricht erhielt, daß er ab nun Besitzer eines schuldenfreien Mietshauses in Herdern sei, verschenkte er seine fast fertige Doktorarbeit in katholischer Theologie an einen Kommilitonen, der damit nach Marburg zog und dort magna cum laude abschloß. Theologie war sowieso nicht so Yogis Ding.

Jetzt gerade bewährt sich der Führerschein Klasse zwei, denn Yogi sitzt in einem Lastwagen der Denkheim-Spedition und steuert ihn über die Mooswaldallee in Richtung Müllkippe. Den Laster hat er vor fünf Minuten am Güterbahnhof geklaut.

Zwei Monate Planung gingen dem Coup voraus. Jetzt fühlt er sich belohnt wie an einem Geburtstag, auf den man länger als ein Jahr warten mußte.

Einer der Greenpeace-Leute gab ihm den Tip, daß die Denkheim-Spedition zweimal pro Woche nachts Müll auf die Kippe fährt. Man solle doch mal rausfinden, was das für Müll sei, und die Sache gegebenenfalls veröffentlichen. Daraufhin beobachteten sie Nacht für Nacht den Müllplatz und fanden heraus, daß dienstags und freitags ein Denkheim-Laster mit geschlossener Plane vom Wächter einfach durchgewinkt wurde.

Mit einem befreundeten Chemiker entnahmen sie Proben aus den abgeladenen Kartons und fanden Batterien und Altöl. Dafür hätten sie keinen Chemiker gebraucht.

Einer von Zorro inc. inspizierte die Denkheim-Wagen auf dem Güterbahnhof, denn oft standen sie dort eine Nacht lang beladen herum, wenn ihre Fracht kurz vor Feierabend erst geladen wurde. Er fand heraus, daß jeden zweiten Montag eine Ladung Hewlett-Packard Computer ankam, die erst am Dienstagmorgen abtransportiert wurde.

Yogi war begeistert.

Er bat die Greenpeace-Leute, mit der Veröffentlichung des Sondermüll-Skandals noch zwei Wochen zu warten. Sie taten ihm den Gefallen, denn immerhin finanzierte er ein Drittel ihrer Betriebskosten. Er mußte nicht mal erklären, warum.

Der Rest war einfach. Der Güterbahnhof wird nicht bewacht. Außer einer Schießbudenfigur von Pförtner, die nur an *einer* von

plus hundertvierundachtzig

vier möglichen Ausfahrten sitzt, würde sich niemand wundern, wenn ein Laster wegfährt. Als klar war, daß der Laster, der dienstags und freitags den Müll auf die Deponie bringt, nur einen Fahrer hat, stand der Plan. Yogi besuchte seinen Zorro-Kumpel, der auf dem Güterbahnhof als Packer jobbte, und machte sich ortskundig.

Zu zweit knackten sie den Laster, dann schwang sich der «Schlüsseldienst», wie der entsprechende Zorro-Fachmann genannt wird, aufs Fahrrad und strampelte los. Yogi fuhr ohne Hektik den vorher ausbaldowerten Weg und hatte keine Schwierigkeiten, vom Gelände zu kommen. Perfekt.

Auch am Wachhäuschen der Müllkippe geht alles nach Plan. Noch bevor der Wachmann stutzig werden kann, daß der Laster einen Tag zu früh dran ist, beugt sich Yogi halb aus dem Fenster und ruft: «Morgen komm ich nicht, hab 'ne Fahrt in die Franzosenschweiz.»

Der Wachmann beugt sich zum Fenster vor und winkt eine Art Hitlergruß zum Führerhaus des Lasters hoch. Yogi kann durchfahren. Nach der dritten Kurve sieht er schon die Zorro-Leute auf dem Dreckweg stehen.

Er stellt den Wagen ab, und sie machen sich an die Stricke, die die Plane an der Pritsche festhalten. Sie schneiden sie einfach durch. Den eigens dafür mitgebrachten Seitenschneider schmeißen sie nach Gebrauch auf den Müll. Sie schlagen die Plane hoch und schwingen sich alle vier auf die Ladefläche.

Es geht Schlag auf Schlag.

Das Geräusch der von der Pritsche polternden Computer, das trockene Bersten von Bakkelit und das Rasseln der abgesprengten Kleinteile ist Musik in ihren Ohren.

«*Ist* das schön», jauchzt Yogi in das stetige Rummsen der fallenden Pakete hinein.

Es nieselt. Der Wärter kommt bestimmt nicht auf die Idee, für ein Schwätzchen heraufzukommen. Sowieso wird ihm seine Bude wohl lieber sein als der Gestank und Matsch der Müllkippe.

Zwölf Minuten später ist alles vorbei.

Die Sprühdose, die Yogi jetzt zur Hand nimmt und vor Gebrauch kräftig schüttelt, hat heute schon einen schönen Mercedes-

plus hundertfünfundachtzig

stern malen dürfen. Bei dem Gedanken muß Yogi grinsen. In großen Lettern sprüht er *Zorro inc.* auf die Frontscheibe des Lastwagens, wischt die Dose mit einem Lappen ab und wirft sie in hohem Bogen ins Gelände. Sondermüll, denkt er, Spezialsondermüll.

Für sich hat er am Nachmittag ein Fahrrad in der Nähe deponiert, und die anderen haben es die letzten paar hundert Meter bis hierher mitgezogen. Alle vier strampeln ohne Licht durch den Wald. Das Wärterhäuschen umfahren sie weiträumig.

«In einer halben Stunde bei mir», sagt Yogi, als sie die asphaltierte Straße erreichen. «Es gibt Negerküsse.» Kurz darauf trennen sie sich und fahren jeder auf einem anderen Weg in die Stadt.

Dem Wächter kommt es langsam komisch vor, daß der Laster noch nicht wieder draußen ist. Sonst braucht der doch nie so lang. «Komm, Asta, wir sehn mal nach.»

Der Schäferhund wedelt freudig mit der Rute, denn ihm ist alles lieber, als in diesem Loch zu liegen und Stunde um Stunde Heino hören zu müssen.

Kurz darauf könnte man den aufgeregten Wächter, umkreist von seinem hechelnden Hund, mit wedelnder Taschenlampe zu seinem Telefon rennen sehen, wo er empörte Worte in die Sprechmuschel bellt. Der Wärter, nicht der Hund. Man könnte, wenn man da wäre. Aber man ist nicht da.

Man ist längst in der Stadtstraße angekommen und hat begonnen, eine fröhliche Party zu feiern.

«Das schaffen wir noch mal», sagt Yogi gerade mit missionarischem Feuer in der Stimme, «ein Laster voll mit Lodenmänteln für die Bogner-Boutiquen. Wär das nicht sagenhaft?»

Er träumt davon, solche Aktionen regelmäßig zu machen. Einmal im Monat eine Wagenladung Luxusgüter auf den Müll. Das wär's doch. «Das ist schon Kunst.»

«So einfach wie diesmal kommen wir aber nicht immer an die Ladung», gibt Sepp, der am Güterbahnhof arbeitet, zu bedenken.

«Ach, wir treiben schon immer was Geiles auf», sagt Yogi. Er

plus hundertsechsundachtzig

ist nicht zu bremsen. Diese neue Dimension ihres «Bonsai Terrors», wie sie das nennen, begeistert ihn doch zu sehr.

«Eröffnen wir eben jedesmal noch eine spontane Müllkippe dazu. Instant-Müllkippe. Die Laster klauen wir jedesmal woanders, und den Luxus schmeißen wir jedesmal woandershin. Es muß nur eklig und dreckig genug sein, damit das Zeug hinterher nicht mehr zu gebrauchen ist.»

«Na ja», sagt Sepp, «Möglichkeiten gibt's genug. Kiesgruben, Baustellen, Baggerseen...»

Als der Tee ausgetrunken ist, trennt sich Zorro inc., und jeder radelt gut gelaunt nach Hause. In seine eigene WG.

«Komm», sagt Regina, «laß uns spazierengehen.»

Etwas weniger schwarz wären ihr die Fischstäbchen zwar lieber gewesen, aber sie aß sie, ohne zu murren. Es ging ja mehr um die Geste.

An Sigs tastenden Blicken und beiläufigen Berührungen merkt sie, daß er mit ihr schlafen möchte. Sie gehen Arm in Arm durch die Wiehre, einen Stadtteil ähnlich wie Herdern, nur etwas mondäner. Es riecht nach Regen. Die Kastanien blühen rosa und weiß.

Regina drückt seinen Arm an sich und sagt: «Die Pause dauert noch.»

Er gibt nur einen theatralischen Seufzer zur Antwort.

«Es muß wieder nachwachsen», sagt sie.

«Das?»

Er deutet mit dem Finger auf seine Hose.

«Nein», lacht sie, «*das* nun grade nicht. Hab Geduld.»

Er will es versuchen.

Da es zu nieseln anfängt, gehen sie eilig zurück. Trotzdem sind sie naß, als sie in der Galerie ankommen. Sig dreht die Heizung auf.

Als Regina das Buch zur Hand nimmt, zieht er sich aus und legt sich ins Bett. Und wie gestern schläft er irgendwann ein, und sie legt das Buchzeichen wieder zehn Seiten zurück, zieht sich leise aus und kuschelt sich an ihn.

Und irgendwann kommt auch die Katze wieder.

Zwar ist Frühling, aber sie ist erst ein Jahr alt und hat noch keine

plus hundertsiebenundachtzig

Lust, an der Kater-Rallye teilzunehmen. Vergeblich fahndet sie nach Brekkies oder Milch und legt sich dann auf den letzten freien Zipfel des Kopfkissens neben Reginas Haare. Sie schnurrt.

Regina erinnert sie an ihre Mami. Das war eine stolze und geduldige Tigerkatze. Die durfte man getrost leer trinken. Man durfte auf ihr herumklettern, sich mit den Brüdern prügeln, sogar in ihren Schwanz durfte man beißen. Aber irgendwann war sie weg. So sind wir Katzen eben, denkt die Katze und schläft ein.

Am Morgen regnet es noch immer. Regina steht auf, um das Fenster zu schließen, und gibt der Katze Milch und Futter. Die streicht ihr schnurrend um die Beine und gibt dann ein Schlabber- und Knackskonzert, zu dem Regina wieder einschläft.

Der Regen hat noch nicht aufgehört, als Sig aufwacht. Behutsam schiebt er ihre Hand von seiner Brust und schiebt sich, ohne sie zu wecken, unter der Decke vor. «Guten Morgen, Frau Müller», sagt er leise. Die Katze liegt wieder auf dem Kissen. Zum Gegengruß zuckt sie mit einem Ohr und streckt sich noch mehr in die Länge. Ein enttäuschter Blick aus dem Fenster genügt Sig, um zu entscheiden, daß es heute keine frischen Brötchen geben wird.

Er putzt sich die Zähne, fährt mit der Hand durch die Haare und wäscht sich mit nassem Finger den Schlaf aus den Augen. Katzenwäsche hieß das zu Hause. Er deckt den Tisch fürs Frühstück. Als das Kaffeewasser durch die Maschine blubbert, wacht Regina auf.

«Mmmmmh», sagt sie und streckt sich unter der Decke. Die Katze macht einen Buckel, gähnt und streckt sich ebenfalls.

«Meine Familie wacht auf.»

Sig ist sich des Glücks, das er empfindet, bewußt. So deutlich und als schönes Geräusch hat er noch nie das Geschmurgel von Speck in der Pfanne gehört.

Ohne sich anzuziehen, nur mit der Decke um die Schultern, setzt sich Regina an den Tisch. «Sauwetter», sagt sie, «ich geh da nicht raus.»

«Bleib hier. Du hast Asyl.»

Die Katze rollt sich auf dem warmen Platz, den Regina hinterlassen hat, ein.

plus hundertachtundachtzig

Nicht mal der Regen treibt Besucher in die Galerie. Den ganzen Vormittag über bleiben sie ungestört. Während Sig mit großer Konzentration ein leuchtendes Kornblumenblau in feinen Strichen und Mustern in ein Bild fügt, duscht Regina ausführlich. Sie sieht bezaubernd aus mit nassem Haar. Später streckt sie ihm den Walkman entgegen und sagt: «Gib mir die Musik, die du gehört hast, als ich dich im Zug getroffen hab.»

Er sucht die Pekka Pohjola-Kassette aus seiner kleinen Sammlung heraus und legt sie ein. Regina läßt sich in den Sessel plumpsen und wirft die Beine über die Lehne.

«Schön», sagt sie irgendwann und schließt die Augen. Das Sirren aus den Kopfhörern und das gelegentliche Klappern eines Pinsels am Glasrand sind die einzigen Geräusche, die jetzt zu hören sind. Mir gefällt, denkt Sig, daß sie einfach Musik hört. Das ist nicht mehr modern. Musik läuft nebenher, als Soundtrack zum Leben, aber man hört sie nicht mehr extra an. Außer Regina, die macht so was.

Irgendwann hört es auf zu regnen. Regina hat die Kassette zu Ende gehört und schaut auf die Uhr. Es ist gleich eins.

«Mittagspause», sagt sie, «ich lade dich zu einer Pizza ein.»

Er legt den Pinsel beiseite und betrachtet seine Arbeit. «Bist du eigentlich reich? Du lädst mich dauernd ein.»

«Ich verschleudere ein kleines Vermögen. Etwa fünftausend Mark. Aber ganz langsam.»

«Du haust es pizzaweise raus?»

Sie lacht: «Pizzaweise. Komm jetzt, ich hab Hunger.»

Er gibt zu bedenken, daß man ja auch in der Mensa essen könne, wozu sei man schließlich in einer Universitätsstadt, aber sie schüttelt den Kopf: «Es gibt Leber.»

«Cadmium?» fragt Sig.

«Blei, Chlorkohlenwasserstoff, Zink, Dioxin und DDT», sagt sie.

«Hast du Chemie im Nebenfach?»

«Gut wär's schon.»

plus hundertneunundachtzig

Sie teilen sich eine Pizza, denn Sig traut sich keine ganze zu. Als Regina danach zwei Espresso bestellt, sagt er: «Espressoweise haut sie ihrer Oma ihr klein Häuschen auf den Kopf.»

Sie lacht: «Jetzt zügle doch mal den strengen Schwaben in dir.»

«Der ischt nicht zum Zügeln», sagt er im besten Lothar-Späth-Honoratiorenschwäbisch, dessen er mächtig ist.

Sie schüttelt sich: «Nein! Red nicht so. Das Schaffnerhafte steht dir nicht.»

«Meinst du.»

«Weiß ich.»

Er hat das Gefühl, ihr erklären zu müssen, daß er wirklich sparsam ist. Er dreht jede Mark um. Stolz ist er nicht auf diesen Charakterzug, aber schämen mag er sich auch nicht dafür.

Regina nimmt seine Anspruchslosigkeit hin, obwohl sie selbst eine Sammlerin ist. Sparsam eher aus Vernunft denn aus Gewohnheit, beschränkt sie sich auf Erschwingliches, gibt sich mit dem langgesuchten oder schwer erarbeiteten geringsten Übel zufrieden, ohne allerdings den Blick für das wirklich Schöne zu entschärfen.

Was sie heute nicht haben kann, hofft sie sich später zu erobern. Aus dieser Lust am Schönen erwuchs ihr auch im Laufe der Zeit die Fähigkeit zu genießen. Askese ist ihr so fremd wie Völlerei und Prüderie so absurd wie das Abhalten einer Orgie. Sie hat nicht das Gefühl, angestrengt für ein Maß sorgen zu müssen. Läßt einfach ein lusterlahmendes «Zuviel» weg und ein zu Lust nicht reichendes «Zuwenig» nicht zu.

Sie hört sozusagen auf, wenn es am besten schmeckt, und fängt wieder an, wenn der Magen knurrt. Ganz einfach.

Jetzt knurrt der Magen grade wieder. Auf dem Rückweg zieht sie Sig in den wuselnden Eingang vom Kaufhof. Er folgt ihr brav. Nur die Hand, an der sie ihn führt, zieht er unwillig aus ihrer, denn er hat, wie Katzen, eine Abneigung gegen aufgezwungene Bewegung. Manche Dinge muß er selber tun. Zum Beispiel gehen und stehen.

«Ich komm schon», sagt er, da sie das Abschütteln ihrer Hand mit einem fragenden Blick quittiert.

Sie landen in der Wäscheabteilung für Damen. Regina hängt sich

plus hundertneunzig

zwei, drei schwarze Fähnchen über den Arm und läßt ihn einfach stehen. Sie verschwindet in Richtung der Umkleidekabinen. Sig fühlt sich unwohl.

Wie gern würde er sich irgendwo anlehnen, um einen lässigen Eindruck auf mögliche Beobachterinnen zu machen, aber da ist nichts, was nicht sofort mit rauschendem Schwung umfiele. Vorsichtig schaut er sich um.

Es gibt keine Beobachterinnen. Zwei Verkäuferinnen sortieren gelangweilt Bikinis, und eine Kundin stöbert in einem Berg Büstenhalter. Niemand nimmt Notiz.

Trotzdem fühlt er sich wie ein ungehörig eingedrungener Sittenstrolch. In einer Damenabteilung haben Männer nichts zu suchen. Er weiß nicht, wo er hinschauen soll. Überall streift sein Blick Kompromittierendes. In der Hohlform eines Büstenhalters sieht man, sozusagen im Negativ, jede nur eben denkbare Brustform, in jeden Schlüpfer gehört ein Frauenschoß, die spitzenverzierten Hemdchen und Bodystockings sind gedacht für die müden oder gierigen Blicke eines Ehemannes oder Liebhabers, nicht die eines Fremden... Nur die Bademäntel und Morgenröcke sind angenehm unfrivol in ihrer majestätischen Länge.

Sig war noch nie an einem FKK-Strand. An den Baggerseen, an denen manche auch nackt herumhüpfen, hatte er sich immer unwohl gefühlt, weil er die Nacktheit weiblicher Körper, ob schön oder nicht, als erotisierend empfindet. Hier, wo alles auf Nacktheit hinweist, die Körper quasi spiegelbildlich vorgeführt werden, meint er, man müsse ihm die Gedanken an der Nasenspitze ansehen und ihn davonjagen wie einen Spanner mit Fernglas.

Es interessiert aber niemanden, ob hier ein Mann steht. Es ist völlig egal. Trotzdem ist er erleichtert, als Regina ihn ruft. Die Erleichterung verschwindet allerdings sofort wieder, als er bemerkt, daß er beim Gehen fast umfällt. So unsicher fühlen sich seine eigenen Schritte an.

Er weiß nicht, in welcher Kabine er sie finden soll. Als er an lauter offenstehenden vorbeigegangen ist, um eine Ecke gebogen und ihren Namen gerufen hat, winkt sie aus dem letzten Abteil. Von hier aus ist der Verkaufsraum nicht mehr zu sehen.

plus hunderteinundneunzig

Sie zieht den Vorhang auf.

Aus dem kleinen Kleiderberg, der neben ihr auf einem Bänkchen liegt, schließt er, daß sie nackt sein muß unter dem Seidenunterkleid, das sie trägt.

«Gefällt es dir?»

«Sehr.»

Er macht schüchterne Stielaugen.

«Dann komm», sagt sie und legt eine Hand auf seine Brust. Die andere streicht, Fläche zu ihm, über seine Hose. Er hat Angst.

«Unmöglich», flüstert er, «die Verkäuferin wartet doch auf uns.»

«Die ist weit weg. Vielleicht weiß sie nicht mal, daß wir hier sind.»

Sie löst seinen Gürtel. Er glaubt, durch Jacke, Hemd und Unterhemd hindurch die Spitzen ihrer Brüste zu spüren.

«Nein», sagt er gelähmt vor Schreck, «ich kann nicht. Ich hab zuviel Angst.»

«Wirklich nicht?»

«Wirklich nicht.»

«Warte draußen auf mich.»

Er schließt seinen Gürtel und verläßt die Kabine fluchtartig. Erst als er sich an einen Ständer mit Hausmänteln stellt und so tut, als blättere er suchend darin herum, wird ihm wieder etwas wohler.

Niemand sieht her, und trotzdem fühlt er sich beobachtet. Vielleicht haben die auch hinten Augen.

Ihm ist schlecht.

Und zwar vor Schreck über die Absage, die er Regina eben erteilt hat. Er hat sie stehen lassen und ist geflohen. Hat sie stehenlassen in einer Haltung, die nur Begierde erträgt, keinesfalls Ablehnung. Er ist nicht über Reginas unerfüllbaren Wunsch entsetzt, sondern über die Zurückweisung, die er ihr antat. Der Ton, in dem sie sagte «Warte draußen», war niedergeschlagen. So offen und verletzlich, wie sie in dem Unterkleid da stand... Das war eine Ohrfeige. Er hat sie geohrfeigt.

Er weiß nicht, ob er hoffen soll, daß sie möglichst schnell herauskommt, um ihn von seiner Scham zu erlösen, oder daß sie sich Zeit läßt, damit er sich noch vorbereiten kann.

plus hundertzweiundneunzig

Zehn Minuten später ist sie noch immer nicht gekommen. Er traut sich nicht in den Gang. Es könnten andere Frauen drin sein. Am Eingang ruft er nach ihr. Keine Antwort.

Der Gang scheint noch immer leer zu sein, denn es kommen keine Geräusche von dort. Also traut er sich hinein und geht bis zur letzten Kabine. Der Vorhang ist offen.

Als hätte er ein Ziel, geht er schnell zur Rolltreppe und flieht aus dem Kaufhaus. Sie muß einen Hinterausgang gefunden haben. Oder sie ist hinter ihm vorbeigeschlichen, als er bei den Mänteln stand. Eben bestand noch die Hoffnung, sie könnte herauskommen und mit einem Witz oder Achselzucken alles auflösen. Jetzt ist die Situation unausweichlich furchtbar. Regina ist weg, und er ist allein.

Er spaltet den Strom der Passanten wie Moses das Rote Meer und merkt es nicht mal. In der Galerie angekommen, fühlt er sich flau im Magen. Sein ganzer Körper scheint verschwunden zu sein und nur ein einziger großer Phantomschmerz übrig. Wie ein Roboter fängt er an, die Bilder von der Wand zu nehmen und nebenan zu stapeln. Er läßt sogar eines fallen. Der Rahmen hält das gesprungene Glas weiterhin zusammen, und Sig stellt es einfach zu den anderen an die Wand.

Irgendwann kommt Heidi. Sie ist diesmal nicht lila, sondern schwarz angezogen. Sie tragen die Kartons mit den Getränken für morgen abend nach hinten.

Er versucht, ihren forschenden Blicken auszuweichen, und setzt Kaffee auf. Das wäre jetzt noch das allerletzte. Wenn sie auf mütterliche Freundin machen würde.

Zum Glück kommt Hans, der Maler, kurz darauf und fängt an, mit kaum überspielter Vorfreude, seine Bilder zu hängen. Sig beschränkt sich darauf, in der Nähe zu sein und zustimmend zu nikken, wenn es die beiden von ihm erwarten.

Es sieht so aus, als hege Heidi mehr als Sympathie für den Maler. Sie schlägt, wenn sie mit ihm spricht, einen etwas schrill-frivolen Ton an und sucht zufällige Berührungen, deren Anfahrtswege manchmal zu lang sind, um spontan zu sein.

plus hundertdreiundneunzig

Vielleicht macht Sig ihr eine Freude, wenn er sich verzieht?

Er fragt, ob man ihn in der nächsten Stunde brauche. An dem schnellen «Nein, nein» von Breinling-Beckenrath und der geheuchelten Strenge, mit der Heidi was von salopper Dienstauffassung nuschelt, merkt er, daß er recht hatte. Sie sind froh, wenn er geht.

Er muß raus.

Er muß Regina suchen. In der Galerie wäre die Chance, sie zu treffen, zwar sicher am größten, aber er weiß, daß sie nicht kommen wird. Außerdem schnüren ihm die beiden hoffnungsvollen Turteltauben da drin die Luft ab.

Kommt sie überhaupt nicht mehr? Hat er es kaputtgemacht? Kaputtgemacht: Der Klang dieses Gedankens kommt ihm bekannt vor.

Wieder scheinen sich die Menschen vor seinem Weg zu teilen. Er geht wie durch eine Schneise. Er paßt nicht auf, geht einfach so dahin, ohne irgendwen zu stoßen. Jetzt weiß er's! Der Traum in der ersten Nacht im Hotel. Der Traum, bei dem er sich nicht sicher war, wo die Wirklichkeit aufhörte und der Traum anfing. Da stand sie in diesem blauen Kleid und sagte: «Du hast es kaputtgemacht.»

Gleich werd ich wieder unsichtbar, denkt er. Wenn sie mich verläßt, dann bin ich wieder draußen aus der Welt. Dann hab ich wieder nichts mehr hier verloren.

Er geht schnell, biegt manchmal brüsk um eine Ecke, als brauche er die bloße Bewegung, weiter nichts. Er glaubt, einen Weg zur Dreisam zu erkennen, und schlägt ihn ein. Tatsächlich liegt das Flüßchen bald unter ihm, und er geht den Uferweg entlang.

Bis zu ihrem Haus braucht er eine halbe Stunde, aber er merkt nichts von der Zeit. Nur einmal schaut er flüchtig zu ihren Fenstern hoch und hofft, daß sie ihn nicht sieht. Nach einer Runde um den Block geht er wieder zum Ufer hinunter und zurück in die Stadt. Hoffentlich hat sie ihn nicht gesehen.

Vor ihrem Fenster zu stehen wie ein waidwunder südländischer serenadensingender Platzhirsch, wäre das letzte.

In der Galerie ist niemand mehr. Zum Glück hat er den Schlüssel einstecken. In der Tür hängt das neue Plakat, und drinnen hängen alle neuen Bilder.

plus hundertvierundneunzig

Regina *hat* am Fenster gestanden, denn sie hoffte und fürchtete gleichzeitig, daß er käme. Sie hoffte und fürchtete auch, daß er ihr Verbot überträte und klingeln würde.

Jetzt ist sie froh und enttäuscht zugleich.

Ich sollte ihm das nicht antun, denkt sie immer wieder, er hat sich doch nur gefürchtet. Aber sie sieht sich da stehen, die Hand noch nach ihm ausgestreckt, und sieht, wie er flieht. Er flieht vor ihr! In Panik. Das Bild tut weh, obwohl sie ihm nicht übelnimmt. Sie gibt sich selbst die Schuld. Zu hohes Risiko eingegangen. Ihr Kopf nimmt nicht übel, ihr Kopf kann verstehen, aber etwas anderes ist verletzt und weiß nicht, wie dieses Bild zu entschärfen sei.

Einfach abwarten, denkt sie. Er kann nichts dafür.

Sie fand sich selbst gemein, als sie hinter ihm vorbeischlich. Er stand so verlassen und unglücklich, wie sie sich selber fühlte. So schmal war er mit seinen heruntergefallenen Armen, daß sie ihn lieber beschützt und getröstet hätte, als ihm durch ihre Flucht einen weiteren Schrecken einzujagen. Nur wußte sie genau, sie würde ihm nicht in die Augen sehen können. Nicht, nachdem sie so vor ihm gestanden hat. Allein mit ihrer Lust im Unterrock.

plus hundertfünfundneunzig

Daß das Geldbündel aus dem Straßburger Schließfach nicht kleiner werden will, liegt nicht daran, daß Voula so billige Sachen kauft. Es liegt an der Größe der Scheine. Sie hat schon drei Blusen, eine Hose, zwei Röcke und ein paar Pumps gekauft und zupft erst den dritten Schein vom Packen. Gerade hat sie sich in ein Stonewashed-Jeanskostüm geworfen und geht jetzt zum feinsten Geschäft, das sie kennt, um ihren Bedarf an exquisiter Unterwäsche, Strümpfen, Schmuck und Schuhen vollends zu decken.

Später, schwer bepackt, nimmt sie dennoch kein Taxi zum Hotel, denn diesem Scharmer will sie nicht schon wieder schöne Augen machen müssen. Dazu ist es später noch früh genug.

Gestern abend hat sie sich die Akten mit den Zielpersonen noch mal genau angesehen. Ein Glück, daß Bilgenreuther nicht da war. Unter «Einzelheiten» stand da nämlich: *unangepaßt / unzufrieden / partisanenhafte gegnerschaft zu rahmenbedingungen der eigenen existenz / leiter einer art fortschrittsfeindlicher guerilla (harmlos) mit der bezeichnung zorro inc. / befürwortet gewalt gegen sachen / radikal.*

Und bei dem wollte sie sich als Versicherungsvertreterin einführen. Sie hatte sogar vorgehabt, ein Empfehlungsschreiben vom Haus- und Grundstücksbesitzerverein vorzulegen. Das wäre eine

plus hundertsechsundneunzig

peinliche Schlappe geworden. Der hätte sie hochkant rausgeschmissen.

Ob sie einfach nach einem Zimmer fragt? Schließlich lebt er vom Vermieten. Aber nein, das geht auch nicht. Der andere, der ihr gestern abend erklärt hat, daß Bilgenreuther nicht da sei, kennt sie ja schon. Da kann sie nicht mehr auf zufällig machen.

Vielleicht sollte ich den einfach sausen lassen und einen andern von der Liste nehmen, denkt sie, aber dazu hat sie keine rechte Lust. Dieser Bilgenreuther ist ihr sympathisch. Als Guerillakollege.

Nachdem sie die ganzen Einkäufe auf ihr Zimmer gebracht hat, setzt sie sich ins Restaurant und bestellt einen Kaffee und eine Zeitung. Erst mal Bilgenreuther ruhen lassen. Vielleicht kommt ihr ja noch eine Idee. Scharmer ist vorläufig abgehakt, den hat sie an der Angel. Sie braucht nur zu entscheiden, was sie mit ihm anfangen will. Ein Techtelmechtel muß es wohl sein. Das ist der Nachteil an dieser Aufgabe. Aber mit möglichst wenig Körperkontakt. Auf jeden Fall frißt ihr Scharmer aus der Hand und wird erzählen, was immer sie von ihm wissen will. Zum Beispiel, ob er kürzlich eine Meinungsumfrage oder einen Test mitgemacht hat.

Also der dritte. Johannes Merckh, der Ire.

Beim Durchblättern der Zeitung hat sie plötzlich einen Geistesblitz. Reisebüros! Aber nein, Quatsch, wieso sollte er gerade jetzt verreisen. Völliger Blödsinn. Aber irische Musik? Da geht er doch sicher hin. Nach dem Foto in der Akte erkennt sie ihn auf jeden Fall und kann sich an ihn ranpirschen.

Aufmerksam liest sie die Konzert-Spalte im Veranstaltungskalender. Nichts. Aber da, nebenan bei den Ausstellungen, steht das Wort «irisch». Ihr Herz macht einen Hupf vor Freude.

Griechische und irische Landschaften von Hans Breinling-Beckenrath steht da. Zwanzig Uhr dreißig, heute abend. Wunderbar. Das könnte eine Chance sein.

Am liebsten würde Engel O'Rourke die Nummer des langbeinigen Wundergirls von gestern abend anrufen, aber er beherrscht sich. Dienst ist Dienst, und Schnaps ist Schnaps. Das Girl ist Schnaps und muß warten.

plus hundertsiebenundneunzig

Im Restaurant, wo er zum Frühstück vier Rollmöpse verzehrt, sitzen nur uninteressante Business-Assholes. Die haben das gewisse Etwas nicht und lohnen keinen zweiten Blick. Er läßt, wie immer, zehn Mark Trinkgeld auf dem Tisch liegen und fährt mit einem Taxi zu der Druckerei, deren Anschrift er noch gestern abend aus dem Branchenverzeichnis abgeschrieben hat. Dort gibt er seinen Fragebogen in Auftrag und schlendert dann zur Zeitung, um eine Annonce aufzugeben.

Interviewer gesucht für Meinungsumfrage. Großzügige Bezahlung. Treffpunkt Freitag elf Uhr, Hotel Colombi. Zufrieden pfeifend geht er zurück. Er freut sich aufs Mittagessen und den biegsamen blonden Nachtisch.

plus hundertachtundneunzig

Sonni und Marius schweigen deutlich hörbar in der ganzen Wohnung rum. Auf diese Weise zeigen sie Regina, was sie von ihrer Undankbarkeit halten. Zwar hat Regina *sie* in diese schöne Wohnung mit hereingenommen, aber trotzdem finden sie es undankbar, daß sie zum Fünfzehnten ausziehen will. Nach allem, was man für sie getan hat.

Ungerührt bewacht Regina das Telefon. Sie hat sich den Apparat ins Zimmer geholt, hört Hindemith und ißt Äpfel. Einen nach dem andern.

Der erste Anruf ist für Sonni. Die starrt in der Küche mit verheultem Gesicht in einen Teller Maggi-Suppe. Wyatt Earp hat sie gestern abend versetzt. Und das, wo sie sich gerade eine LP von Merle Haggard gekauft hat, obwohl sie Cowboygefiedel nicht ausstehen kann. Der Anruf kommt leider nicht aus Dodge City, sondern von einer Freundin, von der sie wohl getröstet werden soll. «Bitte, bring mir den Apparat wieder, wenn du aufgelegt hast», sagt Regina.

Ja, du arrogante Kuh, denkt Sonni und nimmt sich vor, recht lange zu reden. Stoff gibt es ja genug.

plus hundertneunundneunzig

Jetzt führe Regina am liebsten doch weg. Aber sie weiß, daß das nichts nützen würde. Alles tut ihr weh. Oder so ähnlich wie weh.

Wieso war sie nicht behutsamer? Sie hätte schon nach der ersten Warnung alarmiert sein müssen. Im Kino, als die Lust so mit ihr durchging, daß sie sich nicht mehr unter Kontrolle hatte, hätte sie schon erkennen müssen, daß sie sich auf rutschigem Boden befindet. Sie hätte wissen müssen, daß sie sich für ihren kühlen Kopf nicht würde verbürgen können. Außerdem hatte Sig auch da schon Angst gehabt. Warum hatte sie nichts daraus gelernt?

Andererseits hatte die Angst von Sig, das Wissen, daß er sich auf Neuland befindet, auch ihre Lust gesteigert. Es gehörte sozusagen dazu. Ein Spiel mit dem Feuer war es allemal, und sie braucht sich nicht zu wundern, daß sie sich die Finger verbrannt hat.

Auch aus ihrem eigenen Schrecken, aus der Scheu, ihm nach dem Kino in die Augen zu sehen, und ihrem Wunsch allein zu sein, hätte sie schon lernen können. Aber sie hat sich einfach weitertragen lassen auf der Welle dieser abenteuerlichen Lust. Zum nächsten Schauplatz.

Je mehr sie an Sig denkt, wie er da stand mit diesen schmalen Schultern und diesem verlorenen Ausdruck um sich, desto mehr empfindet sie Zuneigung für ihn. Liebe.

Sie schlich hinter ihm vorbei, obwohl sie wußte, daß es ihm nicht besser geht als ihr. Aber sie konnte nicht anders.

Auf Demütigungen zu reagieren, hat sie nur diese eine Möglichkeit des Rückzugs, der Flucht, des Positionswandels. Sie kann nur weggehen. Wo ihre Schlagfertigkeit versagt und ihr der Dirigentenstab aus der Hand fällt, muß sie gehen.

Das war schon immer so.

Wie gern hätte sie ihn jetzt im Arm und schnupperte ihm seinen Geruch von den Schultern. Sie könnte ihn hinter den großen Ohren kraulen und seine knochigen Glieder an sich spüren. Aber zuerst muß diese Szene zuwachsen. Das ist vielleicht für ihn noch wichtiger als für sie. Sie ist sich fast sicher, daß er zu denen gehört, die größere Schmerzen leiden, wenn sie kränken, als wenn man *sie* kränkt.

Sie müßte ihn trösten. Aber wie?

plus zweihundert

Kurz hintereinander kommen sechs Anrufe, und schon eine Stunde später stehen vier Interessenten vor der Tür. Regina zeigt ihnen das Zimmer und schickt sie dann in die Küche, wo sie von Marius und Sonni auf Zahlungsbereitschaft, Gesinnung und Putzfähigkeit geprüft werden. Ein fröhliches, blasses Mädchen aus Norddeutschland bekommt den Zuschlag.

Regina ist das egal.

Sonni geht in ihr Zimmer, um ungestört weiterzuheulen, und Marius drückt sich geräuschvoll in Reginas Augenmerk herum. Der personifizierte Vorwurf.

Sie nimmt ihr Buch und geht zum Copy-Shop in der Eschholzstraße. Dort kopiert sie fünfzig Seiten ab der Stelle, an der das Lesezeichen liegt, und packt sie in einen DIN C 4-Umschlag.

Sie fährt mit dem Rad in die Stadt und lauert an der Ecke neben der Galerie, ob Sig zu sehen ist. Es scheint nichts los zu sein.

Sie schreibt seinen Namen auf den Umschlag und schiebt ihn, als sie sicher ist, daß niemand sie von drinnen sieht, durch den Briefschlitz in der Tür. Dann fährt sie weiter nach Herdern, um ihr neues Zimmer mit dem Zollstock auszumessen. Vor allem die Fenster. Sie will wissen, ob sie neue Vorhänge nähen muß.

Dieser Yogi wird ihr garantiert wieder einen seiner Negerküsse andrehen wollen. Sie wird keinen annehmen. Er ruft von oben, die Tür sei auf, und sie geht hoch. Wie beim letztenmal steht er mit dieser Johannes-Heesters-Attitüde des generösen Gastgebers in der Tür. Allerdings hat er keinen Mohrenkopf in der Hand.

«Sind alle», sagt er, ihren Blick richtig deutend. «Komm rein.»

«Kann ich ein bißchen ausmessen?»

«Ja. Ist niemand da außer mir.»

Bis sechzehn Uhr hat Sig frei. Dann soll er Heidi helfen, die Getränke zu richten. Er weiß noch nicht recht, wie er sein Zimmer so aufräumen soll, daß die Gäste sich dort auch aufhalten können. Die Kleider sind kein Problem, aber die Bilder? Ölfarbe macht Flecken. Wenn er sie einfach so hoch hängt, daß niemand drankommen kann?

Seit er aufgestanden ist, geht ihm der Gedanke durch den Kopf,

plus zweihunderteins

nach Günterstal zu fahren und diesen Hochsitz zu suchen. Er kämpft mit sich. Einerseits würde er sich Regina dort ungestört nahe fühlen können, andererseits wäre das ziemlich schulbubenhaft, und womöglich fände er die Lichtung nicht mal.

In einem ebenso kurzen wie glorienarmen Intermezzo als Pfadfinder hatte er als Kind seine Gruppe derart im Kreis herumgeführt, daß sie drei Stunden zu spät am Treffpunkt ankamen. Die Vorwürfe und Sticheleien hatten gereicht, um ihn der Pfadfinderei schnell wieder abschwören zu lassen.

Er geht Andrea besuchen.

Schon an der Tür sagt ihm sein verletzter und schon wieder etwas hungriger Sinn fürs Gebrauchtwerden, daß er willkommen ist. Er lädt sie zur Ausstellung ein.

«Ich komm sowieso», sagt sie. «Curd ist doch Mitinhaber. Der reißt mir den Kopf ab, wenn ich nicht da bin.»

«Das freut mich», sagt Sig.

Sie hört an seiner Stimme, daß es ihm damit ernst ist. Ihr Sinn fürs Gebrauchtwerden ist immer angeschaltet. Und wenn ihr Mann und die Kinder aus dem Haus sind, erst recht. «Was ist los?»

Sig erzählt, soviel er sich zu erzählen traut. Sein Kummer und die leise Panik, Regina vielleicht schon wieder verloren zu haben, drängen ihn, sich zu offenbaren. Alles Körperliche läßt er weg, um Andrea nicht zu verletzen und weil das sowieso niemanden etwas angeht. Allerdings kann er so ihr plötzliches Verschwinden nicht erklären. Er unterbricht sich selber und sagt: «Ich brauch keinen Rat, ich brauch Trost.»

«Und Kaffee», sagt Andrea.

Die Rolle der mütterlichen Freundin kann sie gut. Das ist ihre Glanznummer. Daß sie schon längst keine Lust mehr auf diese Glanznummer hat, steht auf einem anderen Blatt. Und interessiert niemanden. Aber irgendwas Streichelndes hat dieses Verzichtsgefühl auch. Irgendwas muß dran sein, daß sie sich immer wieder darauf einläßt.

In Sigs Kummer wäre sie lieber an dem Platz, den diese Regina hat. Das Komplizenhafte bietet keine Überraschungen mehr. Aber Sig verlangt es, und sie gibt es. Dafür bin ich gut genug, denkt sie. Aber

plus zweihundertzwei

wie viele Geliebte geben sich ein Leben lang mit dem Part der verständnisvollen Kameradin zufrieden, anstatt auf Leidenschaft zu bestehen. Lieber so als gar nicht.

Nach einer Stunde, als Sig geht, ist ihm wohler, und ihr geht's schlechter. So ist es immer. Es geht ums Abladen. Man schmeißt seinen Kummer auf jemand anderen drauf, und der schleppt ihn dann weiter zum nächsten.

«Bis nachher», ruft er von der Treppe.

Er hat noch Zeit und läßt sich von allem, was links und rechts am Weg erscheint, ablenken. Er schaut Teppiche an und Möbel, betrachtet Blumensträuße und blättert in antiquarischen Büchern. Vor einem Schreibwarenladen steht ein Ständer mit Kunstpostkarten. Vielleicht findet er hier das Dali-Bild. Wenn er schon nicht auf dem Hochsitz meditiert, dann kann er wenigstens die Vergleichsgröße in der Brusttasche tragen. Da fällt ihm ein Bild in die Hand, das ihm bekannt vorkommt. Aber woher? Er dreht es eine Weile in der Hand.

Die lachsroten Rosen! Reginas Mund! Es ist das Bild, an das er sich erinnert fühlte, als er sie zum erstenmal sah.

Nur stimmt so gut wie nichts an seiner Erinnerung. Das Bild ist nicht von einem Präraffeliten, sondern von einem Symbolisten. Es ist auch keine Rose darauf, sondern drei Lilien. Deren Farbe stimmt immerhin. Die Lilien sind nicht in der Hand des Mädchens, sondern wachsen von irgendwoher aus dem Bildvordergrund, und der Kopf des Mädchens ist nicht trauernd nach vorn gesunken, sondern schaut aufrecht dem Betrachter ins Gesicht.

Nichts, außer daß ein Mädchen und Blumen auf dem Bild sind, stimmt mit seiner Erinnerung überein. Ein schöner Maler ist er. Kann sich nicht mal an ein Bild, das ihn berührt hat, erinnern. Er will das Dali-Bild nicht mehr finden. Bestimmt hat auch das keine Ähnlichkeit.

In einem Edeka-Laden kauft er Brekkies, Milch und Dosenfisch. Hoffentlich läßt ihn die Katze wenigstens nicht im Stich. Diese Nacht kam sie nicht, und er hätte sie so gern neben sich gehabt auf der plötzlich viel zu großen Matratze.

plus zweihundertdrei

Beim Öffnen der Galerietür sieht er das Paket auf dem Boden und erschrickt. Das muß von Regina sein. Irgendwas Abschließendes, Endgültiges, etwas, das ihn ganz und gar annullieren wird... Er dreht es in den Händen und versucht den Augenblick des Öffnens hinauszuzögern.

Schließlich reißt er seitlich einen Streifen ab und zieht ein Bündel Blätter heraus. Erst als er ein paar Sätze liest, begreift er, daß es die Geschichte sein muß. Ihr Lieblingsbuch.

Sein Herz macht einen Sprung. Es ist die Fortsetzung. Sie will, daß er weiterliest. Sie will, daß es weitergeht. Daß *ihre* Geschichte weitergeht. Es ist ein Zeichen, daß er Geduld haben soll. Sie hat ihn nicht verlassen.

Da fällt ihm ein, daß er sich noch gewundert hat, daß sie das dicke Buch immer in ihren Korb packte und nie liegenließ. Er legt das Bündel aufs Bett und versucht, sich zu erinnern, wo er ein Postamt gesehen hat. Ihm fällt nur das beim Bahnhof ein. Schnell schließt er die Galerie hinter sich ab und macht sich auf den Weg. Auf dem Telegramm steht außer ihrem Namen und ihrer Adresse nur MEHR. SIG.

Jetzt sieht er, daß der Himmel bedeckt ist. Der Tag ist nicht schön und nicht häßlich. Ein Bitte-umblättern-Tag.

Heidi poltert das Treppchen herauf und macht ein besorgtes Gesicht. «Willst du abreisen?»

Er hat schon beide Koffer gepackt und ist gerade auf einen Stuhl geklettert, um die Bilder höher zu hängen. Es muß aussehen, als nähme er gerade die letzten Reste seiner Habe von der Wand.

«Nein, ich hab nur aufgeräumt. Ich zieh um in die Dusche.»

«Ach so.»

Das klingt erleichtert.

«Muß doch Platz schaffen für die wilde Party heut abend.»

«So wild wird die schon nicht. Kultur», sagt Heidi.

«Aber irgend jemand wird doch die Bouzouki dabeihaben, und dann geht's ab mit Sirtaki und Irish eyes are smiling.»

Sie schaut ihn verständnislos an.

Er sagt, er spiele nur darauf an, daß es doch griechische und iri-

plus zweihundertvier

sche Landschaften seien, die Hans Doppelname-Bindestrich ausstelle.

Jetzt schaut sie mißtrauisch.

«Was ist daran falsch?»

«Nichts», sagt er, «aber wer schwört mir, daß es nicht böhmische Dörfer und spanische Bahnhöfe sind?»

«Wollen Sie damit sagen, daß irgend jemand hier nichts von Kunst versteht?»

«Irgend jemand. Ja.»

«Und *wer*?»

«Ich. Im Zweifelsfall immer ich.»

Sie scheint das nicht sehr witzig zu finden. Es hat doch sehr den Anschein, als wolle Sig ihrem verehrten Hans etwas am Zeug flikken.

«Wenn Sie das meinen, was ich glaube, daß Sie meinen», sagt sie in für sie ungewöhnlich präzischem Deutsch, «dann neige ich der Ansicht, Sie verstünden nichts von Kunst, sogar zu.»

«Danke», sagt Sig.

«Malen aber schöne Bilder.»

«Danke», sagt Sig.

Gut, denkt er, wenn sie mich nicht soo gern hat. Weniger Zutrauen, weniger Verantwortung. Ich will hier nicht alt werden.

«Soll ich mal mit den Butterbrezeln anfangen?»

Er will ihr auch nicht die Laune verderben. Er hat kein Recht, über B.B. zu spotten. Soll der doch malen, was er will. Er tut ja niemandem weh damit.

Aber vielleicht ist es das gerade?

«Um Gottes willen», sagt sie, «die trocknen doch aus, wenn Sie sie jetzt schon streichen.»

Er soll Servietten kaufen. Als er damit zurückkommt, deutet sie auf das Fenster seines Zimmers und fragt: «Putzen oder Vorhang vor?»

«Vorhang vor», sagt er.

Bald ist alles fertig. Die Brezeln machen sie erst gegen sieben. Auf seinem Tisch liegt eine weiße Decke. Darauf stehen Gläser,

plus zweihundertfünf

Wein und Sprudel. Auf seinem Klappbett liegen Aschenbecher, Pappteller und Korkenzieher. Nichts, außer den beiden Koffern, deutet darauf hin, daß dieses Zimmer bewohnt wird. Er stellt die Koffer in die Dusche und macht Kaffee, während Heidi Pizza holen geht.

Eigentlich ist sie nett, denkt er, auch wenn sie an Geschmacksverirrung leidet. Ist aber ihr Problem, nicht seines. Das muß an den Fotokopien liegen. Plötzlich findet er wieder alle nett. Er wird Regina wiedersehen, dafür geht der Rest der Welt straffrei aus.

Ob sie zur Vernissage kommt? Eher nicht. Sie hätte nicht fünfzig Seiten kopiert, wenn sie nur eine Nacht wegbleiben will. Etwas mehr Geduld wird er schon brauchen. Vielleicht übermorgen.

Sie müssen die Pizza auf den Knien essen. Der Tisch ist so vollgestellt, daß gerade die Kaffeetassen noch Platz darauf haben. Es gelingt Sig sogar, keine Flecken auf die Tischdecke zu machen. Das ist ein kleines Wunder. Er gehört zu den Leuten, die noch mit einer Spalt-Tablette kleckern. Eine Tasse, in der er umgerührt hat, tropft normalerweise wie ein aus der Pfütze getretener Fußball.

Heidi erzählt von der Entstehungsgeschichte der Galerie. Aus ihren Anekdoten entsteht eine richtig andächtige Stimmung, und Sig spürt an ihrer Vorfreude, daß die Galerie den Leuten, die sie sich leisten, wirklich etwas bedeuten muß.

Und wenn es nur die Chance ist, kleine Kerben in den glatten Lebenslauf zu schnitzen. Und mit interessanten Leuten zu tun zu haben.

Zu denen zählt Breinling-Beckenrath sicher nicht. Auch wenn er selbst das anders sehen mag. Sicher weiß er sich direkt an die kosmischen Kräfte des ewigen kreativen Werdens und Wirkens angeschlossen.

Warum ist Sig nur so schlecht auf diesen Mann zu sprechen? Er hat ihm doch nichts getan. Aber schon der Name stört ihn. Der paßt zu gut zu den dürftigen Bildchen, zum Beruf und zum Gehabe.

Sig nimmt sich vor, die Ohren zu spitzen. Mal sehen, ob er seine Bilder auch noch erklärt. Er wird ein Gottesurteil sprechen lassen.

plus zweihundertsechs

Wenn Breinling-Beckenrath im braunen Cordanzug mit Rollkragenpullover kommt, dann ist er ein als Künstler verkleideter Blödmann auf Heiratsschwindler-Ebene. Wenn nicht, dann kann man weitersehen.

Aber ist doch auch egal. Sein innerer Jubel über Reginas Lebenszeichen überdeckt die Lust auf Häme. Ist er vielleicht der Menschen TÜV?

Die Hodler-Baumbusch-Connection ist doch das, was zählt.

Hans kommt als erster. Er hat einen dunkel*blauen* Cordanzug und keinen Rollkragenpullover. Dafür aber ein in den Hemdkragen gestopftes Halstuch. Das kommt fast aufs gleiche raus. Er macht sich an den Bildern zu schaffen, so als hingen die noch schief, bis Curd und eine Dame kommen, der Sig vorgestellt wird. Sie ist die dritte der vier Galeristen und heißt Moll. Gesine Moll.

«Ein wunderschöner Name», sagt Sig und kommt sich gleich zudringlich vor. Distinguierten Damen dieser Art macht man keine Komplimente wegen ihres Namens. Keiner wird es wagen, sie Molli zu nennen.

Jetzt kommen viele Leute, und Sig verzieht sich nach hinten, um die Butterbrezeln auf eines der beiden Klapptischchen im Galerieraum zu stellen. Da er niemandem mehr vorgestellt wird, nimmt er an, daß alle neu Gekommenen ganz normale Besucher sein müssen.

Eine wunderschöne, dunkelhaarige Frau fällt ihm auf. Sie trägt ein graues Leinenkostüm und hat Augen, schwarz wie Teddybärnasen. Jetzt kommen Andrea und ihr Mann zusammen mit Yogi. Der küßt Curd ungeniert auf den Mund.

«Hallo, Joghurt», sagt Sig.

Yogi lacht ihn an. «Hast mir immer noch nicht verziehen, daß ich dich ein bissel angefahren hab?»

«Wörtlich und radlich», sagt Sig.

Wie schön das ist, auch mal selbst wieder das letzte Wort zu haben. Er hat ganz vergessen, wie gut sich das anfühlt.

Jetzt kommt Hannes, der freiwillige Hilfs-Ire. Sig, der im

plus zweihundertsieben

Augenblick die ganze Welt adoptieren könnte, so glücklich, wie er ist, sagt freundlich «Hallo» und nicht, wie er eigentlich Lust hätte: «Streifenhorny, altes Cottage, was macht die Rothaarigkeit für Fortschritte?» Zielstrebig geht Hannes zu einem Bild, auf dem er die Bucht von Dings O'Farghedigaye oder so ähnlich erkennt, verstummt aber sofort wieder, als er unten links liest, daß Dings O'Farghedigaye am Isthmus von Korinth liegen muß.

Seine Frau ist mitgekommen. Sie hat eine neue Frisur. Öko-Punk. Ein türkis gefärbter Streifen durchschneidet die symmetrisch gefönte Dauerwelle. Sie sieht aus wie ein Neon-Stinktier.

Jetzt kommt noch ein soignierter Herr mit Lederbesätzen auf den Ellbogen seines Fischgrätjacketts. Der paßt nicht so recht hierher, sieht zu reich aus. Ein verirrter Amerikaner, denkt Sig, das sieht man am Cary-Grant-haften Onkelgesicht. Wenig später hört er den Herrn sich mit der wunderschönen Frau unterhalten. Auf amerikanisch. Er freut sich, daß er richtig lag, obwohl er die Frau nicht für eine Amerikanerin gehalten hätte.

Mann, ist das ein Hammergirl, denkt O'Rourke, denn niemand anders ist der grauschläfige Herr. Da kann ich ja glatt die Telefonnummer von diesem blonden Sbare Rib wegschmeißen. Er ist Feuer und Flamme.

Auch Voula, denn sie ist die Schöne in Grau, findet diesen Herrn sympathisch. Auf den ersten Blick. Irgendwas an ihm zieht sie an. Es ist, als wäre er ihr vertrauter als die andern, die sie bis jetzt auf der Erde getroffen hat. Sie fühlt sich sofort um einige Grade wohler.

Jetzt müssen die Gäste still sein. Ein wieseliger Herr mit gepflegtem Bart räuspert sich. Und spätestens am Gescharre der sich zurechtstellenden Füße und dem aufnahmebereiten Gesichtsausdruck, den der Maler über seine Züge breitet, kann man erkennen, daß jetzt eine Rede gehalten werden soll, in der von Breinling-Beckenraths schwerer Jugend bis zu seinem leichten Pinselstrich alle ausgetretenen Pfade des üblichen Kunstgeschwätzes noch einmal belatscht werden.

plus zweihundertacht

Und so kommt es auch.

Den Herrn, der sich jetzt ausgeräuspert hat, stellt Heidi als Dr. Wimmer, den Landtagsabgeordneten der FDP, vor.

O weh, denkt Sig und zieht sich so weit es geht in Richtung Treppe zurück, die Rede wird anfangen mit «Als ich Hans Breinling-Bekkenrath kennenlernte, waren wir Nachbarn in derselben Vorortsiedlung und so weiter».

Doktor Wimmer spricht. Sig hat falsch geraten. Er spricht von einem Bild, das ihm seine Frau zu Weihnachten geschenkt habe, wie er anfangs so recht nichts damit anzufangen gewußt habe, sich erst habe hineinfinden müssen in die doch sehr eigenständige, man möchte fast sagen eigen*willige* Formensprache dieses Zwiegesprächs zwischen dem Sicht- und Fühlbaren und so weiter.

Schon nach den ersten Worten senkt Sig den Kopf, um sein Grinsen zu verbergen. Er kann es nicht unterdrücken. Das Grinsen ist der einzige Weg, die Verzweiflung, die sich seiner ob solchen Gewäsches bemächtigt, nicht als Tobsucht rauszulassen. Aus den Augenwinkeln sucht er nach Mitleidenden. Da, Yogi hat sich genauso versteckt, und auch auf Curds Gesicht liegt eine eigentümliche Anspannung, die Sig nur unschwer als das Ringen um Fassung erkennt.

«...und greift ins Gestaltliche, Dingliche wie ein Eroberer, der sich Welten zu nähern weiß, nicht um sie zu verletzen, nicht um sie zu domestizieren, nicht um sie zu unterwerfen...»

«Tautologische Verdoppelzweifachung, wa?» flüstert Yogi in Sigs Ohr.

Sig versucht ihn abzuwehren. Er hat Prust-Angst.

«...nein, behutsam um ergreifendes Erfassen bemüht sucht Breinling-Beckenrath der allzu erfahrbaren Welt die eigene, innere entgegenzusetzen. Fast möchte man sagen, er bietet der äußeren Welt die innere – zur Verschwisterung, daß aus beiden zusammen eine neue Sicht der Dinge entstehen mag...»

«Hat der liebe Gott bei der Erschaffung der Welt nicht auf Dingelskirchen-Beckensprung gehört und muß sich jetzt die Korrekturen durchsehen?» schon wieder Yogi.

«Halt den Schnabel», flüstert Sig in erhöhter Prust-Bereitschaft, «du verstehst nix von Kunst.»

plus zweihundertneun

«Das tu ich gern», lacht Yogi leise.

«Doktor Wimmer hat was Sparkassenhaftes», flüstert Sig.

«Und Engerling-Beckenrand erinnert an Villeroy und Boch.»
Jetzt wird Yogi fast ein bißchen zu laut.

«Pssst», Sig macht eine warnende Zeigefingerbewegung.

«Was von Villeroy und Boch, Bad oder Waschbecken?»

«Klo», grinst Yogi.

Sig muß rausgehen. So schnell und leise er kann, hastet er an
den aufmerksam gespannten Menschenrücken vorbei zur Tür.
Draußen angelangt, rennt er erst ein paar Schritte, bis er sich lachend an eine Hauswand lehnt.

So was ist ihm zum letztenmal in der Schule passiert. Er lacht
Tränen und kann nicht aufhören, obwohl ihm der Bauch weh tut.

Ein umarmtes Pärchen macht einen Bogen um ihn. «Ist nicht
ansteckend», ruft er ihnen nach. Sie gehen schneller, ohne sich
umzudrehen.

Schließlich hat er sich wieder gefaßt, und nachdem er sich die
Tränen aus den Augen gewischt hat, geht er zurück. Die Rede ist
vorbei.

Die ersten Gäste sind schon dabei, sich, zwei Finger fachmän-
nisch ans Kinn gelegt, vor den Bildern zu postieren. Der Künstler
hat sich in ein kopfnickend-einvernehmliches Gespräch mit Doktor Wimmer gestürzt. Wohl um nicht mit ansehen zu müssen, wie
die Leute von Bild zu Bild gehen, ohne verzückt, den Schaum der
Erkenntnis vor dem Munde, zusammenzubrechen. Das kann Sig
nun wieder verstehen. So hat er sich bei Ausstellungen auch gefühlt.

Ein kurzer Blick in die Runde sagt ihm, daß schon jeder was zu
trinken in der Hand hat. Er gesellt sich zu Yogi und Curd, die sich
in eine Ecke zurückgezogen haben. Wie demonstrativ stehen sie
beide mit dem Rücken zu einem Bild.

«Habt ihr Augen im Genick?»

«Das kann auch mal von Nachteil sein», sagt Curd in dem vä-
terlichen Tonfall, den er offenbar, wenn Yogi da ist, anzuschlagen
pflegt.

Yogi zieht nur die Brauen hoch.

plus zweihundertzehn

«Eine schöne Rede», versucht Sig das Gespräch bei der Kunst zu halten.

«Doch», sagt Yogi und «Wer's mag», sagt Curd. Als die beiden anfangen, über ein privates Thema weiterzuwitzeln, geht Sig weiter.

Eigentlich ein Armutszeugnis, denkt er. Zum erstenmal bin ich auf der anderen Seite, und schon benehme ich mich so ignorant und schülerhaft wie die Leute, die ich auf *meinen* Vernissagen am liebsten auf den Mond geschossen hätte. Aber gleich denkt er auch, wenn er mich doch nur auf den Mond schösse. Das wäre der bessere Platz.

Eine Rotweinflasche in der einen und eine Weißweinflasche in der andern Hand, macht er eine Runde, um Gästen, die schon ausgetrunken haben, nachzuschenken. Dafür erntet er einen anerkennenden Blick von Heidi, die damit beschäftigt ist, Breinling-Beckenrath zu umschwärmen. Nachdem Sig die Flaschen zurückgestellt hat, postiert er sich auf der Treppe und genießt den freien Überblick.

Die wunderschöne Frau im Leinenkostüm steht vor dem einzigen Bild, das auch ihm gefällt. Dem mit den kleinen frohen Funken. Es stellt, hat Sig heute nachmittag gelesen, eine Landschaft nahe der türkischen Grenze dar. Was man sieht, ist ein von roten Spritzern und Vogelfedern durchzogener Nebel, der sich etwas links von der Bildmitte zu einem Bergrücken formt. Geschmack hat sie auch noch, denkt er und sucht mit den Augen nach dem amerikanischen Herrn.

Der steht nahe der Tür und blickt seinerseits etwas angewidert auf Hannes, der schon wieder roten Gesichts und mit ausladender Gestik von Irland erzählt. Immerhin steht er diesmal vor einer Serie von fünf Bildern, die tatsächlich irische Landschaften darstellen. Sicher war er so schlau, vorher die Bildunterschriften zu lesen.

Dem Blick des Amerikaners folgend, sieht Sig, daß einer der Gäste einen Gitarrenkasten öffnet und das Instrument herausnimmt. Aus dem oberen Raum kommt ein zweiter, in der einen Hand eine Geige, in der andern eine Flöte. Die Flöte überreicht er Hannes und sorgt mit ein paar von Alkohol und Amnesie handeln-

plus zweihundertelf

den Scherzworten für erwartungsvolle Stille. Um die Musiker bildet sich ein kleiner Halbkreis.

Der Gitarrist biegt den Kopf zum Gitarrenhals und dreht, pling, pling, an den Stimmknöpfen. Hannes fiepst ein paar Töne, um die Unstimmbarkeit seines Instrumentes zu kompensieren. Der Geiger hat wohl schon gestimmt, denn er spendiert dem Gitarristen großzügig ein A.

Der Gitarrist sagt: «Komisch, als ich sie gekauft habe, *hat* sie gestimmt» und dann geht's los: «Seven drunken nights», «Whiskey in the jar», «Me and the devil in the bottle», «John Barleycorn must die» und zum Schluß, als die Gespräche schon längst wieder die Musik übertönen, «Wild rover». Da klatschen alle noch mal richtig mit, um dann gleich in Applaus überzugehen.

Im Auge des Amerikaners schimmert es feucht. Er scheint seine Meinung über Hannes geändert zu haben, denn er schüttelt den Musikern die Hände und sagt: «Das wowr abowr ser schoun.» Dann holt er eigenhändig drei Bier aus dem Nebenraum.

«Für mich auch drei», sagt der Gitarrist, aber nur noch zwei Leute lachen ein bißchen.

Curd und Yogi sind verschwunden. Andrea redet mit dem Neon-Stinktier. Es scheint, als bewundere sie die Frisur. Vielleicht tut sie auch nur so. Die Schöne in Grau bringt ihrerseits dem Amerikaner einen Drink, und Heidi verabschiedet die ersten Gäste mit bedauernd höflicher Miene.

Doktor Wimmer ist schon weg, hat sicher noch einen Termin.

Gesine Moll legt Sig eine gesittet flüchtige Hand auf die Schulter und bittet ihn, einen roten Punkt an eines der Bilder zu kleben. Rote Punkte markieren ein Bild als verkauft. Dieser wird sicher nach der Vernissage wieder abgenommen, denn es ist gängige Praxis, mit einem Scheinkauf das Interesse anzukurbeln.

Niemand will der erste sein.

Wenn schon ein roter Punkt klebt, dann müssen die Bilder so gut sein, daß jemand sie kauft. Dann kann man ja selbst auch eines kaufen.

Prompt hat Sig in den nächsten fünf Minuten fünf Adressen aufzuschreiben und fünf rote Punkte zu kleben. Die Galerie hat eine Monatsmiete verdient. Noch zwei Bilder, dann ist auch Sigs Gehalt gesichert.

Der Gedanke, er könnte sich vielleicht bezahlt machen, läßt Sig noch mal die Weinflaschen zur Hand nehmen und eine Runde bei den Anwesenden machen. Dabei gerät er auch an Breinling-Bekkenrath, der mit sonorer Stimme mitten in Türkis-Streifen-Rennys verzücktes Gesicht hineincharmiert.

«Ist schon eine *wahn*sinnige Anstrengung», hört Sig ihn sagen.

«So inten*siv* irgendwie», sagt das Neon-Stinktier.

Sig hat das Gefühl, er sollte lieber die Ohren einklappen. Aber jetzt sind sie schon auf Aufnahme gestellt. Er hört den Amerikaner sagen: «Arts are allright, but shouldn't we be going to have somethin' to eat?»

«Not that bad an idea», sagt die schöne Frau in gewähltestem Snob-Englisch.

Keine Ami-Frau, denkt Sig. Als er die Flaschen zurückstellt, kommt sie, den Mantel überm Arm, an ihm vorbei und ist offenbar gehend etwas zu essen zu haben mit dem soignierten Herrn.

Tschüs, Fanny Ardant, tschüs, Cary Grant, denkt er, denn ihm ist eingefallen, an wen *sie* ihn erinnert hat. Die Galerie leert sich.

Gesine Moll schüttelt seine Hand nach Anthroposophenart horizontal statt vertikal. Andrea und ihr Mann laden ihn ein, bei ihnen zu übernachten, aber er lehnt ab. Hannes und Renny verabschieden sich von Heidi und ignorieren ihn. Gut so, denkt er, straft mich mit Verachtung. Heidi, die Arbeiterin unter den Galeriebesitzern, fängt an aufzuräumen, und Breinling-Beckenrath steht unschlüssig in der Melancholie des verblassenden Glanzes herum.

«Ich mach das schon», sagt Sig. «Geht ihr doch was essen oder so.»

Dafür bekommt er einen dankbaren Blick von Heidi, die sicher genau das vorhat. Wobei der Schwerpunkt durchaus auf dem «oder so» liegen könnte. Schwupp sind die beiden weg.

plus zweihundertdreizehn

Er öffnet Fenster und Tür, um den Qualm-, Alkohol- und Mantel-geruch rauszulassen. Den Inhalt der angebrochenen Flaschen leert er ins Klo und packt sie in einen Karton. Dann die Aschenbecher. Alles, was ungemütlich riecht, stellt er in den vorderen Raum.

Wenn man es nicht doch irgendwie für sich selbst täte, könnte man die Malerei nach so einem Abend mal wieder aufgeben, denkt er. Diese Leute brauchen keine Bilder, denen reicht auch eine Ta-pete. Wenn sie teuer war. Die hängen sich ein Bild an die Wand, weil die andern auch eins haben oder weil der Spiegel nichts Sym-pathisches zu zeigen hat.

Er hat selten Menschen getroffen, deren Umgang mit Kunst ihm gefiel. Die meisten sind aus falschem Respekt verlegen und ängst-lich vor Blamagen. Oder sie spielen das große Ich-bin-ja-so-*begei-stert*-und-weiß-ja-*so*-Bescheid-Theater.

Er sieht sich in der Ausstellung um. *Er* jedenfalls wäre gleich wieder gegangen. Diese bieder-doofen Landschäftchen sind so sprachlos, wunschlos und blicklos auf teures Aquarellpapier ge-hübscht, daß man nur hoffen kann, Hannes und Renny hätten auch eines gekauft. Aber dazu hätte noch eine verfallene Hütte drauf sein müssen, damit es irgendwie sozialkritisch genug ist.

Das schöne Bild hat keinen Punkt.

Gut so, denkt Sig, hat er ein Juwel für seinen Nachlaß. Er setzt sich den Kopfhörer auf und hakt den Walkman im Gürtel ein. Pekka Pohjola, die schwarzen Seen.

plus zweihundertvierzehn

From Illinois just on a trip», sagt Voula zu dem Amerikaner. Sie hat sich beim Gehen bei ihm untergehakt. Er wisse ein quite o. k. Restaurant, hat er gesagt, als sie kategorisch «no Taxi» bellte. An vorderster Stelle des Taxistandes, auf den er zusteuerte, sah sie nämlich den Koteletten-Hero mit dem abben Stern stehen.

Sie stellt schnell fest, daß ihre Vorahnung, er würde sie in sein Hotel schleppen, nicht getrogen hat. Er geht mit zielbewußtem Schritt. Sein Rasierwasser riecht gut. Aus den Augenwinkeln betrachtet sie wohlwollend das teure Schlabbern seiner Hosenbeine.

Sie habe aber keinen ausgesprochenen Illinois-Akzent.

Achtung!

Das komme daher, daß ihre Eltern aus Zypern kämen und sie in England zur Schule gegangen sei. Später habe sie zwölf Jahre in Boston gelebt, was ihren Dialekt sicher vollends ruiniert habe. Hoffentlich frißt er's, denkt sie, aber wieso sollte er mißtrauisch sein?

«Aah Cyprus», sagte er, «I happened to be there on a Tuesday. Nikosia.»

Sie lächelt. Ist halt 'n echter Ami. Er weiß noch den Wochentag. Europe in ten days. Sie sind am Colombi angekommen. Der Kellner führt sie zu einem Tisch in einer Nische am Rande des Speisesaals.

Bei Heilbutt in Koriandersauce und einer Flasche Pinot gris reden

plus zweihundertfünfzehn

sie über Dinge, an denen sie beide kein Interesse haben. High-School, Venedig, die Queen, San Francisco und Geld. Sie sind beide so bemüht, nichts Unzeitgemäßes zu sagen, daß ihnen die Anspannung des andern nicht auffällt.

Ihr Timbre ist von dunkler Glut, und sie lacht so oft wie möglich, damit sie wie zufällig ihre Hand auf seine legen kann, als müsse sie ihn beschwichtigen oder bremsen. Er hat seiner Stimme den gutturalen Balzton verpaßt, von dem er hofft, daß er unter ihrem Kostüm heillosen Schaden anrichten möge.

Es ist klar, daß sie demnächst miteinander im Bett landen werden. Nein, nicht im Bett, denkt Voula/Verna, das ist zu normal. Beim Metaxa, er hat sich einen Tullamore Dew bestellt, sagt sie: «Jetzt brauch ich ein schönes, wolkiges Bad zum Relaxen.»

Er reagiert sofort. «Das kann ich ihnen bieten. Ich wohne hier im Hotel.»

«*Ach* was.»

Ihr spöttischer Tonfall macht ihn ein wenig unsicher, aber als er sich, nach einer kurzen Schrecksekunde, aufzuschauen traut, sieht er, daß sie ihn offen und mit blitzenden Augen anlacht.

«Gehn wir», sagt sie. «Sie leihen mir ein Bad, und ich überleg mir 'ne Gegenleistung.»

O'Rourke schmeißt fast den Stuhl um, so hastig steht er auf. Man kann den Frosch in seinem Hals hören, als er sagt: «Überlegen Sie nicht zu lange.»

Sie wirft sich mit der Hand die Haare aus der Stirn und sagt so kehlig es geht: «Das *Was* ist schon abgehakt. Ich überlege nur noch das *Wie*.»

Darauf weiß er nichts zu antworten. Er pusselt einen Zwanziger aus seiner Jackentasche und legt ihn neben den Teller. Ein Hammergirl, denkt er, ein absolutes Hammergirl. Sie wartet beim Aufzug, bis er ihr mit dem Schlüssel in der Hand hinterherhastet. In seinem Zimmer läßt sie sich ein Glas Whisky geben, geht zur Badetür und sagt, die Hand auf die Klinke gelegt: «Betreten verboten.»

Die Tür läßt sie angelehnt und achtet darauf, daß die richtige Dosis Geräusche an sein Ohr gelangt. In der nächsten halben Stunde wird er hauptsächlich aus Ohren bestehen.

plus zweihundertsechzehn

«Wie heißen Sie eigentlich?» ruft sie genau in die Lücke zwischen dem Zischeln der abgestreiften Strümpfe und dem leisen Plogg, das der Verschluß des Büstenhalters beim Öffnen von sich gibt.

«O'Rourke. Dean O'Rourke.»

Es kommt ihm nicht in den Sinn, einen falschen Namen zu sagen. Wozu auch? Wer sollte ihn hier schon kennen? Nichts außer Ohren, denkt Voula, und dem kleinen Dean O'Saurier.

Langsam gleitet sie in die Wanne, damit er Zeit hat, sich jeden Zentimeter ihres Körpers zum Plätschern des Wassers vorzustellen. Ruhig liegt sie da und raucht eine Zigarette. Immer wenn sie meint, seine Spannung könne nachlassen, macht sie eine kleine Drehung. Während der nächsten zwanzig Minuten wird die Unterhaltung vom Glucksen seines Whiskys und ihres Badewassers bestritten.

«Schluggelugg», sagt der Whisky. Das heißt soviel wie «Alles klar?».

«Blurggl», sagt das Badewasser. Das heißt: «Mann, wenn du wüßtest, wo *ich* überall hinkomme. Der Wahnsinn.»

«Wie ist die Alte?» fragt der Whisky.

«Der Wahnsinn, sag ich doch. Nenn sie nicht Alte. Sie ist ein Hammer.»

Das Gegurgel und Geplitsche geht eine Weile so hin und her, bis der Whisky schließlich ruft:

«Also tschau. Er schluckt mich gleich vollends runter. Viel Spaß noch weiterhin.»

«Warte», ruft es aus der Flasche dazwischen, «ich kann dich doch nachfüllen!»

«Halt dich da raus», mischt sich jetzt auch noch der Wasserhahn ein. «Das ist 'ne Sache zwischen den beiden, sonst laß ich auch noch Wasser dazulaufen.»

Der Wasserhahn hat nichts kapiert. Sein Job ist eine Art Hausmeisterfunktion. Er kontrolliert die Wassermenge und ist, wie alle Kontrolleure, entsprechend doof. Er glaubt, es ginge um die Menge der Flüssigkeiten. Was anderes kann er sich nicht vorstellen.

«Arschloch», murmelt es aus der Flasche. Aber ganz leise, denn sie ist schon ziemlich leer.

O'Rourke hat schon fast einen Krampf in den Ohren und auch

plus zweihundertsiebzehn

sonst überall, als sie endlich aus der Wanne klettert. Plitsch, Gurgel, Flapflap, und sie steht im weißen Hotelbademantel vor ihm.

Ein Hammergirl, denkt er noch, und ab da denkt er überhaupt nichts mehr. Bis zum Frühstück.

plus zweihundertachtzehn

Regina ist fast fertig mit ihrem Umzug. Es ist eigentlich erst mal nur ein Auszug, denn in der Stadtstraße stellt sie ihre Sachen unter, bis der Vormieter ausgezogen ist.

Als sie Sig unten vorm Haus stehen sah, erschrak sie so, daß sie sich entschloß, gleich auszuziehen. Das nächste Mal kommt er rein, dachte sie. Und heute morgen kam ein Brief aus England mit dem Schlußsatz: «Wann besuchst du uns endlich? Malcolm und Sara.»

Malcolm ist einer der früheren Himmelsstürmer in Reginas Leben. Zwar katapultierte auch ihn ein Schnupfen aus ihrem Bett, aber ausnahmsweise blieben sie befreundet. Als er später seine Eltern verlor, ging er zurück nach England, heiratete und übernahm das Hotel seiner Familie. Ein würdiges, gutgehendes Haus in der schönsten Landschaft der Welt, dem Lake District.

Schon zweimal war Regina Gast dort gewesen und hatte sich mit Sara, einem blassen Feenwesen, angefreundet. Sie fühlte sich dort sehr wohl unter all den alten Damen, die beim Scrabble zu betrügen versuchten.

Sie möchte Sig eine Weile nicht sehen. Geld hat sie, Ferien hat sie sich genommen, warum soll sie nicht *jetzt* nach England. Eine Woche Tarn Hows Hotel könnte genau das Richtige sein.

plus zweihundertneunzehn

Marius wird ihr sein Auto leihen, da besteht kein Zweifel. Selbst jetzt, da sie schon ausgezogen ist, wird er sich weiterhin in der Rolle des betrogenen Investors bedauern wollen. Die bittere Enttäuschung schiebt er noch ein paar Wochen hinaus. Vielleicht, wenn sie ihm den Wagen zurückgibt und sich noch immer weigert, ihm nackt und mit mystischem Glanz ums Haupt ins Bett zu folgen, wird er brechenden Blicks ihre Schlechtigkeit entdecken und die Nippes-Vorstellung, die er sich von ihr macht, endlich an der ungerechten Realität zerschellen sehen. Nach allem, was er dann für sie getan haben wird.

Jetzt hilft er noch hingebungsvoll beim Einladen ihrer Sachen. Beim Ausladen helfen Yogi und einer namens Sepp, der ein Freund von ihm zu sein scheint. Mit zwei Fahrten ist alles transportiert.

Sie kopiert das Buch bis auf die letzten zehn Seiten. Sig soll wissen, daß sie zurückkommt. Morgen früh wird sie das Paket durch den Briefschlitz stecken.

Sie schläft im leeren Zimmer. Außer Bettwäsche, einem gepackten Koffer und ihren Waschsachen ist schon nichts mehr hier, das ihr gehört.

«Hallo Müller», sagt Sig, als die Katze auf sein Bett hopst. Sie richtet sich in seiner Achselhöhle ein, und er schläft weiter.

Er wacht auf von dem «Prrr», das sie an seinem Ohr macht. Sie stupst ihn immer wieder mit der Nase an. Als er klar genug ist, um zu begreifen, wo er ist, wer die Katze ist und daß sein Kopfkissen naß ist, sagt er: «Schäm dich, Frau Müller.»

Die Katze sitzt schon auf dem Fenstersims und antwortet leicht verächtlich: «Orientier dich erst mal, was die Realitäten sind, bevor du schwerwiegende Verdächtigungen aussprichst.» Sie hüpft in die Nacht und ist verschwunden.

Er macht Licht.

Um hundert Watt klüger, sieht er sofort, daß er der Katze Unrecht getan hat. Eine riesige Lache hat sich neben der Matratze gebildet. In der Lache rennen konzentrische Kreise zum Rand, und er schaut zur Decke. Dort hängt eine große Beule, in deren Mitte ein ständig größer werdender Spalt klafft. Daraus rinnt ein immer dic-

plus zweihundertzwanzig

ker werdender Strahl Wasser, und es kann nur noch Sekunden dauern, bis die Beule platzt. Prrratsch! Schon passiert. Ein Schwall Dreckwasser ergießt sich auf sein Bett. Ein Glück, daß die Katze ihn geweckt hat.

Wo eben noch das Bett war, ist jetzt ein ekliger Haufen aus klatschnaßem Stoff, Tapetenfetzen und Gipsbrocken. Rohrbruch.

Schnell wirft er die wenigen Dinge, die herumliegen, in seinen Koffer und klappt ihn zu. Seine Bilder sind schon nicht mehr zu retten. Die halbe Wand ist naß, und die Tapete droht, ins Zimmer zu fallen. Beide Koffer in der Hand, rennt er nach draußen. In der Unterhose.

Eigentlich wollte er nur in den Galerieraum fliehen, aber dort bietet sich dasselbe Bild. Er rennt auf die Straße.

Was zuerst tun, die Bilder retten oder ein Telefon finden? Er rennt zurück und holt ein Bild nach dem andern von der Wand. Zwei sind schon unrettbar verloren, liegen gesprungen und verwelkend am Boden. Es gießt aus drei Löchern an der Decke.

Als er auch noch die Druckgrafik gerettet hat, ist er patschnaß. Gegen Ende der Aktion mußte er sich zwischen sieben Wasserstrahlen durchwinden. Zwei Koffer, fünfzehn Aquarelle und vier Grafikmappen stehen nun an die Wand des Nebenhauses gelehnt auf dem Bürgersteig. Und ein junger Mann in Unterhosen zieht sich aus einem Koffer an.

Kein Wunder, daß der Polizeimeister glaubt, einen Blumentopf gewinnen zu können, wenn er ernstfallmäßig, die Walther im Anschlag, hinter der Wagentür vorbellt: «Polizei! Stehenbleiben! Hände hoch!»

Erstaunt zwinkert Sig in das grelle Licht des Scheinwerfers, den ihm der zweite Polizist direkt ins Gesicht hält. Er läßt die Hose, die er eben anzuziehen im Begriff war, wieder von den Knien rutschen und streckt brav die Hände in die Luft.

«Was ist da los?» kläfft der mit der Pistole.

Sig ist wütend. «Jemand badet zweistöckig oder so.»

«Was?»

Der Polizist hatte sogar noch Lautstärkereserven. Hätte Sig nicht gedacht. Der war schon eben so laut. Vielleicht will er noch ein paar

plus zweihunderteinundzwanzig

schlaftrunkene Nachbarn mehr als Publikum für seinen astrein ernstfallmäßigen Profi-Auftritt. Leider hat er Pech damit. Die drei bis jetzt erleuchteten Fenster sind alles, was diese Straße an Bewohnerdichte noch zu bieten hat. Der Rest ist Büro, Laden, Praxis oder Boutique. Hier wohnt nur, wer zu alt oder zu arm zum Fliehen ist.

Die Angst, die Sig eben noch empfand, weicht jetzt vollends der Wut. Jetzt reicht's dann. Hat der Idiot denn keine Augen im Kopf?

«Mann, schauen Sie halt *hin*, bevor Sie sich lächerlich machen!» schreit er. Es ist nicht gerade seine Ausgehunterhose, in der er hier vor versammeltem Publikum herumsteht. «Rufen Sie die Feuerwehr oder saugen Sie den Laden selber aus. Der schwimmt jetzt dann nämlich gleich weg.»

Das Geschrei kommt zu spät, denn mittlerweile hat sich der Profi auch orientiert, und während er noch darüber nachdenkt, ob er die Pistole so unabgefeuert wieder runternehmen soll, hat sein Kollege schon über Funk die Zentrale informiert.

«Schöne Bescherung», sagt der Profi, und es ist durchaus unklar, ob er damit die Tatsache meint, daß der schöne Einsatz auf solch unspektakuläres Maß schrumpft oder die unter Wasser stehende Galerie.

Sig darf sich anziehen.

«Licht aus», sagt er und holt sich trockene Unterwäsche aus dem Koffer. Als er die Schuhbänder knüpft, sieht er auf die Uhr. Viertel vor sechs. Er hat außer den beiden unrettbaren und seinen eigenen Bildern tatsächlich alles heil herausgeschafft.

Fünf vor sechs bringt eine alte Frau auf einem Tablett Kaffee für die Beamten. Sig bekommt auch eine Tasse. Die Feuerwehr biegt mit Lalü um die Ecke, und die Galerie steht bis zur Türschwelle unter Wasser. Der erste Bach bahnt sich seinen Weg zum Rinnstein.

Viertel nach sechs ist das Wasser im ganzen Haus abgestellt, eine Wohnungs- und eine Bürotür aufgebrochen, ein parkender Mazda von einem rangierenden Feuerwehrlaster schwer beschädigt, sämtliche geretteten Bilder von Breinling-Beckenrath durch einen Schlauch und mehrere Stiefel dem Erdboden gleichgemacht und

plus zweihundertzweiundzwanzig

einer von Sigs Koffern von einem marodierenden Hund bepinkelt worden.

Zwanzig nach sechs dämmert der Tag.

Zweiundzwanzig nach sechs kommen die dritte Kanne Kaffee, Gesine Moll und ein Journalist von der Badischen Zeitung, dem sie beide ein Interview geben. Breinling-Beckenrath kriegt doppelte Presse.

Fünfundzwanzig nach sechs ist die Galerie leergepumpt, sind die Wasserstrahlen aus der Decke versiegt und macht sich ein Bautrupp der Freiburger Energie- und Wasserwerke an die Arbeit.

Eine Minute vor halb sieben tippt Regina von hinten auf Sigs Schulter. Sie hat mit zwei Blicken gesehen, daß seine Wohnung und sein Job fürs erste storniert sein müssen. Angesichts der mageren und etwas verfroren wirkenden Gestalt, die sie zwischen all den geschäftig umherwerkenden Leuten rührte, stornierte sie ihr eigenes Bedürfnis, ihn eine Weile nicht sehen zu wollen, ebenfalls.

Er dreht sich um und sieht sie mit einem Gemisch aus Unglauben und Freude an.

«Klein Armaggeddon», sagt er.

«Tu nicht so gebildet», sagt sie.

«Ich weiß grad nichts Besseres», sagt er.

«Aber ich», sagt sie.

Er zieht die Augenbrauen hoch und schlingt seine Arme um die Schultern. «Was?»

«Nach England fahren.»

Sie geht zu seinen Koffern und nimmt sie hoch. Einen gibt sie ihm in die Hand und sagt: «Komm.»

Sie geht zur nächsten Querstraße, wo Marius' Daimler mit laufendem Motor steht. Sie wirft zuerst das Paket mit den Fotokopien, das sie unter dem Arm trug, und dann den Koffer auf den Rücksitz. Den anderen nimmt sie Sig aus der Hand und verstaut ihn im Kofferraum.

plus zweihundertdreiundzwanzig

«In welchem sind deine Malsachen?»

Er deutet auf den Rücksitz. Der Koffer riecht ein bißchen streng, aber der Fleck ist schon nicht mehr zu sehen.

«Der kann in die Gepäckaufbewahrung», sagt er.

Regina stellt den Wagen auf die Bushaltestelle am Bahnhof.

«Ich warte», sagt sie und schaltet den Motor ab. Er nimmt den Koffer vom Rücksitz, und erst jetzt bemerkt er den braunen Umschlag, auf dem sein Name steht.

Sie wollte ihn also gar nicht sehen. Wollte nur die Fortsetzung hinterlassen. Ein Glück, daß ihm der Rohrbruch zu Hilfe kam. Sogar Breinling-Beckenrath kann sich freuen, denkt er, so viele Bilder wie heute hat er in seinem Leben noch nicht verkauft. Eben an die Versicherung. Wenn er schlau ist, vernichtet er die Preisliste und schreibt eine neue mit doppelten Preisen, bevor der Gutachter kommt.

Mit dem Zettel von der Gepäckaufbewahrung winkend, kommt er zum Wagen zurück. Er steigt ein und schnallt sich an.

«Also England?»

«Ja.»

«Und wann?»

«Jetzt», sagt sie, startet den Wagen und fädelt sich in den langsam dichter werdenden und morgendlichen Stoßverkehr. «Wir sind schon unterwegs.»

Sie kann ihm Geld leihen, sagt sie, viel werden sie eh nicht brauchen. Er kann es ihr zurückgeben, wenn sie wieder da sind.

Auf der Autobahn Richtung Karlsruhe reden sie nichts. Sig gibt sich ganz dem Gefühl hin, sie wieder zu haben. Er staunt, kann noch nicht ganz glauben, wirklich auf dem Weg nach England zu sein, und läßt sich wohlig in den überraschenden Zustand fallen.

Der deutsche Zollbeamte fordert sie auf auszusteigen und alle Gepäckstücke zu öffnen. Das liegt am Auto. Drogendealer, Verbrecherringe und Terroristen bevorzugen offenbar alte, gammelige Schrottmühlen für ihre heiklen Transporte.

plus zweihundertvierundzwanzig

Sigs spöttische Laune verwandelt sich sofort in Wut, als der Beamte, anstatt Regina darum zu bitten, mit seinen eigenen Büttelfingern in ihrer Wäsche herumgrapscht.

«Laß», flüstert sie ihm ins Ohr, und er beherrscht sich. Gedankenlesen kann sie also immer noch.

«Gute Fahrt», wünscht der Beamte mit dem indifferenten Gesichtsausdruck des wichtigen Mannes, und sie fahren die dreihundert Meter bis zur französischen Seite.

«Ou allez vous?»

«A'l angleterre.»

«E voilà. Bon voyage.»

«Man könnte frankophil werden», sagt Sig.

«Langsam», sagt Regina, «wer weiß, ob er sich das mit der Wäsche nicht einfach für die nächstschönere Frau aufhebt?»

«Da kann er alt drüber werden.»

«Das hast du nett gesagt.»

Sie frühstücken in Straßburg.

«Wenn schon, dann richtig», sagte Regina und lehnte drei hübsche Strafencafés wegen mangelnden Münsterblicks ab.

Sig streicht sich über die unrasierten Wangen. Er fühlt sich unausgeschlafen und schmuddlig.

«Ich muß aussehen, als hättest du mich wo geklaut», sagt er.

«Hab ich ja.» Sie küßt ihn auf die stachelige linke Seite. «Ich hätte es bestimmt nicht ausgehalten ohne dich.»

«Bin froh, daß du es nicht probierst.»

«Ich auch.»

So wie er jetzt auf die Serviette und den Rest des Crêpe au Jambon starrt, muß er von dort Aufschluß über wichtige Dinge erwarten.

«Es tut mir leid», sagt er und hofft, sie würde gleich wissen, wovon er spricht, damit er nicht die Szene im Kaufhaus erwähnen muß. Dafür hat er keine Worte. Er wüßte nicht, was er sagen soll.

«Nicht drüber reden», sagt sie, «ist vorbei.»

Er ruft «Payez s'il vous plait» und nimmt ihre Geldbörse zur Hand. «Ab nach Angleterre.»

plus zweihundertfünfundzwanzig

Es geht ihm immer so, wenn er die deutsche Grenze ins Ausland passiert. Er fühlt sich befreit, als wäre er den Eltern abgehauen und dürfe endlich tun und lassen, was er will. Auf den langen, geraden Alleen Frankreichs erreicht ihn ein innerer Jubel, den er aus solchen Momenten kennt. Schön ist es, vom selben Katapult geschossen zu sein wie Regina, zur selben Zeit dieselben Dinge zu sehen wie sie, in Bewegung zu sein, in dieselbe Richtung zu fahren...

Nach einiger Zeit wird er müde. Die immer gleichen Alleen machen ihn dämmerig. Immer wieder muß er die Lider gewaltsam hochreißen, um Regina nicht allein zu lassen.

«Schlaf ruhig», sagt sie. «Ich kann ewig so fahren.»

plus zweihundertsechsundzwanzig

Mann O'Mann, denkt O'Rourke beim Aufwachen. Ich leb doch wie die Made im Speck. Sämtliche Knochen tun ihm weh.

Das Hammergirl ist weg, hat aber eine Telefonnummer hinterlassen. Gerade schiebt er den Zettel mit einem Gefühl der Hochachtung in das dritte Kreditkartenfach seiner Brieftasche. Beim Zimmerservice bestellt er sich einen Eiersalat, einen Selleriesalat, sieben Rollmöpse, Orangensaft, Aspirin, eine Kanne Kaffee und zwei Brötchen. Von soviel Action erschöpft, wirft er sich gleich wieder aufs Bett.

Diskret übersieht der Zimmerkellner die immense Unordnung, obwohl die eigentlich schon den Tatbestand eines meldepflichtigen architektonischen Eingriffs erfüllt. Um das Tablett überhaupt auf dem Tisch plazieren zu können, muß er eine Krawatte, ein umgefallenes Whiskyglas, eine leere Marlboroschachtel und etwas, das wie ein toter Lippenstift aussieht, beiseite schieben. Diese Amis, denkt er und verschwindet wieder.

Erst eine halbe Stunde später in der Badewanne fällt Dean ein, daß er eine Verabredung mit seinen Meinungsumfragern hat. Er sieht auf die Uhr, erschrickt und will gerade aus der Wanne schießen, da überfällt ihn eine heilige Ruhe. Mach langsam, Alter, sagt eine innere Stimme, kein Problem, Alter, so schön hast du's schon

plus zweihundertsiebenundzwanzig

lange nicht mehr gehabt, nimm's leicht. Die innere Stimme spricht gälisch mit ein paar amerikanischen Brocken, deshalb glaubt er ihr und gehorcht. Er läßt sich in das wohlig warme Wasser zurücksinken und versucht, an gestern zu denken.

Was hat die nicht alles mit ihm angestellt: oben, unten, zwischen, vorn, neben, hinten, außen, innen... Er wußte gar nicht, daß man so viele Körperteile hat und derart fröhlichen Unsinn mit ihnen anstellen kann. Es war toll.

«Heaven can wait» summt er vor sich hin. Das muß ein Schlager sein, den man auch im Himmel hört, sonst könnte er ihn ja nicht kennen. Er läßt die Seife durch die Hände glitschen und fischt sie immer wieder unter sich vor, als spiele er mit ihr Ausreißer und Polizei.

Ein Hammergirl.

Inzwischen fühlt er sich, als hätten all diese durcheinandergewirbelten Einzelteile seines Körpers sich verabredet, noch einen Tag lang in der alten Formation mitzuspielen, und steigt aus der Wanne. Er trocknet sich ab, zieht sich an und geht unrasiert in die Halle hinunter.

Dort versucht ein indignierter Hotelangestellter ein Dutzend mehr oder weniger schlampig angezogener junger Menschen in die dunkelste Ecke der Lobby zu bugsieren. Ein anderer telefoniert aufgeregt mit dem Geschäftsführer, der sich anscheinend auf keine klare Direktive, was diese unpassenden Leute betrifft, festlegen will.

Gutgelaunt, als wäre das die normalste Sache der Welt für ihn, klatscht O'Rourke in die Hände und sagt mit lauter Stimme: «Sind Sie wegen der Anzeige hier?»

Aus dem Pulk murmelt es zustimmend und ein bißchen aufmüpfig, der Herr hier habe das nicht glauben wollen.

«Das geht in Ordnung», sagt O'Rourke und gibt dem schweißgebadeten Hotelangestellten einen Zehner. «Gehn wir ins Frühstückszimmer, ich lade sie alle zu einem Kaffee ein.»

«Tee», sagt ein Mädchen, senkt aber gleich den Blick vor seiner imposanten Erscheinung.

«Auch Tee», sagt er väterlich und schiebt die ganze Bande nach nebenan.

plus zweihundertachtundzwanzig

«Ladies und Gentlemen, ich darf mich zuerst einmal vorstellen. Mein Name ist O'Rourke, und ich bin Professor für Deutsch an der Hoboken High School. Ich habe für einen Freund, der in den Staaten eine Arbeit schreibt, die Aufgabe übernommen, einige soziologische Daten zu erheben. Es geht dabei um einen Querschnitt von Lebensstilen in dieser Stadt. Entschuldigen Sie mich einen Augenblick bitte...»

Die Leute bestellten sich Tee und Kaffee, Bier und Orangensaft, während er den Hotelangestellten zur Seite zieht, einen Fünfhundertmarkschein in seine Hand drückt und ihn bittet, die Fragebögen bei der Druckerei abzuholen. Dann setzt er seine Ansprache fort:

«...Es geht um eine literarische Arbeit. Mein Freund sucht Anhaltspunkte für eine bestimmte Theorie. Sie brauchen nicht eine bestimmte Gegend abzuklappern oder einen genau definierten Personenkreis zu befragen. Befragen Sie einfach so viele Leute wie möglich.

Für jede Person müssen zwei Bögen ausgefüllt werden. Auf dem einen notieren Sie bitte Name, Geburtsdatum, Familienstand und Beruf, auf dem anderen kreuzt die Person die Frage zum Lebensstil an. Die Bögen sortieren Sie bitte getrennt, aber in derselben Reihenfolge ein. Nach der Auswertung werfen wir die Bögen mit den Namen weg, wir brauchen sie nur, um festzustellen, ob nicht Personen doppelt befragt wurden oder ob manche von Ihnen, meine Damen und Herren, etwa zwanzig Bögen selbst ausgefüllt haben, was ich Sie hiermit bitte, nicht zu tun.»

Pflichteifriges Hüsteln und Lachen. Sie scheinen es zu schlucken. Kein Protest.

«Jeder von Ihnen bekommt fünfzig Mark Grundhonorar und fünf Mark pro ausgefülltem Bogen. Dafür bitte ich Sie, in der relativ kurzen Zeit bis in drei Tagen die Bögen hier abzuliefern. Sagen wir am späten Nachmittag, siebzehn Uhr.»

Wie aufs Stichwort kommt der Hoteldiener mit den Kartons angeächzt. O'Rourke verteilt Fünfzigmarkscheine, und jeder nimmt sich so viele Bögen, wie er tragen kann.

«Auf Wiedersehen. Gute Arbeit.»

plus zweihundertneunundzwanzig

Und weg sind sie.

Mal sehn, was das gibt, denkt O'Rourke. Fast ein bißchen spöttisch denkt er das, denn seit gestern ist sein Jagdinstinkt erheblich gestört. Irgendwie findet er diese Schadenserhebung auf einmal recht albern. Es würde ihn nicht stören, wenn er geheimdienstlichen Pfusch abliefern würde. Es ist ihm egal. Das muß an dieser Verna liegen. Irgendwie gibt es Wichtigeres als Kreuzchen auf Zettelchen. Er streckt sich und zündet eine Marlboro an, knackt mit den Fingergelenken und geht aus dem Hotel.

Wie ein ganz normaler Tourist spaziert er um die Ecken, bleibt vor Auslagen stehen, pfeift ein Liedchen aus Cork und läßt den lieben Gott einen guten Mann sein.

Ganz schön salopp für einen Engel mit der ID-Stufe Platform One.

Voula sitzt am Pool des Hotels und denkt nach. Sie trinkt die vierte Tasse Kaffee. Das Zeug hier ist einfach nicht stark genug.

Da waren zwei komische Sachen gestern abend. Oder besser heute früh. Die erste wäre ihr nicht aufgefallen, wäre die zweite nicht auch noch passiert. Irgendwann während des, das muß sie zugeben, wundervollen Getobes, das sie veranstalteten, brauchten sie gerade mal eine Pause. Sie hatte ihr Whiskyglas in die Hand genommen und Prost gesagt. Seine Antwort sollte wohl «Cheers» heißen, aber es klang in ihren Ohren wie «CHIA-rs».

Sie vergaß die leichte Unruhe, die dieser Klang bei ihr auslöste, aber gleich wieder, denn sie dachte, das sei eine typisch überkandidelte Spezialistenmacke. Wir sind hier nicht im Himmel, sagte sie sich, kein Grund zur Aufregung.

Aber später war sie plötzlich hellwach, als er, schon ziemlich hinüber von dem vielen Tullamore Dew und ihren erotischen Raffinessen, sagte: «Ich leg mich jetzt in dieses Bett. Ich gehe davon aus, daß es das gottverdammt beste Bett in ganz Freiburg-Erde ist.»

Sie war alarmiert!

Wieso Freiburg-*Erde*? Wieso sagte der nicht Freiburg-Germany oder irgend so was? Auf einmal klingelte das «CHIA-rs» wieder in

plus zweihundertdreißig

ihren Ohren. Sagte ihr der Name O'Rourke was? Nein. Aber das mußte nichts bedeuten. Man kannte bei der OEF keine Topleute der CHIA. Nur kleine Fische, deren Namen man erfuhr, wenn man einen V-Mann umdrehte. Jedenfalls war er vermutlich der Mann, der die Schadenserhebung durchführen sollte.

Ihre erste Reaktion war: abhauen. Aber gleich wurde ihr klar, daß sie ja ein phantastisches Glück gehabt hatte, auf diesen Mann zu treffen. Besser hätte es ja gar nicht kommen können!

Er lag im Bett und schlief. Nackt, wie Gott ihn geschaffen hat, und ausgeleert, wie sie ihn übrigließ, strahlte er keinerlei Gefährlichkeit aus. Sie setzte sich in einen Sessel und dachte erst mal nach.

Die Situation war optimal. Optimaler ging's gar nicht. Sie zog sich an, hinterließ ihre Telefonnummer auf dem Tisch und ging durch den nebligen Aprilmorgen zu ihrem Hotel.

Ein Feuerwehrwagen raste mit Blaulicht und Sirene an ihr vorbei. Vielleicht konnte man den Taxifahrer ja zu irgendwas brauchen? Der hat auch so was Feuerwehrhaftes. Mal sehen. Erst mal ausgiebig nachdenken. Und schlafen.

Sie bestellt den fünften Kaffee. Klar ist, daß sie dranbleiben muß. Um den Finger zu wickeln braucht sie ihn nicht mehr, seine Begeisterung über ihre Künste gestern abend war nicht gespielt. Garantiert hat er keine Ahnung, daß auch die OEF in Freiburg ermittelt. Woher auch. Sie braucht eigentlich nur weiterhin die naive Erdenbürgerin zu spielen, bis sie herausfindet, auf welche Weise er die Schadenserhebung durchführt. Irgendwie wird sie dann auch Einblick in seine Erkenntnisse erlangen können.

Dann wäre sie schon am Ziel. Wenn sie weiß, was die CHIA rauskriegt, kann sie sich getrost wieder in den Himmel raufbeamen lassen und mit Mikis darüber nachdenken, was weiterhin zu tun sein wird.

Der Gedanke, wieder im langweiligen Himmelstrott mitschlurfen zu müssen, sagt ihr im Augenblick allerdings gar nicht sehr zu.

Diesen Taxifahrer muß man irgendwie drankriegen können.

plus zweihunderteinunddreißig

Vielleicht macht die CHIA ja exemplarische Einzeluntersuchungen. Dann müßte sie ihn in O'Rourkes Akten an eine exponierte Stelle schmuggeln. Wenn er überhaupt darin auftaucht.

Aus irgendeinem Grund macht ihr der Gedanke Spaß, diesen Schnösel reinzureiten. Der soll drankommen. Der Schleimer hat sich doch tatsächlich Chancen auf sie ausgerechnet. Die Idee, ihn in die Bredouille kommen zu sehen, gefällt ihr.

Nur so.

Der Typ ist 'n Arsch.

Sie kann ja Kontakt zu ihm halten und sehen, ob er sich irgendwo einbauen läßt. Vielleicht ist das auch eine Möglichkeit, länger auf der Erde zu bleiben. Gute Idee.

«Rufen Sie mir bitte ein Taxi», sagt sie zum Barkeeper des Pools. «Ich bin in zehn Minuten an der Rezeption. Ach ja, noch was: Ich hätte gern Wagen neunzehn.»

Vielleicht, weil er das Vibrieren des fahrenden Wagens nicht mehr spürt, wacht Sig auf. Zuerst weiß er überhaupt nicht, wo er sich befindet. Aber dann erkennt er den Mercedes und erinnert sich wieder.

Regina sitzt nicht hinterm Steuer.

Die Fahrertür ist offen. Er sieht ihren Kopf neben dem Sitz.

«Was machst du?»

«Oh, guten Morgen. Wir sind schon hinter Nancy», sagt sie gut gelaunt.

«Pinkelst du?»

«Ja.»

«Die können dich doch *sehen*.»

«Bloß meinen Hintern.»

Bloß? Sie scheint den Stellenwert nicht besonders hoch einzuschätzen.

«Die wissen doch gar nicht, daß *ich* das bin», sagt sie.

Schon drei Autos fuhren hupend vorbei, aus einem drang das Johlen mehrerer Männerstimmen. Sie steht auf und zieht die Jeans hoch. Das blecherne Hupen, das jetzt ertönt, muß von einem Laster stammen. Es ist lauter als die anderen.

Sie macht die französische Fick-dich-selbst-Gebärde, reißt eine

plus zweihundertdreiunddreißig

Hand nach oben und schlägt mit der anderen auf den abgeknickten Oberarm, und ein weiteres, schon etwas entferntes Hupen ist die Antwort.

Sie steigt ein, schließt die Tür und schnallt sich an.

«Wir sind bald in Paris. Vielleicht noch zwei Stunden. Da suchen wir uns was zum Schlafen und gehen essen. Wie findest du das?»

«Toll», sagt Sig.

«Ich mag nicht mehr fahren. Mir reicht's.»

«Soll ich?»

«Ja.»

«Das war ein Scherz. Ich kann gar nicht Auto fahren.»

«Was? Du kannst nicht Auto fahren?»

«So ist es.»

«Du bist ein Fossil oder so was. Solche wie dich gibt's doch gar nicht mehr.»

Damit trifft sie den Nagel auf den Kopf.

Kurz vor vier fahren sie schon durch die häßlichen Betonschluchten der Pariser Vorstadt. Man möchte kaum glauben, daß diese scheußliche Ansammlung von architektonischen Vergewaltigungsversuchen zur Stadt der Kunst und der Liebe gehören soll. Regina läßt sich treiben. Irgendwann biegt sie vom Stadtring ab. Sie glaubt nah genug am Zentrum zu sein, denn die Häuser sind jetzt groß und alt, man sieht Bäume, und die Hinweisschilder tragen bekannte Namen. Sie sieht ein Hotelschild und hält an.

«Rue de Grenelle», liest Sig. Das muß schon das richtige Paris sein. Das Hotel ist billig, alt und düster. Regina findet, es sehe nach Henry Miller-Geschichten aus.

«So was liest du?» fragt Sig.

Sie lacht: «Hältst du mich für eine Autodidaktin?»

Die Antwort gibt ihm einen Stich, tut richtig weh.

«Das mußte nicht sein», sagte er.

Sie sieht, daß sie ihn getroffen hat, versteht aber nicht so recht, wieso. Trotzdem sagt sie tröstend:

«Das war nur so hingesagt. Ich wollte dir nicht weh tun.»

plus zweihundertvierunddreißig

Vor dem Bett steht ein riesiger alter Schrank, von dessen vier verspiegelten Türen eine blind ist. Ein kleines Nebengelaß enthält eine Sitzbadewanne, ein Bidet und ein Waschbecken. Am Fenster steht ein einsamer wackliger Stuhl.

«Schön», sagt Regina.

«Hunger», sagt Sig.

Endlich kann er sich die Zähne putzen und ein paar Händevoll Wasser ins Gesicht werfen. Das Rasieren verschiebt er noch mal. Regina zieht ein schwarzes Kleid an und wirft sich ein Cape über die Schultern.

«Schön», sagt er.

Vor dem Spiegel probiert sie ein schwarzes Barrett, wirft es aber gleich wieder in den Koffer zurück. «Zu perfekt», sagt sie.

Beim Hinausgehen stößt sie mit dem Zeh an einen Bettpfosten.

«Aua, Scheiße, aua!» schreit sie.

Sie muß mit schmerzverzerrtem Gesicht lachen.

«Du mußt Merde schreien», sagt Sig.

«Ja, ja und aiii statt aua. Ich weiß.»

Sie humpelt schon nicht mehr. Er geht vor ihr die Treppe hinab. Dem schönen, aber gebrechlich wirkenden Fahrstuhl wollen sie sich nicht anvertrauen. Sie zwickt ihn in den Hals.

«Aiii», schreit er.

«Psst, wir fliegen noch raus hier.»

Tatsächlich ernten sie unten in der Halle einen mißbilligenden Blick der Concièrge.

«Ouh riwoargh», sagt Sig in bestem Amerikano-französisch, das er zustande bringt, und sie schieben sich gegenseitig kichernd durch die Drehtür. Wie zwei Ausrücker im Schullandheim.

Sofort findet Regina eine Metrostation.

«Die kann ich riechen», sagt sie.

Sie weiß auch, wo man umsteigen muß, und nach kurzer Zeit sind sie da, wo Regina hinwollte. Rue Mouffetard.

«Du kennst dich aus hier.» Sig ist staunend neben ihr hergegangen und weiß nicht so recht, wie ihm geschieht. In Paris zu sein, ist eine Sensation.

plus zweihundertfünfunddreißig

Regina führt ihn in eins der zahllosen kleinen Restaurants, die links und rechts die Straße säumen. Etwas anderes als Restaurants scheint es in der Rue Mouffetard nicht zu geben.

Es dämmert gerade erst, und die meisten Restaurants sind noch recht leer. Nur in wenigen sieht man schon Betrieb durch die Schaufensterscheibe.

Auf der Karte stehen nur Vorspeisen und Fondues. Sig bestellt ein Fondue mit Salat. Die Preise erscheinen ihm ziemlich hoch, aber er ist sich nicht sicher, ob er richtig umrechnet. Regina bestellt dasselbe und eine Flasche Languedoc.

«Ich kann's gar nicht glauben», sagt Sig.

«Was?»

«Daß ich in Paris bin.»

Schon immer wollte er hierher, aber bis jetzt hat er es nie geschafft. Es blieb ein Traum. Manchmal hat er sogar Möglichkeiten ausgeschlagen, hat Paris verschoben, weil es ihm zu großartig schien.

«Kennst du das», fragt er, «daß man etwas so großartig findet, daß man es nicht will, aus Angst, es könnte nicht so großartig sein, wie man dachte?»

«Und», fragt sie, «ist es großartig?»

«Weiß nicht.»

«Wieso weiß nicht. Ich denke, du hast dich gefreut?»

Er schüttelt den Kopf. Er kann es nicht genau erklären. «Irgendwas stimmt nicht. Es ist schön..., sehr schön sogar, aber vielleicht ist es bloß genau so schön wie Kassel wäre, wenn all diese Häuser dort stünden.»

«O weh, machst du's nicht ein bißchen kompliziert?»

«Weiß nicht.»

«Dann *wäre* Kassel doch Paris.»

«Eben nicht. Gauguin hätte sich nicht mit Vierzig aus Kassel davongemacht. Utrillo wäre nicht Picasso – und der nicht Kahnweiler – und der nicht Peggy Guggenheim in *Kassel* begegnet. Lautrec hätte in Kassel kein Hurenhaus besucht und so weiter.»

«Nein?»

plus zweihundertsechsunddreißig

«Du verstehst mich nicht, stimmt's?»

Er ist kleinlaut. Wie so oft verheddert er sich und kann nicht sagen, was er denkt. In seinem Kopf ist immer alles klar. Aber wenn er's erklären will, kommt so eine Konjunktiv-Pampe raus, wie jetzt.

«Kann sein», sagt Regina und schaut zu, wie ihr Glas von Madame gefüllt wird, «aber ich lieb dich. Stell dir vor, du wolltest das jemandem erklären, der dich noch nicht mal *liebt*.»

«Du liebst mich?»

«Soll ich's beweisen?»

«Bloß nicht. Beweise schaden.»

«Beweise *schaden*?»

Sie fährt sich mit dem Handrücken über den Mund und lächelt amüsiert: «Besser, du erklärst mir nicht, was das nun wieder heißen soll. Du scheinst das Talent zu haben, dich und andere in heillose Verwirrung zu stürzen.»

Sie krabbelt unter dem Tisch mit ihren Zehen an seinem Bein hoch. Er sagt nichts. Sie könnte recht haben.

Sie liebt mich, denkt er, das ist nicht Paris. Ich habe gar keinen Seelenplatz übrig für Paris. Paris besuch ich ein andermal. Das gilt jetzt noch nicht. Es ist Regina-Land, einfach nur Regina-Land. Wir fahren morgen mit der Fähre nach Regina-Land, und irgendwann kommen wir zurück nach Regina-Land, wo ich zweihundert Mark Schulden und eine Mappe voller Bilder stehen habe.

Ich möchte sie zeichnen, denkt er, bloß für mich. Und sie dann in diesem blauen Kleid aus meinem Traum als riesengroßes Ölbild malen.

Den Weg zurück zum Hotel findet sie genauso sicher, wie sie den Weg zur Rue Mouffetard gefunden hat. Mittlerweile sitzt ein Mann in der Portiersloge und lächelt ihnen freundlich zu.

«Wir kriegen noch 'ne Chance», flüstert Regina und nimmt den Schlüssel in Empfang.

Im Zimmer macht sie kein Licht. Er legt seine Kleider ab und geht unter die Dusche. Es ist wieder dieses konturenerweichende Straßenlampenlicht im Raum. Ihm ist schwindlig.

plus zweihundertsiebenunddreißig

Das kann an Regina liegen, am Wein oder daran, daß Paris nicht Kassel ist. Er wäscht sich schnell und kommt, ein Handtuch um die Hüften, ins Zimmer zurück.

Sie erwartet ihn auf dem Bett wie die nackte Maya. Nur die Beine hat sie nicht so eng geschlossen.

«Komm», sagt sie.

Ihre Hände fliegen über seinen Körper, sie sind überall. Ihr Haar, ihre Brustspitzen, ihr Schoß, alles berührt und tupft ihn wie mit heißer Flüssigkeit in Brand. Sie dreht ihn hin und her, als wär er eine Puppe. Was immer er mit Mund und Händen fassen kann, läßt sie ihm bis zur nächsten Wendung.

«Mach die Augen auf», sagt sie, «es ist schön.»

Er folgt ihrem Blick und sieht sie beide im Spiegel. Sie kniet vor ihn und sagt: «Geh in mich rein.»

Als wollten sie einander prüfen, treffen sich ihre Augen manchmal im Spiegel. Sie bewegen sich langsam und weich. Die Bilder sollen wenigstens dauern, wenn sie sie schon nicht festhalten können. Vom Spiegel werden ihre Körper verzerrt. Es ist mehr und fließendere Bewegung im zurückgeworfenen Bild, als in ihren Körpern selbst.

Drei Zigaretten später will Sig sich wieder zu ihr tasten, aber sie fängt und hält seine Hand und sagt: «Ich spür's ja noch.»

«Ab nach Kassel», sagt sie, als sie am nächsten Morgen in den Autobahnzubringer einbiegen. Es ist ein sonniger Tag mit blauem Himmel und fröhlichem Gehupe auf den Straßen.

«Du veräppelst mich», sagt Sig und tut beleidigt. Dabei könnte er bluten vor Glück.

«Wieso denn, Kassel ist doch überall, wenn ich dich gestern richtig verstanden habe.»

«Hast du eben nicht.»

«Macht nichts», sagt sie.

Sie fahren ohne anzuhalten bis nach Le Havre.

plus zweihundertachtunddreißig

Man sieht den Möwen mitten ins Gesicht, wenn man auf der Fähre an der Reling lehnt. Sie fliegen direkt auf einen zu und wenden erst kurz bevor sie einem in die Augen rauschen würden. Dann fliegen sie eine Schleife und kommen erneut angeschwebt.

«Die machen mir angst», sagt Regina, aber sie bleibt stehen.

Außerhalb der Drei-Meilen-Zone geht sie Schokolade kaufen. Sig will bleiben. Das Möwenspiel fasziniert ihn. Er verläßt sich darauf, daß die Vögel abbiegen. Sie kommt zurück und streckt ihm eine kleine Cadbury-Schokolade entgegen. Solche hat seine Oma manchmal mitgebracht.

«Was denkst du von gestern?» fragt sie.

Er muß erst nachdenken. «Abends?»

«Ja.»

«Ich muß es erlebt haben, ich hab's ja gesehen.»

«Es war schön», sagt sie und wirft in hohem Bogen ein Stückchen Schokolade ins Meer. Eine Möwe schafft es, das Ding noch im Flug zu erwischen, und fliegt eine stolze große Kurve, als wolle sie Applaus entgegennehmen.

In Sekundenschnelle muß sich unter den anderen Möwen die Nachricht herumgesprochen haben, denn der Schwarm ist sofort doppelt so dicht. Immer mehr kommen von der anderen Seite des Schiffes angeflogen. Der Himmel ist weiß von Vögeln, deren Gekreisch und Flügelschlagen einen Riesenlärm macht. Sie fliehen in die Bar.

Der Kaffee schmeckt grauenhaft.

«Daran gewöhnen wir uns besser gleich», sagt Regina.

Dann sieht man schon Southampton.

Zuerst, im Stadtverkehr, wird Sig fast wahnsinnig, daß die entgegenkommenden Autos alle auf *seiner* Seite fahren. Aber dann, etwas weiter draußen, nimmt der Verkehr ab, und es scheint ihm zunehmend normal, daß Regina konstant links fährt.

Wie schnell man sogar das Gegenteil akzeptiert, wenn es alle andern auch tun, denkt er.

Sie fahren nach Nordwesten Richtung Wales. Sig meldet Hunger an, und Regina meint, der würde ihm bald vergangen sein, wenn er

plus zweihundertneununddreißig

erst mal wisse, was man hierzulande unter Essen versteht. Er solle sich den letzten Festlandhunger lieber noch ein Weilchen aufheben.

Zu Anfang dreht er sich noch nach jedem Jaguar, Bentley oder Rolls-Royce um. Dieser Reichtum scheint ihm märchenhaft. Nach einer Weile nehmen die kostbaren Autos ab, werden seltener. Sie scheinen sich in der Nähe von Städten zu verdichten.

Entweder sind die Engländer reicher als die Deutschen, meint Sig, oder sie sind schamlos reich. Regina glaubt eher an die zweite Möglichkeit.

«Engländer schamlos?» fragt Sig.

«Beim Reichsein vielleicht.»

Regina möchte Bristol umfahren und mindestens den Bristol Channel noch heute überqueren. Sie weiß nicht, wie lang die Fähre nach Newport verkehrt. Es ist ein Glücksspiel. Sie möchte beim Aufwachen Meer oder Schafe, sagt sie, nicht Industrie oder Armee.

«Aye, aye, Reiseleiter», sagt Sig.

Nach einer Abzweigung reißt sie das Steuer herum, denn sie hat sich automatisch auf die rechte Seite eingeordnet, und ein Bedford-Laster rast auf sie zu.

«Ich liebe dich», sagt sie, als der Laster vorbei ist.

«Wie kannst du an so was denken, wenn du mich gerade totfährst?»

Er ist außer Atem vor Schreck, hat einen Klumpen im Magen.

«Gerade dann», sagt sie und: «Totfahren geht anders.»

Sie landen doch in Bristol. Mit diesen Kreisverkehren muß man sich auskennen. Da können sie genausogut etwas gegen seinen Hunger tun, findet Regina.

Sie gehen in ein Self-Service-Restaurant, in dem die abgearbeitete, müde Feierabendstimmung herrscht, die zu Fabriken und Hochhäusern gehört. Es ist halb sieben, und das giftweiße Neonlicht macht jede Kosmetik lächerlich. Die erschöpften Augen und welken Frisuren der Damen stehen in ruppigem Kontrast zu den Pink-, Beige- und Türkistönen ihrer Kleider.

Regina und Sig packen sich Fish and Chips und Salat auf ihr Tablett und suchen einen Tisch.

plus zweihundertvierzig

«Wieso liebst du mich, ich bin doch gar nicht von dieser Welt?» fragt er.

«Das könnte ja grade der Grund sein.» Sie deutet mit den Augen auf einen Tisch, von dem sich gerade zwei Männer erheben. Sie schieben den Rest auf die Seite und setzen sich.

«Du hast was von einer Schwalbe. Ich mag, daß du vielleicht fliegen kannst.»

Das klingt seltsam in diesem scheppernden Restaurant.

«Wo willst du hin?»

Sig steht auf. «Essig und Öl holen.»

«Vergiß es. England», sagt sie.

«Aber der Salat ist grade mal gewaschen!» protestiert er.

«Du mußt umdenken», lacht sie, «das gilt hier als angemacht.»

Er probiert die Fischstäbchen und verzieht das Gesicht. Dasselbe bei den Pommes frites. Sie beobachtet ihn amüsiert. Sie lacht. «Du hast zwei Möglichkeiten hier: abmagern oder umdenken.»

«Abzumagern ist da nicht viel», stöhnt er. «Ich denke um.»

Regina haut fröhlich rein, als mache ihr der Geschmack dieser Pampe tatsächlich nichts aus. Sig stochert noch ein bißchen herum und ißt dann gerade so viel, daß ihm der Appetit vergeht. Das ist so ähnlich wie satt.

Als der Wagen von der Fähre rollt, fragt Sig, ob hier Wales anfange.

«Du erkennst es an den Ortsnamen», sagt Regina, «Newport gehört noch nicht dazu.»

Es wird Nacht.

Ein Gefühl höchster Gegenwart hat sich seiner bemächtigt. Er befindet sich in einem fahrenden Auto und das ganz deutlich. Er fährt durch Lichter. Diese Frau, die er nie zu träumen gewagt hätte, fährt ihn durch lauter Lichter hindurch. Lichter und Geräusche. Sie hat ein Ziel, und er kommt in ihren Plänen vor. Er hat keine Erinnerungen mehr, die in die Zeit vor ihr zurückreichen. Jedenfalls im Augenblick nicht. Er ist nicht unsichtbar und fühlt sich wohl dabei. Sie sagt, daß sie ihn liebt, als wäre das keine Sensation, sie chauffiert ihn durch England, sie gibt sich ihm auf einem Hochsitz im Wald,

plus zweihunderteinundvierzig

sie nimmt ihn sich in einem Kino. Auch sie ist nicht von dieser Welt, mißtraut ihm nicht, obwohl er doch nichts bewiesen hat. Sie fahren durch Lichter und Geräusche.

Er kurbelt das Fenster herunter, um den kühlen Nachtwind zu spüren.

«Mach zu, du erkältest dich vielleicht», sagt sie.

«Und wenn schon?»

«Mach bitte zu.»

Er dreht die Scheibe wieder hoch.

Am alten Pier von Aberystwyth ist nur noch die Spielbude mit den einarmigen Banditen und Videogeräten erleuchtet. Und eine Imbißbude. In dieser Imbißbude steht ein Mann mit Schnurrbart und weißer Kochmütze. Unter der Kochmütze wachsen strubbelige Koteletten bis fast zum Schnurrbart hinunter. Der Mann lauscht verträumt dem Gesang der Friteuse, dem er schon so oft gelauscht hat, wenn es sonst nichts mehr zu hören gab.

Er denkt nichts.

Der Name dieses Mannes ist Hank, und gerade ist Hank dabei, sich einen Fussel aus der Tasche seiner nicht mehr ganz weißen Jacke zu puhlen. Es ist gleich halb elf. Er stellt die Friteuse ab und macht den Laden zu. In Aberystwyth ist um diese Tageszeit kein Geschäft mehr zu machen.

Als er wenig später vor die Tür tritt, hält ein Wagen mit ausländischer Nummer vor ihm, und eine Hübsche mit Locken fragt nach einem Hotel.

«Over there, about hardly twenty Yards.»

Sie dankt, er gähnt, der Wagen fährt an, und er lauscht dem Gesang der Aprilnacht.

Für ihn ist fast alles Gesang.

Die Dame am Empfang trägt einen rosa Pullover, der gut zu ihren silberblauen Haaren paßt. «Certainly, Madam», sagt sie, «even with a marvellous view upon the sea.»

Das Zimmer ist ein Saal. Regina duscht, und Sig macht ihr eine

plus zweihundertzweiundvierzig

Tasse Tee. Da steht ein Schnellkocher mit Teebeuteln, Milch, Zukker und Zitrone. Auch kleine Nescafé-Tütchen gibt es, aber sie will Tee. Sonst schläft sie nicht, sagt sie.

Später genießt er selbst den Mantel aus weicher nasser Wärme, den die Dusche um ihn hüllt, und läßt sich von den kleinen Wassernadeln wachkitzeln. Bis er jede Stelle seines Körpers wieder spürt.

Nackt und im Schneidersitz hat sich Regina auf dem Bett eingerichtet, die Teetasse in der einen und den Walkman in der anderen Hand.

«Leg dich hin», sagt sie und setzt sich die Kopfhörer auf. Sie klettert über ihn und drückt den Startknopf. Er hört zwar nur dieses hohe Sirren, erkennt aber, daß es Chopin ist. Die Kassette hat er bei Andrea aufgenommen. Sie streichelt seine Lippen mit dem Zeigefinger. Dann öffnet sie sich mit der Hand und senkt sich auf ihn. Vorsichtig schaukelnd, sparsam mit der Lust, bewegt sie sich nach allen Richtungen. Sie hat beide Hände an die Ohren gelegt und sitzt aufrecht mit geschlossenen Augen.

Sie sagt: «Warte, flieg noch», als seine Bewegung fordernder wird. Das sagt sie zu laut. Er hält still.

Aber sie setzt ihre Bewegung fort, und so dauert es nicht lang, bis er sich regungslos verströmt. Sie holt ihn schnell ein. Danach bleibt sie sitzen und hört Musik. Langsam weicht die Spannung aus ihren Körpern.

Sie legt den Kopfhörer zur Seite und läßt sich neben ihn fallen. Ganz weich. Dann sagt sie:

«Schlaf gut. Morgen haben wir das Meer vor dem Fenster.»

Sie halten nur ein einziges Mal an, um Kaffee zu trinken und etwas zu essen. Kaffee und Essen schmecken gleichermaßen gräßlich, dafür ist die Landschaft fast unfaßbar schön. Wie in einem um die Jahrhundertwende illustrierten Märchenbuch wölben sich weiche grüne Hügel unter schwarz-weiß gefleckten Kühen, Schafen und hölzernen Strommasten.

«Sind die Menschen echt?» fragt Sig.

«Für englische Verhältnisse, ja», sagt Regina.

Sie fährt schneller als normal. Sie will ankommen.

plus zweihundertdreiundvierzig

Von Windermere, der größten Stadt des Seengebiets, ist es nicht mehr weit. Nur noch wenige Meilen. Es ist später Nachmittag, als sie auf den Parkplatz einbiegen.

Das Tarn Hows Hotel ist ein düsteres, schloßähnliches Haus mit Türmchen und Erkern. Es hat einen eigenen kleinen See, an dessen Ufer Kühe weiden, und einen weiten Blick ins Tal. Malcolm ist völlig überrascht. Regina hat sich nicht angemeldet.

«Das ist Sig. Ich liebe ihn», stellt sie ihn vor.

«Dann liebe ich dich auch», sagt Malcolm und schüttelt Sigs Hand.

Er sieht dunkelhäutiger aus, als Sig sich einen Engländer vorgestellt hat. Sara kommt aus dem Haus und küßt Regina auf beide Wangen. Die beiden scheinen sich wirklich zu freuen.

Es bleibt wenig Zeit zur Begrüßung, denn die beiden müssen das Abendessen für die Gäste beaufsichtigen. Nachdem Sig und Regina ihr Zimmer bezogen haben, machen sie einen Spaziergang im Wald. Später nehmen sie ein gemeinsames Bad.

Nach dem Essen sitzen sie vor dem Kamin im Salon, und Sara und Malcolm erzählen von den letzten Jahren, in denen Regina nicht hier war. So viel Englisch auf einmal hat Sig noch nie gehört. Die beiden sind nett. So erwachsen.

Am nächsten Morgen gehen sie durch die Wiesen. Regina lacht ihn aus, weil er sich nicht über eine Weide traut, auf der eine Gruppe von Kühen grast. Die sind so groß, sagt er. Er hat Angst vor Kühen.

Auf den Feldwegen in der Umgebung des Hotels gibt sie ihm eine Fahrstunde. Er schaltet vom ersten in den zweiten Gang und wieder zurück, fährt mehrere hundert Meter geradeaus und will danach schweißgebadet nichts mehr vom Autofahren wissen.

Am Nachmittag schlafen sie miteinander tief im Wald auf einem kleinen Hügel, von dem aus sie jeden Herankommenden sehen würden. Aber Menschen sind hier selten. Danach haben sie so weiche Knie, daß sie erst mal zehn Minuten im weichen Moos sitzenbleiben müssen.

Zurück beim Wagen, startet Sig den Motor und fährt zwanzig

plus zweihundertvierundvierzig

Meter mit gezogener Handbremse. Dann noch etwa hundert ohne Handbremse. Dann kommen sie an eine größere Straße, und er überläßt Regina das Steuer.

Nach dem Abendessen spielen sie Scrabble mit Malcolm und Sara. Auf englisch.

Am zweiten Tag fahren sie von See zu See. Es sind unglaublich viele. Hinter jedem Bergrücken taucht ein neuer auf.

In einem kleinen Dorf, in dem es fast nur Kunstgewerbeläden und Gasthäuser gibt, kauft Regina einen schwarzweißen Teddybären für Sig. Sie sagt, er heißt Gernot und will dein Freund sein.

Hallo, Gernot, sagt Sig und trägt ihn, als wäre der Bär eine Mischung aus Baby und Einkaufstüte.

Dreimal parkt er ein zwischen zwei Holzstapeln. Er schaltet, ohne das Steuer zu verreißen. Meistens jedenfalls. Später parkt er den Wagen auf dem Hotelparkplatz. Allerdings stehen keine anderen Wagen da.

Malcolm erzählt den ganzen Abend. Fernsehen brauchen die hier nicht.

Sie schlafen miteinander vor dem Spiegel sitzend und sehen einander nur in die Augen dabei. Dann liest sie aus ihrem Buch. Es heißt «Die Kinder der Finsternis».

Mitten in der Nacht wachen sie auf und schlafen miteinander, als wollten sie sich zerfetzen. Es tut weh.

Am dritten Tag fährt Sig bis nach Windermere. Er ist völlig fertig, als er am Ortseingang das Steuer an Regina abgibt. Achtundzwanzig entgegenkommende Autos. Und alle auf der falschen Seite.

Sie machen eine Bootsfahrt auf dem Lake Windermere und kaufen einen Ring für Regina. Opal mit Silberfassung. In einem kleinen Laden findet Sig eine Schallplatte von Paul Brady, die es in Deutschland nicht gibt. Regina verspricht, sie ihm auf Kassette aufzunehmen, und er schenkt sie ihr.

Nach einem italienischen Essen sind sie richtig ausgelassen und fühlen sich wie neugeboren. In der Dämmerung schlafen sie miteinander auf einem Waldweg im Auto. Sie kippen den Beifahrer-

plus zweihundertfünfundvierzig

sitz, und Sig kniet auf dem Boden. Danach sind alle Scheiben be-
schlagen.

«Das war jetzt richtig gefickt», sagt sie. Er traut sich nicht, nach
Hause zu fahren.

Am Abend sitzen sie wieder zu viert am Kamin. Malcolm spendiert Portwein. Später bittet Sara Regina, ihr beim Aussuchen einer
neuen Tapete zu helfen. Als sie ins Zimmer kommt, ist Sig schon
eingeschlafen. Zuviel Portwein.

Am vierten Tag patscht Sig einer freundlichen Kuh auf die breite
Nase. Sie steht jenseits eines Zauns. Als sie den Kopf hebt, zieht er
erschrocken die Hand zurück.

Er will sich am Steuer eine Zigarette anzünden. Regina schreit,
das solle er gefälligst bleiben lassen, *so* gut fahre er noch nicht. Er
findet, sie übertreibe, und sie schreit nur noch lauter. Er bremst
abrupt auf dem Seitenstreifen und läßt sie ans Steuer. Sie schweigen
den ganzen Heimweg über.

Auf dem Zimmer versucht er, sie aus dem Gedächtnis zu zeichnen, während sie allein spazierengeht. Es geht nicht. Er ist wütend
auf sie. Geschrei kann er nicht leiden.

Sara gewinnt den ganzen Abend über beim Scrabble. In der
Nacht versuchen sie miteinander zu schlafen, aber sie brechen mittendrin ab, weil sie beide nicht ganz da sind.

Am fünften Tag sitzt Regina eine halbe Stunde für ihn still, und Sig
gelingen zwei ganz passable Studien von ihr.

Cumberland ist eine Traumwelt. Die Neuzeit ist hier nur zu Besuch. Er fährt viele Meilen, ohne Schweißausbruch. Manchmal
kuppelt er noch zu früh aus und muß stärker bremsen als nötig. Als
er etwas zu selbstsicher wendet, gräbt er einen kleinen Vorgarten
um. Sie begehen Fahrerflucht mit quietschenden Reifen.

Abends liest Regina vor.

«Nicht», sagt sie, als er seine Hand unter der Decke nach ihr
suchen läßt, «noch Pause.»

plus zweihundertsechsundvierzig

Am sechsten Tag fahren Sara und Regina nach Windermere, um Besteck zu kaufen. Sig spaziert alleine durch die Gegend. Er will nie wieder weg aus dieser weichen Welt. Irgendwo im Wald überkommt ihn die Lust, sich selbst zu berühren. Er tut es nicht, aber glaubt zu wissen, wie sich die Frühlingsluft auf seiner Blöße anfühlen müßte. Für einen Moment zieht er die Hosen herunter, um zu sehen, ob er recht hat.

Später hilft er Malcolm beim Ausräumen einer unbenutzten Garage. Malcolm ist ein bißchen zu jovial. Er macht augenzwinkernde Männerwitze, die er mit Wir-beide-wissen-Bescheid-Boxhieben auf Sigs Arm würzt.

Sig ist froh, als Regina und Sara zurückkommen. «Ich brauche dich», sagt er abends im Bett.

«Wir können nach Gretna Green fahren und heiraten», sagt sie.

Er soll die Pause noch respektieren, sie möchte jungfräulich in die Ehe gehen. «Spirituell besser», sagt sie. Rücken an Rücken schlafen sie ein, damit die Verlockung nicht doch noch siegt.

Ein gespenstischer Wind weht ums Haus, als Sig in der Nacht wach wird. Regina ist nicht da. Das Zimmer ist hell erleuchtet vom Mond. Er zieht sich an.

Sie geht sicher spazieren. Ihm ist unwohl bei dem Gedanken, sie könnte allein durch diese Gespensternacht gehen. Er will sie finden.

Er nimmt den Weg zum Waldrand. Wenn sie in den Wiesen ist, kann er sie von dort im Mondlicht sehen. Das ganze Hotel ist dunkel. Nur in ihrem Zimmer brennt Licht. Er hat vergessen, es auszuschalten.

Der Weg macht eine Serpentine. Nachdem er sie gegangen ist, sieht Sig auch im Garagenhaus ein erleuchtetes Fenster. Der obere Stock ist als Dependance ausgebaut. In diesem Fenster stehen Regina und Malcolm.

Malcolm streicht mit der Hand über ihre Brust und küßt sie auf den Mund. Sie greift über Kreuz an ihre Taille, um sich den Pullover über den Kopf zu ziehen. Malcolm geht zum Fenster und zieht den Vorhang vor.

Ein senkrechter Strich aus Licht bleibt übrig. Der Strich ver-

plus zweihundertsiebenundvierzig

schwimmt und wird zu einer Welle, die sich glitzernd schlängelt, wie die Silvesterdekoration einer Kneipe. Sig wischt sich mit der Hand über die Augen, aber die Linie wird nicht wieder klar.

Im Wald irgendwo setzt er sich auf irgendwas und steht erst auf, als ein Schüttelfrost ihn zwingt. Es klingt wie die Verkündung eines Urteils, als er die eigene Stimme in seinem Kopf schreien hört: Sie soll schlafen, mit wem sie will, sie soll es nur auch mit mir tun.

Auf dem Rückweg sieht er wieder klar. Im Garagenhaus ist kein Licht mehr. Er muß lange weggewesen sein. Auch das Haupthaus ist dunkel, also ist Regina zurück. Sie darf nichts merken, denkt er, vielleicht schläft sie schon wieder. Sie darf nicht wissen, daß er es weiß. Er hat nichts damit zu tun. Sie soll es tun, mit wem sie will, wenn sie es nur auch mit ihm tut.

Im Flur trägt er die Schuhe in der Hand. Es scheint, als ob sie wirklich schläft. Sie atmet regelmäßig, als er die Tür leise schließt. Sie darf nichts merken. Das Bild verschwimmt wieder.

Er ist schon beinah ausgezogen, da schleudert ihn ein Niesreiz fast vom Fleck. Er unterdrückt das Geräusch, indem er die Hand auf die Nase preßt. Hoffentlich hat sie nichts gehört.

Sie rührt sich nicht.

Vorsichtig legt er sich neben sie und liegt stocksteif vor Leid und Verwirrung Stunde um Stunde, bis er endlich einschläft.

Als er aufwacht, weiß er nicht, ob er wirklich geschlafen hat. Er spürt nichts. Vielleicht ist das Bild in seinem Kopf nicht mit ihm aufgewacht? Vorsichtig zieht er die Decke von sich.

Das Zimmer ist leer. Nichts, auch kein Koffer ist von Regina zu sehen. Auch im Bad: Nichts.

Auf dem Tischchen am Fenster liegt ein Zettel. Neben dem Zettel liegt ein Bündel Banknoten. Es sind hundertfünfzig Pfund.

Auf dem Zettel steht: *Gesundheit*.

Er spürt nichts.

plus zweihundertachtundvierzig

Ohne jemandem zu begegnen, geht er mit seinem Koffer aus dem Hotel. Zum nächsten Ort wird es wohl eine halbe Stunde Fußweg sein. Von dort fährt ein Bus.

Irgendwohin.

Unvollständig und sinnlos wären alle Dinge auf dieser Welt, hätten sie nicht einen Henkel.

Die Menschen glauben, dieser Henkel sei zum Anfassen da, aber Gott weiß, wozu er den Henkel erschaffen hat. Zum Wegschmeißen.

Solch einen Henkel hat jedes Ding.

Jedes.

Bei der Erde zum Beispiel ist es vermutlich der Eiffelturm.

Bei Tassen, Kannen und Schüsseln erkennt man den Henkel gleich. Da heißt er sogar Henkel.

Aber schon ein Aschenbecher ist raffinierter konstruiert. Henkel und Ding in einem.

Wo sich der Henkel bei Männern und Knaben befindet, wurde uns schon angedeutet. Aber oft ist es auch der Stolz.

Bei Frauen ist es ein Ohrring, Brautkleid oder Volkshochschulkurs. Unter Umständen auch eine Psychoanalyse.

Bei Autos das Gaspedal.

Bei einem Radiohit ist es immer der Refrain.

Beim Computer das Wort «Vielleicht».

Bei einer Ukulele ist es vielleicht die E-Saite.

Bei Geigen und Celli die C.

Epilog eins

Bei einem Panzer ist es das Rohr.

Bei Italien die Gegend um Brindisi.

Bei der Liebe die Liebe.

Bei Büchern erkennt man den Henkel oft schwer, es sind meist die Seiten achtzig bis hundertzwanzig, aber manchmal auch einunddreißig andere Seiten.

Bei dieser Geschichte ist es ein Niesen oder die zur Dependance umgebaute erste Etage des Garagenhauses des Tarn Hows Hotels in der Gegend von Windermere, Lake District, Cumbria, England.

Alles Gute.

Epilog zwei

Rowohlt im Kino

John Updike
Die Hexen von Eastwick
(rororo 12366)
Updikes amüsanten Roman über Schwarze Magie, eine amerikanische Kleinstadt und drei geschiedene Frauen hat George Miller mit Cher, Susan Sarandron, Michelle Pfeiffer und Jack Nicholson verfilmt.

Hubert Selby
Letzte Ausfahrt Brooklyn
(rororo 1469)
Produzent: Bernd Eichinger
Regie: Uli Edel
Musik: Mark Knopfler

Alberto Moravia
Ich und Er
(rororo 1666)
Ein Mann in den Fallstricken seines übermächtigen Sexuallebens – erfolgreich verfilmt von Doris Doerrie.

Paul Bowles
Himmel über der Wüste
(rororo 5789)
«Ein erstklassiger Abenteuerroman von einem wirklich erstklassigen Schriftsteller.»
Tennessee Williams
Ein grandioser Film von Bernardo Bertolucci mit John Malkovich und Debra Winger

John Irving
Garp und wie er die Welt sah
(rororo 5042)
Irvings Bestseller in der Verfilmung von George Roy Hill.

Alice Walker
Die Farbe Lila
(rororo neue frau 5427)
Ein Steven Spielberg-Film mit der überragenden Whoopi Goldberg.

rororo Unterhaltung

Henry Miller
Stille Tage in Clichy
(rororo 5161)
Claude Chabrol hat diesen Klassiker in ein Filmkunstwerk verwandelt.

Oliver Sacks
Awakenings – Zeit des Erwachens
(rororo 8878)
Ein fesselndes Buch – ein mitreißender Film mit Robert de Niro.

Ruth Rendell
Dämon hinter Spitzenstores
(rororo thriller 2677)
Rendells atemberaubender Thriller wurde jetzt unter dem Titel «Der Mann nebenan» mit Anthony Perkins in der Hauptrolle verfilmt.

Marti Leimbach
Wen die Götter lieben
(rororo 13000)
Das Buch zum Film «Entscheidung aus Liebe» mit Julia Roberts und Campbell Scott in den Hauptrollen.

Elke Heidenreich

Wer hat den «Kohlenpott» berühmt gemacht? Klaus Tegtmeyer, Herbert Grönemeyer – und Else Stratmann, die Metzgersgattin, die elf Jahre im Westdeutschen Rundfunk frei von der Leber weg ihre Meinung sagte. Ihre Erfinderin **Elke Heidenreich**, Jahrgang 1943, längst bekannt durch zahlreiche Fernsehauftritte und Talkshow-Moderationen, lebt heute in Köln.

«Darf's ein bißchen mehr sein?»
Else Stratmann wiegt ab
(rororo 5462)
Ob Else Stratmann über Gott und die Welt losschnattert oder über die Prominenten philosophiert, sie hat immer das Herz auf dem rechten Fleck.

«Geschnitten oder am Stück?»
Neues von Else Stratmann
(rororo 5660)
Else Stratmann nutzt die Gelegenheit, um Briefe an hochgestellte Persönlichkeiten zu verschicken und Telefonate mit ihnen zu führen.

«Mit oder ohne Knochen?» *Das Letzte von Else Stratmann*
(rororo 5829)
Solange die Großen dieser Welt noch soviel Unsinn machen, kann Else Stratmann nicht schweigen.

«Dat kann donnich gesund sein»
Else Stratmann über Sport, Olympia und Dingens...
(rororo 12527)

Also...
Kolumnen aus «Brigitte»
(rororo 12291)
Kolumnen aus «Brigitte» 2
(rororo 13068)

Dreifacher Rittberger *Eine Familienserie*
(rororo 12389)

Kein schöner Land *Ein Deutschlandlied in sechs Sätzen*
(rororo 5962)
Eine bissige Gesellschaftssatire!

Im Rowohlt Verlag ist außerdem lieferbar:

Kolonien der Liebe *Erzählungen*
176 Seiten. Gebunden und
Elke Heidenreich liest
Kolonien der Liebe
literatur für kopf hörer 66030
«Die "Kolonien der Liebe" sind so voll von Einfällen und Phantasie, daß es nie langweilig wird, stets aber auch mehr als bloß kurzweilig ist.»
Lutz Tantow, Süddeutsche Zeitung
«Elke Heidenreich ist ganz offenkundig ein Naturtalent als Erzählerin.»
Stephan Jaedich, Welt am Sonntag

rororo Unterhaltung